高岡市万葉歴史館編

色の万葉集

笠間書院

高松塚古墳壁画「西壁女子群像」〈国所管、明日香村教育委員会〉

綾臈纈絁間縫裳《あやろうけちあしぎぬのまぬいのも》〈正倉院宝物〉

漆金薄絵盤（香印座）〈正倉院宝物〉

鳥毛立女屛風　第一扇〈正倉院宝物〉

吉祥天女画像〈奈良　薬師寺〉

麻布山水図（正倉院宝物）

白樺の柱と白・青の帯条で作られた聖域。中央天柱の先端にはシャーマン太鼓が括り付けられてある。トゥバ共和国首都クズルにて。著者（山口博）撮影。

緑（みどり）　紫（むらさき）　藍（あゐ）　水縹（みはなだ）　茜（あかね）　紅（くれなゐ）

重要無形文化財保持者　志村ふくみ氏による草木染
（提供　伊原昭）

色の万葉集　目次

色の万葉集

色の万葉集序説

大久間喜一郎

一　前書き（色の世界）

カラー写真・カラー映画・カラーテレビなど、戦後に生まれた人たちにとっては当然の事象なのかも知れないが、戦前の生活の中では考えられなかった新しい現象であった。テレビは勿論戦前には存在しなかったが、写真や映画は存在していたし、映画の世界ではそれまでの無声映画とは違い、会話や効果音を伴った所謂トーキー映画と称されるものは昭和十年頃には急速に発達していた。ヨーロッパやアメリカから輸入された、一口に洋画と言われた外国映画の数々は、映像の上からも音声技術の上からも我々の憧れを満たしてくれた。だが、そこに色彩の無いことを、極めて稀ではあったが残念に思うことも無いでは無かった。しかし、人間というものは未経験の世界に身を置いて、現に経験している世界を批判することなどは、容易に持ちえない能力を必要とする。私が外国映画のあるカットに対して、此処に色が着いていたらといった感想も、瞬時に消え去った贅沢な思いに違いなかった。

スチール写真のモノクロの世界も同様である。安易なカラー表現に依存しない代わりに、光と影の組み合わせの中から、視覚外の色彩を幻視させる努力が常に払われてきたのである。

思うに、文学の世界にあっては、色彩に関する限り、映画やテレビジョンに於けるモノクローム表現と共通する立場にある。文学作品の中で赤と言い青と言っても、我々はそれらの色を経験の上から模索して、赤・青と言われる多くの色の中から最も親しく感ぜられる色を一応想定するに過ぎない。それは作者のイメージにある現実の色と何処まで一致するかは偶然にしか過ぎない。その点は視覚によるメディアのモノクロ作品よりも遙に頼り無いものである。

また、文学作品にあっては、色名における直接表現とは別に、植物や動物の固有の色をその植物名や動物名から暗示的に表現する場合もある。大自然の現象についても同様なことが言える。例えば夕焼け雲とか虹とかあるいは雪とか言えば、そこに或る種の色彩をもったイメージが浮かぶ。そうした間接表現も文学に於ける色の世界なのである。そうした前提に立って、日本人が抱いてきた色に関するこだわりとか、一定の考え方などを探ってみたい。それが万葉集の諸作品とどう関わって来るかはその次の問題である。

二　色彩観の根源

日本人の色彩に対する観念を検討する前に、「いろ」という言葉について述べて置きたい。今、「いろ＝色」という語に対する極めて判りやすい解説と考えて、『日本国語大辞典』の「**いろ〔色〕**」〈名詞〉の項から要点を挙げてみよう。

(1) 物に当たって反射した光線が、その波長の違いで、視覚によって区別されて感じとられるもの。

(2) 物事の表面に現れて、人に何かを感じさせるもの。

(3) 男女の情愛に関する物事。

(4) 種類。

名詞として使われている「いろ」という語は、以上の四つのジャンルのいずれかに包括される。我々が白・黒・赤・青・黄・緑・紫などと言っているような、いわゆる色名で表されるものはすべて(1)に分類される。

「色深し」(色が濃く美しい)・「色に出る」(顔色に現れる)・「色を作《な》す」(顔色を変えて怒る)・「色を付ける」(物事を扱う際に、僅かでも好意を示す)などは(2)に包括される。邦楽の世界に見える、節付けの術語としての「いろコトバ」などの「いろ」という語も(2)に分類される。「いろコトバ」と言うのは、浄瑠璃の世界で、コトバ〈舞台上では台詞《せりふ》となるもの〉とメロディーをもつ詞章あるいは唄との中間風の語り方をする詞章を言う術語である。

また、「いろに染む」(色の道におぼれる)・「色を稼ぐ」(色事に精を出す)・「色を含む」(色めいた様を内に持つ)・「色悪」(外見は色男の柔らかさを持ちながら、実際は悪人という歌舞伎の役柄)などは、(3)である。

(4)の例としては、「いろいろ」(さまざまな色)・「いろを尽くす」(あらゆる種類を出す)(華美を極める)などがある。

以上、「いろ」という名詞を一覧しても、色という語に対する複雑な意識の変遷に気付く。それ故と言って好いかどうかは即断出来ないが、「人に何かを感じさせるもの」という(2)の定義は、「男女の情愛に関する物事」という(3)の定義と微妙に関わってくる。そしてそれはまた、(1)の色彩そのものに対する人々の感情の動きと無縁では無い。

「色直し」という言葉がある。現今では普通には花嫁が披露宴の宴席で、衣服を着替えるのをその様に言っているが、本来は花嫁の式服は白地である故に色のないものと考えられていたから、それを色物の衣服に着替えることであった。色の無いものから色の有るものへ換えるのが色直しという言葉であった。因みに、「しろ=白」も色の一種で、色の名称の一つである。常識的な言い方を援用すれば、太陽の光線がすべて反射された時に感ずる色調を言う。それだから白という色は、色が無いのではなくて色が有り過ぎるのである。ただ、それが分解されていない故に、無色のように錯覚されてきたに過ぎない。

吹きくれば身にもしみける秋風を色なき物と思ひけるかな

(『古今和歌六帖』第一「あきの風」紀友則)

傍線に見える「秋風を色無き物」と表現したのは、華やかでないもの・寂しいものと言いたいのであろう。それは色を華麗なものと観ずる一般的な観念による表現であった。しかし、それだけでは無い。友則の表現には理詰めの典拠ともいうべきものが有ったとされる。それについて言えば、古代中国では秋風を素風と称する。「素」の文字は白を意味する。白には色が無いと中国でも考えていた。素風は白風なのである。では何故秋風が白風なのかと言えば、それは古代中国の五行思想に依っている。五行思想では宇宙の万物はすべて木《もく》・火《か》・土《ど》・金《ごん》・水《すい》の五原素から成り立つとしている。四季の推移も中央に「土用」を加えて、春・夏・土用・秋・冬の五時とし、方角の場合も中心に「中央」を加えて、東・南・中央・西・北の五方とし、色調も青・赤・黄・白・黒の五色とした。また、音楽の調子に於ける角《かく》・徴《ち》・宮《きゅう》・商《しょう》・羽《う》も五声として木・火・土・金・水に配された。それは次表のような配置である。(なお、五常・五数その他は省略する)

五行	五時	五方	五色	五声
木	春	東	青	角
火	夏	南	赤	徴
土	土用	中央	黄	宮
金	秋	西	白	商
水	冬	北	黒	羽

これに依れば、五行の金に該当するものは、五時では秋であり、五方では西、五色では白ということになる。つまり秋の色は白なのである。勿論、詩人の北原白秋や箏曲家の川瀬白秋のペンネームや芸名もそれに由来する。

「物事の表面に現れて、人に何かを感じさせるもの」といった辞典(2)の意味が、「男女の情愛に関する物事」という(3)の意味と無縁では無いということは既に述べてきたが、日本文学では、色と言えば男女の情愛・欲情と関係のある用語例が圧倒的に多い。「色香」という複合語などは、辞書によれば、①色と香り。「花の色香」②女の容色。などと有るが、②が主要な語義であって、①などは、こんな風に使う場合も有るといった程度の語義に過ぎない。男女の情愛に関わる「色」という語の強烈なイメージが「香」という語を「色」の中に包み込んでしまった感が有る。このように色と香が一体となって、色を単なる色彩の世界から脱出させて生気を与えるのである。『源氏物語』「桐壺」に、

絵に書きたる楊貴妃のかたちは、いみじき絵師といへども、筆かぎりありければ、いと、にほひなし。

とある。ここに言う「にほひ」とは、単なる色彩の限界に止まらず、その色彩に伴うべき生気なのである。しかし、絵筆の技術には限度が有るから無理だというのである。

この「色香」のような女性の容色の主体が、色という語に導かれるのは、古代の中国でも同様であ

った。白居易の「長恨歌」の冒頭にも「漢皇色ヲ重ンジテ傾国ヲ思フ、御宇多年求ムレドモ得ズ」とある。この場合の「色」とは女性の容色を指したものと理解できよう。色という言葉に女色を思うようになったのは平安時代からで、そこに漢詩文の影響を指摘する説も有る。色に女性の容色を主として暗示したのは中国であったらしい。

なお、最後に追記して置きたいのは、漢訳仏典語の「色」という言葉である。「色即是空　空即是色」（『般若心経』）などという句によって殊に親しい言葉である。此処に言う「色」とは、現象界における物質的存在を言うとされる。つまり形の有る存在である。また、仏教的世界観に三界《さんがい》というものが設定される。三界とは欲界《よくかい》・色界《しきかい》・無色界《むしきかい》をさす。一切衆生《いっさいしゅじょう》が輪廻《りんね》する三種の世界である。その中でも欲界は色欲・食欲に支配される世界で、天界・人間界・地獄を包括する。その欲界の上に位置するのが色界である。色界は欲界より優れた世界であって、欲望からは解脱《げだつ》しているが、なお形有る物には拘泥《こうでい》する世界である。更にその上に位置する無色界は形有る物も排除し、受（感受作用）・想（表象作用）・識（認識作用）・行（受・想・識、以外の心的作用）のみの四蘊《うん》の世界を指している。四蘊とは人間存在の五要素としての五蘊から色蘊《しきうん》を除いたものである。

ここに至って仏教的思惟としては、「色」とは物質的存在で形あるものを言うとのことであるならば、同じ文字を使う古代中国の「色」という語が、人とひざまずく人を意味する象形文字から来たものという文字の成立からでも判るように、物質的存在感の稀薄な色彩（colour）を重点的な内容とはしていないのも尤もであった。

三　色の価値観

人によって好き嫌いのある、つまり好悪の対象となる色彩自体が価値あるいは反価値をもつ存在だと言えよう。色に寒色があり、また暖色があるという考え方は、今の我々の実生活において、洗面所における水道の蛇口に青のラベルがあれば水の出口であり、赤は温水の出口であることを示しているのも既に常識となっている。また化粧室では、男性用は大方が黒または青の男性の絵または文字で示され、女性用には赤又は桃色で女性の絵または文字で示されているのも、男女の一般のイメージが色によって区別されている例である。この場合は寒色・暖色といった弁別に類似する言葉を選ぶなら、雄色・雌色とでも言ったら好いのだが、叱られるかも知れない。尤も鳥類などの世界では、大方は雄が華やかな肢体で、雌は地味な姿だから、人間の場合とは逆になる。何にせよ、これも色の価値観の現れに相違ない。これはやがて王権にまでも関わってくる。

さて、前掲の五行説における五時・五方・五色・五音等の配置図表を五色中心に見るときは、やはりそこに、色に対する価値観が明確に示されていると考えられる。つまり古代中国にあっては、五色の中央に位置する黄は皇帝の色であった。そうした色に対する価値観を、五行思想と共に導入したと考えられる我が国古代の服飾の制について、衣服令《いぶくりよう》によれば、天子の場合の規定は恐らく無かったのであろうが、天子に次ぐ皇太子の場合を例に取れば、

礼服《らいぶく》の冠《かん》。黄丹《おうだん》の衣。牙《げ》の笏《こつ》。白き袴。白き帯。深き紫の紗《しゃ》の褶《ひらみ》。(下略)

とある。ここに言う「黄丹の衣」とは、紅色を帯びた梔子《くちなし》色だと言う。こんなところから天子の衣は、中国のように黄丹から紅を除いて黄色の衣を着用したことがあったかも知れない。それはともかくとして、皇太子の「黄丹の衣」は親王も諸王も着用を許されてはいなかったのではないかと思う。

宮廷に仕える官人たちの衣服の色に、着用の制限がはっきりと打ち出され、下位の者は上位の者の装束の服地や服色を犯してはならないとする規定は禁色《きんじき》といわれ、平安時代となって厳しく行われた。その場合、上位の官に昇進すれば解消される禁色も、天皇及び皇太子の装束については臣下には絶対の禁色であった。

この禁色の制も、功績のあった臣下に対して公卿が着用する装束の色を、特に勅許によって許される場合があった。これを「色許《ゆる》さる」あるいは「色許《ゆ》る」などと称した。

むかし、おほやけ思《おぼ》して使うたまふ女の、色ゆるされたるありけり。大御息所《おほみやすんどころ》とていますかりけるいとこなりけり。

(『伊勢物語』六十五段)

昔、帝が寵愛なさって召し使われた女性で、禁色を着用することを勅許によって許された人がいた。大御息所と称されていらっしゃった方の従姉妹であった。という伊勢物語の一節である。この場

合は、天皇・皇族が着用される衣服の色や布地を許されたという説もあるが、『満佐須計《まさすけ》装束抄』(注1)(三)に、

上臈《じょうらふ》女房の色を聴《ゆ》るといふは、青色・赤色の織物の唐衣《からぎぬ》、地摺《ぢずり》の裳《も》を着るなり。

とあるのに依るべきであろうか。恐らく赤色は深紅、青色は萌黄色であろう。

このように色は王権とも結び付いてゆくのだが、これは日本や中国だけのことではなかった。西欧で言われるロイヤル・カラーは王家の服の色であって、ロイヤル・ブルー、ロイヤル・パープル、ロイヤル・ピンクなどという名で知られている。

また、古い時代の日本では、源氏と平氏の目印となった旗の色は、源氏は白・平氏は赤であった。初めは恐らく単なる旗印の色合いに過ぎなかったものが、源氏・平氏それぞれの家柄や歴史を背負うことによって、それぞれが特殊な価値観の対象となってゆく。それは時代を経るに従って、その価値観は異常なまでに成長してゆく。道行浄瑠璃として名高い『義経千本桜』の道行では源平の合戦を次のように綴っている。

まことに夫《そ》れより来し方の、思ひぞ出《いづ》る壇の浦の。海に兵船《ひょうせん》、平家の赤旗。陸《くが》に白旗。源氏の強《つは》者《もの》。

(「道行初音の旅」)

この赤旗・白旗と言うだけで源平の軍勢が陸と海とで対峙している有り様が目に浮かぶのである。また、同じく浄瑠璃や歌舞伎の世界では、源氏の白旗を護ることが、ドラマの中心課題として取り上げられる場合もあった。例えば「源平布引滝《げんぺいぬのびきのたき》」とか、「ひらがな盛衰記」などを挙げることが出来る。白旗はその色彩から清楚なもの・高潔なものといったイメージがある。これが後世の源氏贔屓を助長したと言って好かろう。

次に色と音との関係について述べたい。先に掲げた五行説の表によれば、五色も五声も五行に配されている。

五行	木	火	土	金	水
五色	青	赤	黄	白	黒
五声	角	徴	宮	商	羽

五声とは、古代中国に於ける五音音階の意味である。これを低音から高音へと順に並べると、宮《きゅう》・商《しょう》・角《かく》・徴《ち》・羽《う》となり、西洋音階に当てはめれば、ド・レ・ミ・ソ・ラに相当する(注2)と言う。音名で言えばハ・ニ・ホ・ト・イの五音音階である。この五音音階は唐楽が我が国に伝来した奈良時代には、そのまま行われたらしい。それが平安時代に入ると、日本風な改訂が加えられていった。それはさて措き、この五声を五色に当てはめてみると、宮(ド)は黄、商(レ)は白、角(ミ)は青、徴(ソ)

は赤、羽（ラ）は黒となる。

これは、色と音との相関関係を示した古い事例ではあるが、感性による事例ではなく、あくまでも理論上の相関関係に過ぎないと思われる。色と言い、音と言い、それは人間の感性によって認識され識別されるものである。五行思想という絶対探究の仮説的理論によって認識されるものではない。五行思想の下で統括された五声理論が、古代中国で実践され、日本の奈良時代においてそれが輸入され実行されたという現実があっても、その音楽的行為は五行思想の全てに束縛されたとは考えられない。それ故、五色と五声との相関関係は理論的関係であったと言って好かろう。

筆者は青年時代に生田長江（一八八二～一九三六）氏の評論の中で、近代の傾向としては、音にも色を感じて、楽譜のそれぞれの音をそれぞれの色に当てはめるという試みが行われているといった叙述があったことを記憶に留めている。ただそれが誰の仕事であったと言うのか、そこまでは記憶に残されてはいなかった。しかし、調査をしているうちに、それはロシアの作曲家でピアノ奏者のスクリャービン（Aleksandr Skryabin 1872～1915）のことであったのだろう[注3]と考えられる。スクリャービンは神秘主義的傾向に深く没入した音楽家である。

スクリャービンは一九一〇年に完成した管絃楽曲『プロメテ』（『プロメテウス』とも）で、色光オルガンを使って鍵盤の音を色彩として映し出した。スクリャービンは楽曲における聴覚としての音色を、視覚によるどのような色調と定めたのであろうか。

スクリャービンは1オクターブ12音に、それぞれ色彩と意味付けを行った。今、1オクターブの中から幹音7音についてだけ、該当する色調を記してみよう。

C（ハ）→赤　〈ド〉
D（ニ）→黄　〈レ〉
E（ホ）→空色　〈ミ〉
F（ヘ）→深紅　〈ファ〉
G（ト）→オレンジ色　〈ソ〉
A（イ）→緑　〈ラ〉
H（ロ）→青　〈シ〉

※アルファベット及び括弧内の片仮名は音名。
※〈　〉の中に記したド・レ・ミ・ファは、ハ調長音階の場合の階名である。

四　万葉の色

日本語の基本的な色彩語彙は白・黒・赤・青の四色であるという。そうすると黄は白と赤との中間色であり、緑は白と青との中間、紫は青と赤との中間色として捉えることが出来る。五行説の五色の場合は、青・赤・黄・白・黒の順序で、木火土金水に配される。

万葉から色を拾おうとすれば、白・黒・紅などの色彩語の他に、間接的色彩語とも言える植物・花卉・天象関係・その他の名称も当然のこととして拾わねばならぬ。

(1)　白について

白には既に述べたように、清楚感・高潔感といったイメージがある。雑駁なものを含まない純粋感もある。二心を懐かぬ誠実感もある。それ故、戦場において降伏を示すのに白旗が掲げられるのである。

万葉には白色を示す語句が極めて多い。白栲《しろたへ》・白波・白菅・白雲・白つつじ・白髪《しらか》・ま白髪・白玉・白露・白雪・白木綿《しらゆふ》・白真弓《しらまゆみ》などが数多く歌の中に登場する。

白栲の衣は楮《こうぞ》類の木の皮から取った繊維を漂白して布に織ったものである。白木綿も同類のもので、楮の繊維を水に晒して糸状にしたもので専ら神事に用いた。その白色が穢れのない神聖さを思わせるからであった。そうした例をひとつ挙げておこう。

白栲の　袖さし交へて　靡き寝し　我が黒髪の　ま白髪《しらか》に　なりなむ極み　新世《あらたよ》に　ともにあらむと　玉の緒の　絶えじい妹と　結びてし　言《こと》は果さず（下略）（『万葉集』四八一番。高橋朝臣）

白真弓《しらまゆみ》は白い檀《まゆみ》の木で作った弓で、神聖な弓と考えられていたらしい。

天の原振《ふ》り放《さ》け見れば白真弓張りて懸けたり夜道はよけむ　（二八九番。間人大浦《はしひとのおほうら》）

さて、こうした色彩語をそのまま使った表現の歌に対して、印象として心に残る色彩を持つ自然界の事物を素材として色の世界を表出したものもある。雪とか梅花とか卯の花、あるいは「はだれ」とか、それぞれが固有の色を持っている。そうした素材も色彩語の使用に準じたものと言える。

梅花と言っても色々ある。蠟梅・白梅・紅梅など様々であるが、白梅の場合などは純白なのか淡紅色なのか、これも様々であろうが、次のように観察する万葉歌人もあった。

　雪の色を奪ひて咲ける梅の花今盛りなり見む人もがも（「梅花の歌」追和歌、八五〇番。大伴旅人）

梅花の宴で大伴旅人の見た梅の花は、まさに雪を欺くような白梅であったのである。

(2) 黒について

黒という色名については、固有名詞は別として、黒色《くろいろ》・黒髪・黒木・黒酒《くろき》・黒馬《くろま》・黒駒・黒沓《くろくつ》などがある。この中で黒木を除いては、いわゆるBlack（黒色）の意味で使われている。黒木は皮付きの材木を言うのだから、黒く見える場合もあろうが、皮をはぎ取った時、芯としての木質が白いのに対して、皮つきを黒と見立てたのであろう。

黒という色は、本来、物事の充実している状態を内に含む言葉であったと思われる。玄人と素人の語源は、黒人と白人であったかと思う。素人はいわゆるアマチュアとして、技術なり知識なりを身に着けて居ない人を言い、その逆が玄人である。それ故、黒という語には充実の意味を内包しているのだと推定される。万葉歌人には高市連黒人《むらじくろひと》が居り、黒当《くろまさ》・黒麻呂・黒女《くろめ》などという作者もいる。『古事記』仁徳記によれば、天皇が寵愛した女性に黒比売という人がいた。これらの黒という語には、充実した生涯を予祝する意味で名付けられたものであろう。

黒馬・黒駒という語は、まさに黒色の馬である。

川の瀬の石ふみ渡りぬばたまの黒馬《くろま》の来る夜は常にあらぬかも（三三一三番。反歌）

遠くありて雲居に見ゆる妹が家に早く至らむ歩め黒駒（一二七一番。人麻呂歌集）

二首とも妻訪《つまど》いの歌である。妻訪いには男は必ず黒馬に乗って来るとは限らない。後世の軍記物語にはしばしば黒馬が駿馬として登場する。古くは『日本書紀』雄略天皇紀に見える甲斐の黒駒も駿馬であった。万葉でも恋人である男が乗ってくる馬は駿馬だと考えたかったのも女心であろう。そうした気持を反映して妻訪いの男は黒馬に乗って女の家を訪れる。黒馬に乗ることは男のステイタスを示すものであった。今日の若者が高価なスポーツカーに憧れる気持と変わらない。譬え黒馬を持っていなくとも作品の上では、妻訪いは黒馬になることもあったであろう。黒馬は夕闇の中で人目に立たないからといった解釈は問題外である。

その他、黒をイメージするものに、蜷《みな》の腸《わた》とか烏羽玉《うばたま》と言われたヒオウギの種子とか、夕闇などがあった。

蜷の腸か黒き髪に　いつの間か　霜の降りけむ　紅の　面の上に　いづくゆか　皺が来りし

（八〇四番、哀世間難住歌。山上憶良）

〈下略〉

この憶良の長歌に見える「か黒き髪」というのは、前後の歌句から見て女性の黒髪を指している。万葉に見える黒髪は後世の作品のように、女性の髪とは限らない。男の髪を言う場合にも使われる。それだけに、黒髪という言葉にも、それほど情趣的な雰囲気を纏わせていない。そして白髪《しらかみ》と対照的に使われることが多い。

(3) 青について

青という色彩語そのものが単独で表現される例はそう多くは無い。「か青なる　玉藻奥つ藻」（一三一番、人麻呂）とか「人魂のさ青なる君」（三八八九番）などはそれであろうが、「青丹よし」という枕詞などは、

青丹吉《あをによし》　寧楽乃京師者《ならのみやこは》　咲花乃《さくはなの》　薫如《にほふがごとく》　今盛有《いまさかりなり》

（三二八番、小野老《おののおゆ》）

などの場合は、作者の意識の中に、青色と赤色（丹）という色彩を賛嘆する気持が有ったかも知れないが、「青丹」の本来の意味は、奈良地方で採取された顔料としての「青土《あおに》」であったことは通説となっている。そうなれば、青色が単独で用いられているのではなく、修飾語としての用法であった。一方、「丹」も丹砂（あるいは辰砂）と言って水銀の原料あるいは赤の顔料として、これも土中から

採掘される。同じ土中からの採掘とは言っても色彩も性質も違う。

この場合の「丹《に》」は「土《に》」の借訓と決めて好かろう。このようにして、青には青柳・青山・青衿《あおくび》・青香具山・青菅山などと共に、色調あるいは色感に関わる問題を含む言葉として青馬・青駒・青雲などがある。

「青馬」「青駒」というのは、青毛の馬を言うのだと言って、次の家持の歌が引用されるのが通説のようだが、疑問がある。


水鳥の鴨の羽色の青馬を今日見る人は限りなしといふ　（四四九四番、大伴家持）

「限りなし」は齢限りなしの意味であるが、青馬とは毛色が青みがかった黒色の馬を言うのだと説明される。土屋文明は平安期の「白馬《あおうま》の節会《せちえ》」を例証に挙げながらも、何故か漆黒の馬だと言う、白馬の節会は、朝廷の年中行事として、正月七日に白馬を紫宸殿の前庭に引き出し、天覧ののち群臣に宴を給う儀式である。この白馬をアオウマと称するのは、この行事は初めは青毛の馬であったが、後に白馬が珍重されるようになり白馬に変えられたが、呼称のみは起源のままを残して、白馬をアオウマと読ませているのだという。だが、青馬を白馬に替えた時に文字までも替えたのなら、何故アオウマの訓みだけを残したのか、納得出来ない説である。

『日本書紀』壬申紀の天武元年七月、箸墓近辺の戦闘において、近江方の将、廬井《いほ》鯨《ゐくぢら》は大伴吹負《ふけひ》の軍に敗れた。「鯨、白馬《あをうま》に乗りて逃ぐ」と書紀は記している。白馬をアオウマと称しているのである。純白を白と称したことは言う迄もないが、光線の加減に依っては青色がかって見えるような白色をアオと称したらしい。一般には灰色を青と言ったのだろうと考えられている。

弥彦《いやひこ》おのれ神《かむ》さび青雲のたなびく日すら小雨そほ降る
（三八八三番、越中国歌）

この青雲を青空の隠喩と考えるのはやはり俗説で、灰色の雲までも含めて、通常白雲と言われている雲を青雲と称したものであろうということは、白馬の場合と同様であろうかと思われる。

(4) 赤について

五行説に依れば、赤は五行の「火」に配され、五時では夏、五方では南と並ぶ。まさに赤は明るい火の色なのである。紀元前約三万五千年頃まで生息していたとされる古生人類のネアンデルタール人は、死者の顔に赤土を塗って埋葬したと報告されている。死者は別の世界で生きてゆくと考えられていたからだとされる。赤は血の色であると共に生《せい》の色でもあった。
赤という色彩語として万葉に多く現れるのは、赤駒・赤裳などの形である。

つぎて来る　君の御代御代　隠さはぬ　安加吉許己呂乎《あかきこころを》　すめらへに　極め尽くして　仕へ来る
〈下略〉
（四四六五番、喩族歌。大伴家持）

の歌に見える安加吉許己呂は「赤き心」で、誠心の意味だと理解されている。「赤心」がなぜ誠心となるのかということで、「赤」の語源かと言われる「明《あか》（し）」を以て置き換えても誠心の意味は出て来ない。赤裸・赤貧・赤誠・赤心といった漢語から赤恥といった和語に至るまで、赤には純粋さを強調する作用がある。尤も赤恥の場合は、明恥の意で、恥が公にされる様だという『俚言集覧』の説を採るなら、用例から除かねばなるまい。

また、赤色の系列としては「丹」もあるが、「紅」が圧倒的に多い。

紅はうつろふものそ橡《つるはみ》のなれにし衣《きぬ》になほ若《し》かめやも
（四一〇九番、大伴宿禰家持）

紅色は褪色しやすい。橡（薄墨色）の着古るした衣には及ばないという、年若い恋人より糟糠の妻を大切にせよという教訓の歌であるが、紅は赤色の中でも華やかなものというイメージがあった。

竹敷《たかしき》の宇敝可多山《うへかたやま》は紅の八入《やしほ》の色となりにけるかも
（三七〇三番、遣新羅使人）

遣新羅使人の大蔵麻呂が対馬の竹敷で詠んだ黄葉の歌である。「紅の八入の色」とは、何度も染料に浸して染めた紅色を言う。文字通り紅葉の色を表現したものである。『万葉集』に現れる「もみち」は漢字表記では「黄葉」と書くのが普通であるが、「紅葉」「赤葉」という表記がそれぞれ一例ずつ存在する。

妹がりと馬に鞍置きて射駒山うち越え来れば紅葉《もみち》散りつつ　　（三二〇一番）

木の葉が秋を迎えて黄変あるいは紅変する現象が「もみじ」と言われる訳だが、一般には黄変であり、紅変するものはカエデ類・ウルシ類などで、「もみじ」する樹木全体から見れば、比率は少ないと思われる。その紅変を特別に愛して、「もみじ」の視点をそこに移したものが、平安期以後の紅葉という表記の理由であろう。

尚、赤いろの系列として「丹《に》」と言われる色がある。辰砂と言って土中から採取される水銀と硫黄との化合物で、水銀や赤色顔料の「丹」を製造する。「丹塗り」とか「さ丹づらふ」などと使われる。

(5) その他の色名

白・黒・青・赤の他に主要な色名として、黄・緑・紫などを挙げることが出来る。先ず黄についてだが、万葉の中で色名として黄の文字が使われる例は無いようである。「黄葉」などにその文字は使われても、青山の青などとは違って、「黄葉＝もみぢ」には黄色ばかりではなく、紅の葉も含まれて共に黄葉と表記されるのである。それ故、黄葉の黄は忠実な色名としての表現では無い。

山吹の立ちよそひたる山清水汲みに行かめど道の知らなく　　（一五八番、高市皇子）

天智天皇の皇女、十市皇女が亡くなった時、高市皇子の詠んだ挽歌である。山吹の花の黄色と、山清水が意味する遠い地に湧く泉とを合体させて、黄泉の意味を表現した歌として知られている。

次に緑について挙げて置こう。

春は萌え夏は緑に紅のまだらに見ゆる秋の山かも

（二一七番、山を詠める）

豊かな色彩感を表現した作品である。春の薄緑、夏の深緑と、秋の紅色と緑の混色とを描いている。また、「みどり児」という言葉の場合、仮名書きの他は、「緑児」「緑子」「若児」「若子」などと表記される。今日では出生して間もない児を嬰児と称するが、みどり児とは嬰児の瑞々しさを新緑に譬えたものだと言われる。

さて、最後に紫に触れてこの項を終わろう。ムラサキという語は、『万葉集』では仮名書き以外は、「紫」「紫草」の二通りの表記があるだけである。

紫は灰さすものそ海石榴《つば》市《いち》の八十の衢に逢ひし児や誰

（三一〇一番、問答歌）

赤と青との中間色としての紫は、万葉の昔は紫草の根を乾燥させた紫根《しこん》から抽出した。それを染料として布を染める場合には、媒染剤が必要であった。『萬葉代匠記』は次のように言っている。

紫ヲ染ルニハ、灰ヲサシ合セテ染ルナリ。其灰ハ椿ヲ用ヰレバ、椿市ト云ヒカケテ、又下ノアフト云モ其縁ナリ。和名集云。又有柃《れい》灰。焼柃木葉《れいぼくのは》作之。並入染用。今按、俗所謂椿灰等是也。
（※柃木については、『古事記』のいわゆる久米歌にイチサカキとして登場する。）

この紫については、『日本書紀』皇極二年冬十月の条に、「蘇我大臣蝦夷《えみし》、病に縁《よ》りて朝《つかへまつ》らず。私《ひそか》に紫の冠《かうぶり》を子入鹿《いるか》に授けて、大臣《おほおみ》の位に擬《なずら》ふ」とあって、大臣と称される高官に許された色調であった。また、僧侶の世界でも紫の袈裟は、古例として天平の頃は勅許に依って許されるものであった。

注1　『満佐須計装束抄』は『新校群書類従』本に拠った。
2　『日本音楽大辞典』（平凡社刊）田辺尚雄・岸辺成雄両氏執筆の「五声」の項によった。
3　スクリャービンの業績については、「高岡市万葉歴史館」主任研究員の新谷秀夫君の教示に負うところが多い。

引用した万葉歌の訓法及び表記は、「新日本古典文学大系」本を基準に適宜改めた部分がある。

赤色の裙の乙女

志水義夫

一　丹塗りの大橋

『万葉集』巻九、高橋連虫麻呂歌集中出歌の、

　河内の大橋を独り行く娘子を見る歌一首〔并せて短歌〕

しなでる　片足羽川《かたしはがは》の　さ丹塗《にぬ》りの　大橋《おほはし》の上ゆ　紅《くれなゐ》の　赤裳裾《あかもすそ》引き　山藍《あゐ》もち　摺れる衣《きぬ》着て
ただひとり　い渡らす児は　若草の　夫《つま》かあるらむ　橿《かし》の実《み》の　ひとりか寝《ぬ》らむ　問はまくの
欲しき我妹《わぎも》が　家の知らなく　（巻九・一七四二）

　反　歌

大橋の　頭《つめ》に家あらば　ま悲しく　ひとり行く児に　宿貸さましを　（巻九・一七四三）

は、色彩表現の豊かさで注目される。ここには「さ丹塗りの大橋」「紅の赤裳」という二種類の「赤」、対照的な「山藍もち摺れる衣」の「藍」色が「しなでる片足羽川」を背景に浮かび上がる。片足羽川がどこにあるのかは定かではないが、ここではどこにでもある山と川の森と水のある自然の情景が定まればよい。そこに「さ丹塗りの大橋」という人工的な存在が浮かび上がり、藍色の衣と赤色の裳を着た娘子がいる。自然色の中に浮かび上がる赤色――丹塗りの大橋と赤裳――に注目しよう。

「赤」は字義的にいえば「大」と「火」を組み合わせた会意文字《かいい》で、火の色を示す。訓義のアカは、「明し」に関係することばで、本来は明暗の差を表現する語である。漆黒《しっこく》の闇の中に灯《とも》される火に照らされたすべての映像が「赤」だといってもいいだろう。だからアカの具体的な色彩を明確にするのは困難だ。

それでもアカという色彩語がある以上、それなりに色彩認識はあったはずだ。国立歴史民俗博物館が、所蔵する上代の布に科学的測定を行い色彩を数値化しているが、あまりに科学的にすぎて素人《しろうと》にはよくイメージがわかない。(注1) 結論的には上代の赤は黄色味を帯びたBrown系統ということらしい。万葉の色彩に関しては、単なる色彩だけではなく、その文学的意味にまで調査範囲を広げた伊原昭《いはらあき》による研究成果が大きい。(注2) 伊原の『万葉集』を中心とした色彩・色彩語の精緻《せいち》な分析によれば、『万葉集』には赤系統の色彩・色彩語がひときわ多く用いられているという。(注3)

赤色との色彩としてのつきあいは古い。塗料・染料としても万葉以前にさかのぼる。

塗料は鉱物性顔料《がんりょう》、所謂《いわゆる》「朱」、硫化水銀《りゅうかすいぎん》である。「朱」は字義的には「木」の間に線を引いて芯

の赤い松柏類の樹を意味する指事《しじ》文字だが、

大神朝臣奥守が嗤ひに報《こた》ふる歌一首

仏《ぶつ》造る　ま朱《そほ》足らずは　水溜まる　池田の朝臣《あそ》が　鼻の上を掘れ　（巻十六・三八四一）

穂積朝臣が和《こた》ふる歌一首

いづくにそ　ま朱《そほ》掘る岡　薦畳《こもたたみ》　平群《へぐり》の朝臣《あそ》が　鼻の上を掘れ　（巻十六・三八四三）

などはソホと訓まれ、鉱物を指すことは見ての通りである。朱を掘り出す井戸と、そこにある鉱物を示す「、」とが合わさると「丹」という字になるが、これはアカと訓まれずにニと訓まれる。ニは土（ハニ）のことでもあるが、

赤土《はに》に寄する

大和の　宇陀の真赤土《まはに》の　さ丹付かば　そこもか人の　我を言《こと》なさむ　（巻七・一三七六）

とあるようにハニ（土・埴）の中でも「真」のハニと言われる資源であった。

ニと訓まれる「丹」も硫化水銀のことだといわれる。各地に「丹生《にう》」という地名が残るが、水銀を産出した土地のことである。

真金《まかね》吹く　丹生《にふ》のま朱《そほ》の　色に出《で》て　言はなくのみそ　我《あ》が恋ふらくは　（巻十四・三五六〇）

と東歌《あずまうた》にあるが、金を含む鉱石を砕き、水銀と混ぜると、金と水銀が化合する。のち、熱を加えて水銀を蒸発させると金が残る。「ま金ふく丹」とはこのような金の製法（アマルガム法）に基づく表現なのだろう。「丹生のま朱」は、水銀の産出地から「朱」が取れたことを意味する表現だ。それは先の巻十六の歌で詠み込まれた「ま朱」が掘られるものであり（三八四三）、仏を造るために必要な資源であったこともわかる（三八四一）。金アマルガムを塗りつけて火であぶり水銀を蒸発させ金を鍍金させたとも考えられるが、正倉院文書などを調査した伊原昭は、(注4)鍍金の原料だけでなく、塗料としても用いられたことを確認している。

そこで塗料としての朱。縄文時代後半から弥生時代、古墳時代にかけて数多くの朱の塗られた考古遺物が発見されている。出土遺物から朱の塗布の状況を見ると、弥生時代に急速な広がりを見せるという。埋葬における朱の利用には、道教思想との結びつきを考えなくてはならない。(注5)道教思想で赤が蘇りの色だということはよく知られている。水銀自体、不老不死の薬のもととして、化合され丸薬《がんやく》（丹）として服用されていたことが文献や漢代の遺体などから確認される。呪術的背景が赤色の後ろにはあるらしい。

それとともに縄文時代後期からの使用が確認される朱は、弥生時代までは点在的ながらも共同体規模で用いられていたのに対し、弥生時代からは全体的に使用が広がるのと足並みをそろえて支配者層の占用に移行してゆくというから(注6)、より新しい王権の形成とマトリゴトとを結びつける赤という色を垣間《かいま》見ることができる。呪術や信仰に裏打ちされた特殊な心意が与えられ、支配者層が独占していった色彩だったと言ってもいいだろう。

しかし、冒頭の虫麻呂の歌に、そのような特殊な心意は見られるだろうか。橋という素材が異界と斯界《しかい》とをつなぐものとして機能し、この娘子が巫女——もしくは仙女——だと理解すれば(注7)、その色彩に信仰的背景を見出すことはできそうだ。ただし虫麻呂は、浦嶋の歌（巻九・一七四〇～四一）において、異郷を訪れ「永き世にありけるもの」であった浦島を「おそやこの君」とこきおろし、末の珠名の歌（巻九・一七三八）においては神に仕える女性を「たはれてありける」娼婦におとしめる。筑波のかがひの歌（巻九・一七五九）でさえ、「神の昔より禁めぬ行事」のかがひを「人妻に我も交はらむ」騒擾《そうじょう》の場にひっくりかえす。彼は神の領域にある素材を人間の領域に引きずりおろす。このような作歌癖を一方に見れば、この歌が、既婚独身を問い反歌で「宿かさましを」と詠い納める展開は、丹塗りの橋を「紅の赤裳裾引き」渡る〈聖なる〉（？）女性を凌辱する作品としてうけとめることを許すだろう。ここで用いられた赤色に女性を特殊化する効果はあっても、古墳時代以前からの呪術的信仰的心意を見出すのは困難だろう。

二　赤色の乙女

問題を掘り下げていこう。虫麻呂の作歌年代は、指摘される藤原宇合《ふじわらのうまかい》との関係(注8)からいって万葉第三期から四期にあたる。この時期、天平八年（七三六）に新羅《しらぎ》に派遣された使者の歌が巻十五に収められているが、その中に柿本人麻呂の歌が見られることは周知のことだ。その一首に、

①安胡《あご》の浦に　舟乗《ふなの》りすらむ　娘子らが　赤裳の裾に　潮満つらむか　（巻十五・三六一〇）

がある。「赤裳」とあるのは、河内の大橋を渡る娘子と同じコーディネーションだ。だが左注は「玉裳の裾に」という異伝をのせ、実際巻一の人麻呂作歌に、

②あみの浦に　舟乗りすらむ　娘子《をとめ》らが　玉裳の裾に　潮満つらむか　（巻一・四〇）

とある。そして集中「赤裳」の用例を引くと、作者判明歌では、

③世の中の　すべなきものは　年月《としつき》は　流るるごとし　取り続《つつ》き　追ひ来《く》るものは　百種《ももくさ》に　迫《せ》め寄《よ》り来《きた》る　娘子《をとめ》らが　娘子さびすと　韓《から》玉を　手本《たもと》に巻《ま》かし〔或はこの句あり、云はく、白《しろ》たへの　袖《そで》振り交《かは》し　紅の　赤裳裾引き〕　よち子らと　手携《てたづさ》はりて　遊びけむ　時の盛《さか》りを　留《とど》みかね　過ぐし遣《や》りつれ　蜷《みな》の腸《わた》　か黒《ぐろ》き髪に　いつの間《ま》か　霜《しも》の降《ふ》りけむ　紅《くれなゐ》の〔一に云ふ、丹《に》のほなす〕　面《おもて》の上《うへ》に　いづくゆか　皺《しわ》が来《きた》りし〔一に云ふ、常なりし　笑《ゑ》まひ眉引《まよび》き　咲く花

の　うつろひにけり　世の中は　かくのみならし」　ますらをの　壮士《をとこ》さびすと　剣太刀《つるぎたち》　腰《こし》に取り佩《は》き　さつ弓《ゆみ》を　手握《たにぎ》り持ちて　赤駒《あかごま》に　倭文鞍《しつくら》うち置き　這《は》ひ乗りて　遊びあるきし　世の中や　常にありける　娘子《をとめ》らが　さ寝《な》す板戸《いたと》を　押《お》し開《ひら》き　い辿《たど》り寄りて　ま玉手《たまで》の　玉手さし交《か》へ　さ寝《ね》し夜《よ》の　いくだもあらねば　手束杖《たつかづゑ》　腰《こし》にたがねて　か行けば　人に厭《いと》はえ　かく行けば　人に憎《にく》まえ　老《お》よし男《を》は　かくのみならし　たまきはる　命惜《いのちを》しけど　為《せ》むすべもなし

（巻五・八〇四「神亀五年七月廿一日於嘉摩郡撰定　筑前国守山上憶良」）

④ますらをは　み狩《かり》に立たし　娘子《をとめ》らは　赤裳裾引く　清《きよ》き浜辺《はまび》を

（巻六・一〇〇一「右一首山部宿祢赤人作」）

⑤大君《おほきみ》の　任《ま》けのまにまに　しなざかる　越《こし》を治《をさ》めに　出《い》でて来《こ》し　ますら我《われ》すら　世の中の　常《つね》しなければ　うちなびき　床《とこ》に臥《こ》い伏《ふ》し　痛けくの　日《ひ》に異《け》に増せば　悲しけく　ここに思《おも》ひ出《で》いらなけく　そこに思ひ出　嘆《なげ》くそら　安けなくに　思ふそら　苦しきものを　あしひきの　山き隔《へな》りて　玉桙《たまほこ》の　道の遠《とほ》けば　間使《まつか》ひも　遣《や》るよしもなみ　思ほしき　言《こと》も通《かよ》はず　たまきはる　命惜《いのちを》しけど　せむすべの　たどきを知らに　隠《こも》り居《ゐ》て　思《おも》ひ嘆《なげ》かひ　慰《なぐさ》むる　心はなしに　春花《はるはな》の　咲ける盛りに　思ふどち　手折《たを》りかざさず　春の野の　繁《しげ》み飛び潜《く》く　うぐひすの　声《こゑ》だに聞かず　娘子《をとめ》らが　春菜《はるな》摘《つ》ますと　紅の　赤裳の裾の　春雨《はるさめ》に　にほひひづちて　通《かよ》ふらむ　時の盛りを　いたづらに　過ぐし遣《や》りつれ　偲《しの》はせる　君が心を　愛《うるは》しみ　この夜《よ》すがらに　眠《い》も寝《ね》ずに　今日もしめらに　恋《こ》ひつつそ居《を》る

（巻十七・三九六九「三月三日大伴宿祢家持」）

⑥大君《おほきみ》の　命《みこと》恐《かしこ》み　あしひきの　山野障《やまのさは》らず　天離《あまざか》る　鄙《ひな》も治《をさ》むる　ますらをや　なにか物思《ものも》ふ　あをによし　奈良道来通《ならぢきかよ》ふ　玉梓《たまづさ》の　使ひ絶えめや　隠《こも》り恋《こ》ひ　息づき渡り　下思《したもひ》に　嘆《なげ》かふ我《わ》が背《せ》　古《いにしへ》ゆ　言ひ継ぎ来《く》らし　世の中は　数なきものそ　慰《なぐさ》むる　こともあらむと　里人《さとびと》の　我《あれ》に告《つ》ぐらく　山辺《やまび》には　桜花《さくらばな》散り　かほ鳥《とり》の　間《ま》なくしば鳴く　春の野に　すみれを摘《つ》むと　白たへの　袖《そで》折り返し　紅の　赤裳裾引き　娘子《をとめ》らは　思《おも》ひ乱れて　君待つと　うら恋《ごひ》すなり　心ぐし　いざ見に行《ゆ》かな　ことはたなゆひ
（巻十七・三九七三「三月五日大伴宿祢池主」）

のように当該歌《とうがいか》を含め、山部赤人（④）や山上憶良（③）以降の用例しかなく、あとは、

⑦住吉《すみのえ》の　出見《いでみ》の浜の　柴《しば》な刈りそね　娘子《をとめ》らが　赤裳の裾の　濡《ぬ》れて行《い》かむ見む（巻七・一二七四）

が柿本人麻呂歌集歌に見られるだけだ。「赤裳」ばかりではない。虫麻呂が用いた「さ丹塗り」も、ほかには山上憶良に、

⑧彦星《ひこほし》は　織女《たなばたつめ》と　天地《あめつち》の　別れし時ゆ　いなむしろ　川に向き立ち　思ふそら　安《やす》けなくに　嘆くそら　安けなくに　青波《あをなみ》に　望《のぞ》みは絶えぬ　白雲《しらくも》に　涙《なみた》は尽《つ》きぬ　かくのみや　息《いき》づき居《を》らむ　かくのみや　恋《こ》ひつつあらむ　さ丹塗りの　小舟《をぶね》もがも　玉巻《たまま》きの　ま櫂《かひ》もがも　〔一に云ふ

小棹《をさを》もがも〕　朝なぎに　いかき渡り　夕潮《ゆふしほ》に〔一に云ふ　夕《ゆふへ》にも〕　い漕《こ》ぎ渡り　ひさかたの
天《あま》の川原《かはら》に　天飛《あまと》ぶや　領巾片敷《ひれかたし》き　ま玉手《たまで》の　玉手さし交《か》へ　あまた夜《よ》も　寝《い》ねてしかも〔一
に云ふ　眠《い》もさ寝《ね》てしか〕　秋にあらずとも〔一に云ふ　秋待たずとも〕
（巻八・一五二〇「右天平元年七月七日夜憶良仰観天河〔一云帥家作〕」）

の一首と巻十三の長歌に、

⑨見渡しに　妹らは立たし　この方《かた》に　我《われ》は立ちて　思ふそら　安《やす》けなくに　嘆くそら　安けなく
に　さ丹塗りの　小舟《をぶね》もがも　玉巻きの　小楫《をかぢ》もがも　漕《こ》ぎ渡りつつも　語らふ妻を
（巻十三・三二九九）

の一首しか見られず、「丹塗り」も巻十六に一首見えるにすぎない。ただ、この一首、

⑩沖つ国　うしはく君が　塗《ぬ》り屋形《やかた》　丹塗りの屋形　神が門《と》渡る　（巻十六・三八八八「怕物歌三首」）

の「丹塗り」は、原表記「黄柒」とある。

人麻呂歌集歌や巻十三歌の歌詠《かえい》時期は簡単に定めることはできない。ただ、万葉第二期の作として

は、巻九に、「大宝元年辛丑の冬十月に、太上天皇・大行天皇、紀伊国に幸せる時の歌十三首」の中に、

⑪黒牛潟《くろうしがた》　潮干《しほひ》の浦を　紅の　玉裳裾引き　行《ゆ》くは誰《た》が妻（巻九・一六七二）

があるから、第二期から第三期の間に「紅の玉裳」が「赤裳」という表現に変化していった道のりを想定できよう。それは「赤」という色彩が「玉」に取って代わられるほど象徴概念化（「歌語化」というべきか）して意味づけられてきた道のりだと言い換えてよい。

「紅の玉裳」にしても「赤裳」にしても美女を形容しているわけだが、ほかにも、

⑫松浦川　川の瀬速《はや》み　紅の　裳の裾濡れて　鮎か釣るらむ
（巻五・八六一「後人追和之詩三首（帥老）」）

⑬紅に　衣染めまく　欲《ほ》しけども　着てにほはばか　人の知るべき
（巻七・一二九七「寄衣」「右十五首柿本朝臣人麻呂之歌集出」の一）

⑭紅の　深染めの衣　色深《いろぶか》く　染《し》みにしかばか　忘れかねつる
（巻十一・二六二四「寄物陳思」）

⑮紅の　深染めの衣を　下《した》に着ば　人の見らくに　にほひ出《い》でむかも
（巻十一・二八二八「右二首寄衣喩思」の一）

⑯紅の　薄染め衣　浅《あさ》らかに　相見《あひみ》し人に　恋ふるころかも　（巻十二・二九六六「寄物陳思」）

⑰紅の　裾引く道を　中に置きて　我《われ》や通《かよ》はむ　君か来《き》まさむ〔一に云ふ　裾漬く川を　また曰はく　待ちにか待たむ〕　（巻十一・二六五五「寄物陳思」）

⑱紅に　染めてし衣　雨降りて　にほひはすとも　うつろはめやも
（巻十六・三八七七「豊後國白水郎歌一首」）

⑲紅の　衣にほはし　辟田川《さきたがは》　絶ゆることなく　我《われ》かへり見む
（巻十九・四一五七「潜鵜歌一首〔并短歌〕」）

⑳赤絹の　純裏の衣　長く欲《ほ》り　我《あ》が思ふ君が　見えぬころかも　（巻十二・二九七二「寄物陳思」）

などの例がある。

「丹」の場合、ヴァリエーションが多いけれども、

さにつらふ　妹を思ふと　霞立つ　春日《はるひ》もくれに　恋ひ渡るかも　（巻十・一九一一）

かきつはた　につらふ君を　ゆくりなく　思《おも》ひ出《い》でつつ　嘆きつるかも　（巻十一・二五二一）

旅の夜《よ》の　久しくなれば　さにつらふ　紐解《ひもと》き放《さ》けず　恋ふるこのころ　（巻十二・三一四四）

のような例がある。「さにつらふ」は使用年次のわかる例としては「石田王の卒かりしとき丹生王の

作る歌」（巻三・四三〇）の中に「さにつらふ　我が大君は」の例があるのが、万葉第二期から第三期あたりにかけてと推定できる程度で、あとは右の通り。ほかに巻十三での用例がみられる。田辺福麻呂が「さにつらふ　黄葉散りつつ」という用い方をしているが、これは右のような用例のあり方から応用されたものであろう。虫麻呂が躑躅《つつじ》を「丹つつじ」と詠むのも同じだ。

また、巻十には、

我《あ》が恋《こ》ふる　丹のほの面わ　今夜《こよひ》もか　天《あま》の川原《かはら》に　石枕《いしまくら》まく　（巻十・二〇〇三）

もあるが、「さにつらふ妹」や「丹のほの面わ」のような例は、女性を直接赤色と結びつけて形容している（後者は③にも見られる）。

女性を直接色彩的に形容する古い例としては、巻一・二十一番歌の「紫のにほへる妹」（「皇太子」詠）があるけれども、この「紫」は前の問いかけの歌「あかねさす紫」を受けて用いられ、「の」は「ノヨウニ」の意味と判断できるから、女性を直接色彩的に表現している例とは断定できないが、「にほふ」という語（「丹・秀・ふ」と説明されることは周知のことだろう）が「妹」を形容する。「にほへる妹」という語用は、

山吹《やまぶき》の　にほへる妹が　はねず色の　赤裳《あかも》の姿　夢《いめ》に見えつつ　（巻十一・二七八六「寄物陳思」）

と、「赤裳」とともに使われた例がある（この「山吹」も植物を指示するのか色彩を意味するのかは判断できない）。

赤色で女性を形容する語として「赤らひく」がある。

赤らひく（朱羅引） 色《いろ》ぐはし児《こ》を しば見れば 人妻故《ひとづまゆゑ》に 我恋《あれこ》ひぬべし

（巻十・一九九九「七夕」「右柿本朝臣人麻呂之歌集出」）

ぬばたまの この夜《よ》な明けそ あからひく（朱引） 朝行《あさゆ》く君を 待たば苦しも

（巻十一・二三八九「正述心緒」「以前一百四十九首柿本朝臣人麻呂之歌集出」の一）

赤らひく（朱引） 肌《はだ》も触《ふ》れずて 寝《ね》たれども 心を異《け》には 我《わ》が思《おも》はなくに

（巻十一・二三九九「正述心緒」「以前一百四十九首柿本朝臣人麻呂之歌集出」の一）

は「赤らひく」という形容で異性（色ぐはし子・朝行く君）を形容したり、異性の肉体（肌）を形容している。これらがすべて人麻呂歌集歌であることは興味深い。ただ、これは歌集の性格という大きな問題をかかえこむことになるが、ここでそこまで深入りする余裕はない。

要するに〈万葉の赤〉は「赤駒」などの例もあるものの、色彩語として機能させる用法としては、女性形容が圧倒的に多い。赤で形容される〈赤色の乙女〉である。

三　都市化の中で

第二期から第三期にかけて赤色が女性の形容の手段として歌の中に生成されていったと見るとき、その推進力となった外的要因を求めると、一つには漢籍の影響も予想されるが——今回は触れない——それ以前に漢籍さえ受け入れられる環境的条件があったはずだ。それは具体的には都城の出現や衣服規制、礼楽《れいがく》整備といった可視的環境の変容に求めることができよう。すなわちこれらが具現化した律令制社会の形成は、万葉びと（注9）に心理的にも身体的にもインパクトを与えたはずだからである。

もう一度、〈赤色の乙女〉の歌々を見ると、「紅の玉裳」（②人麻呂作歌）で描写される舟乗りする娘子は、持統天皇の伊勢行幸に従駕《じゅうが》した女官《にょかん》をいうと見られるし、紀伊国行幸歌（⑪）においても女官であろう。山部赤人の難波宮行幸歌での「赤裳」で描写される娘子（④）もそうだ。赤は宮廷衣装を代表するステータス性を帯びていたと考えていいだろう。

宮廷衣装の整備は、古くからあったであろうが、推古十一年（六〇三）の冠位十二階の制定にともなう衣装の統制は一つの転機であったろう。これは色彩と身分とが強い関連性をもったことの確認できる最初の例である。

（十一年）十二月の戊辰《ぼしん》の朔にして壬申に、始《はじ》めて冠位《くわんゐ》を行《おこな》ふ。大徳《だいとく》・小徳《せうとく》・大仁《だいにん》・小仁《せうにん》・大《だい》礼《らい》・小礼《せうらい》・大信《だいしん》・小信《せうしん》・大義《だいぎ》・小義《せうぎ》・大智《だいち》・小智《せうち》、并《あは》せて十二階《かい》。並《ならび》に当色《たうじき》の絁《あしぎぬ》を以《も》ちて縫《ぬ》へり。頂《いただき》は撮《と》り総《すべ》て嚢《ふくろ》の如《ごと》くにして、縁《もとほし》を着《つ》く。唯《ただ》し、元日《むつきつきたち》にのみ髻花《うず》着《き》す。
十二年の春正月の戊戌《ぼしゅつ》の朔《つきたち》に、始めて冠位を諸臣《まえつきみたち》に賜ふ。各《おのもおのも》差《しな》有《あ》り。

とあり、それは十六年（六〇八）の大唐使らの訪日の場面、

是の時に、皇子《みこたち》・諸王《もろもろのおほきみ》・諸臣《もろもろのきみ》、悉《ことごとく》に金《こがね》の髻花《うず》を以《も》ちて着頭《かざし》にせり。亦衣服《またよそひ》は皆《みな》錦・紫・繍《ぬひもの》・織《おりもの》と五色の綾羅《あやうすはた》とを用ゐたり〔一《ある》に云《い》はく、服《きぬ》の色は、皆冠《かがふり》の色を用ゐたりといふ〕。

や、宮廷行事、

十九年の夏五月の五日に、菟田野《うだの》に薬猟《くすりがり》す。鶏鳴時《あかとき》を取りて、藤原池の上《ほとり》に集ふ。会明《あけぼの》を以ちて乃《すなは》ち往《ゆ》く。粟田細目臣《あはたのほそめのおみ》を前《さき》の部領《ことり》とし、額田部比羅夫連《ぬかたべのひちぶのむらじ》を後《しりへ》の部領とす。是の日に、諸臣の服の色、皆冠の色に随ひ、各《おのもおのも》髻花を着せり。則ち大徳・小徳は並《ならび》に金《こがね》を用ゐ、大仁・小仁は豹尾《へうび》を用ゐ、大礼より以下は鳥の尾を用ゐたり。

といったように活用されている。続く舒明・皇極紀に服装に関する記述はなく、孝徳紀で改新政策に関連して、

是《こ》の歳《とし》に、七色《ななつのいろ》の一十三階《しな》の冠《かがふり》を制《つく》る。一に曰《いは》く、織冠《しよくくわん》。大小《だいせう》二階有《あ》り。織《おりもの》を以《も》ちて為《つく》り、繡《ぬひもの》を以ちて冠の縁《もとほり》に裁《たち》れたり。服色《きぬのいろ》は並《ならび》に深紫《ふかむらさき》を用《もち》ゐる。二に曰く、繡冠《しうくわん》。大小二階有り。繡を以ちて為り、其《そ》の冠の縁・服色は、並に織冠に同《おな》じ。三に曰く、紫冠《しくわん》。大小二階有り。紫《むらさき》を以ちて為り、織を以ちて冠の縁に裁れたり。服色は浅紫《あさむらさき》を用ゐる。四に曰く、錦冠《きむくわん》。大小二階有り。其の大錦冠《だいきむくわん》は、大伯仙《だいはくせん》の錦《にしき》を以ちて為り、織を以ちて冠の縁に裁れたり。其の小錦冠《せうきむくわん》は、小伯仙《せうはくせん》の錦を以て為り、大伯仙の錦を以ちて冠の縁に裁れたり。服色は並に真緋《あけ》を用ゐる。五に曰く、青冠《しやうくわん》。青絹《あをきぬ》を以ちて為り、大小二階有り。其の大青冠《だいしやうくわん》は、大伯仙の錦を以ちて冠の縁に裁れたり。其の小青冠《せうしやうくわん》は、小伯仙の錦を以ちて冠の縁に裁れたり。服色は並に紺《ふかきはなだ》を用ゐる。六に曰く、黒冠《こくくわん》。大小二階有り。其の大黒冠《だいこくくわん》は、車形《くるまかた》の錦《にしき》を以ちて冠の縁に裁れたり。其の小黒冠《せうこくくわん》は、菱形《ひしかた》の錦を以ちて冠の縁に裁れたり。服色は並に緑《みどり》を用ゐる。七に曰く、建武《けんむ》〔初位《そゐ》。又立身《またりふしむ》と名《なづ》く〕。黒絹《くろきぬ》を以ちて為り、紺を以ちて冠の縁に裁れたり。別《こと》に鐙冠《とうくわん》有《あ》り。黒絹を以ちて為れり。

其の冠の背《せ》には漆羅《うるしぬりのうすはた》を張り、縁と鈿《うず》とを以ちて其の高下《かうげ》を異《こと》にし、形蟬《かたちせみ》に似《の》れり。小錦冠より以上《かみつかた》の鈿は、金銀を雑《まじ》へて為り、大小青冠の鈿は銀を以ちて為り、大小黒冠の鈿は銅《あかがね》を以ちて為り、建武冠は鈿無し。此《こ》の冠どもは、大会《だいゑ》・饗客《きやうかく》・四月・七日の斎時《さいじ》に着《かがふ》る所《ところ》なり。

と改訂される（大化三年是年条）。以後、天智紀に位階改定の記事はあるが（天智三年二月）、そこに服装に関する記事はない。

ただ、これらは男性官人に対する規定であろう。女性を対象とした服飾コーディネーションについての規制は天武天皇代にならないと確認が取れない。しかもその時期、服飾や礼法に関しては試行錯誤といってよいほどの変更や改正記事が多く録《しる》されている。それはやがて律令の条文に結実してゆくけれども、要するに律令制の社会の形成と足並みをそろえているのである。

天武紀下巻以降を見ると、五年（六七六）正月に「高市皇子以下、小錦より以上の大夫等」に衣服や机・杖が下賜《かし》されているものの、記事が密になっていくのは十年（六八一）二月に律令編纂の詔が出されてからで、以後、

十年四月
辛丑《しんちう》に、禁色《きんしき》九十二条《でう》を立《た》つ。因《よ》りて詔して曰《のたま》はく、「親王《みこたち》より以下《しもつかた》、庶民《おほみたから》に至《いた》るまでに、諸《もろもろ》の服用《きもち》ゐる金《くがね》・銀《しろがね》・珠玉《たま》・紫《むらさき》・錦《にしき》・繡《ぬひもの》・綾《あや》、及《また》氈褥《おりかものとこしき》・冠《かがふり》・帯《おび》、并《あは》せて種々雑色《くさぐさ》之類《のたぐひ》、服用ゐむこと各《おのもおのも》差《しな》有《あ》れ。」とのたまふ。辞《ことば》は具《つぶさ》に詔書《みことのりのふみ》に有り。

十一年三月
辛酉《しんいう》に、詔して曰はく、「親王より以下、百寮《ももつかさ》の諸人《ひとたち》、今より已後《のち》、位冠《くらいのかがふり》と褌《まへも》・褶《ひらおび》・脛裳《はばきも》、着《き》ること莫《なか》れ。亦、膳夫《かしはで》・采女等《うねめら》の手繦《たすき》・肩巾《ひれ》〔肩巾、此《ここ》には比例《ひれ》と云《い》ふ〕並に服《き》ること莫れ。」とのたまふ。

天武 13 年に規定された女官の服装
（風俗博物館：http://www.iz2.or.jp/fukusyoku/fukusei/index.htm）

同　四月

乙酉《いついう》に、詔して曰はく、「今より以後、男女、悉《ことごとく》に髪結《あ》げよ。十二月三十日より以前《さき》に結げ訖《を》へよ。唯し髪結げむ日は、亦ら勅旨《おほみことのり》を待て」とのたまふ。婦女《たをやめ》の馬に乗ること男夫《をのこ》の如きは、其れ是の日に起れり。

同　六月

丁卯《ていばう》に、男夫始めて髪結ぐ。仍《よ》りて漆紗冠《うるしのうすはたのかがふり》を著《つ》く。

十三年閏四月

丙戌《へいしゅつ》に、詔して曰はく、「来年の九月に、必ず閲《けみ》せむ。因りて百寮の進止《ふるまひ》・威儀《よそほひ》を教へよ」とのたまふ。又詔して曰はく（中略）又詔して曰はく、「男女、並に衣服《ころも》は襴《すそつき》有り、襴無き、及結紐《むすびひも》・長紐《ながひも》、任意《こころのまま》に服《き》よ。其れ会集《まゐうごな》はらむ日に、襴衣《すそつきのころも》を着て、長紐を著けよ。唯し男子のみは、圭冠《はしはかがふり》有らば冠して、括緒褌《くくりをのはかま》を着よ。女の年四十より以上は、髪の結げ、結げぬ、及馬に乗ること縦横《たたさまよこさま》、並に任意なり。別に巫《かむなぎ》・祝《はふり》の類は、髪結ぐる例《かぎり》に在らず」とのたまふ。

十四年七月

庚午《かうご》に、勅して明位《みやうゐ》より已下、進位《しんゐ》より已上の朝服《てうふく》の色を定む。浄位《じやうゐ》より已上は、並に朱華を着る〔朱華、此には波泥孺《はねず》と云ふ〕。正位《しやうゐ》は深紫、直位《ぢきゐ》は浅紫、勤位《ごんゐ》は深緑、務位《むゐ》は浅緑、追位《ついゐ》は深蒲萄《ふかえびそめ》、進位は浅蒲萄なり。

朱鳥元年七月

庚子《かうし》に、勅したまはく、更に男夫は、脛裳を著、婦女は垂髪于背《すべしもとどり》すること、猶《なほ》し故《もと》の如くせよ」とのたまふ。

という動きを見せ、持統紀になると三年（六八九）六月に浄御原令の班布があって、

四年四月

庚申《かうしん》に、詔して曰はく、「百官人と畿内の人の、有位者は六年を限れ。無位者は七年を限れ。其の上日《つかへまつれるひかず》を以ちて、九等に選定《えらひさだ》めよ。四等より以上は、考仕令《かうじりやう》の依《まま》に、其の善《ぜん》・最《さい》・功《こう》・能《のう》、氏《し》・姓《せい》の大小を以ちて、量りて冠位を授けむ。其の朝服は、浄大壱《じやうだいいち》已下、広弐《くわうに》已上には黒紫《ふかきむらさき》。浄大参《じやうだいさむ》已下、広肆已上には赤紫。正《しやう》の八級には赤紫。直《ぢき》の八級には緋《ひ》。勤《ごん》の八級には深緑。務《む》の八級には浅緑。追《つい》の八級には深縹《こきはなだ》。進《しん》の八級には浅縹。別に浄広弐已上には、一畐一《の》部《つぼ》の綾羅《あやうすはた》等、種々《くさぐさ》に用ゐむことを聴《ゆる》す。浄大参已下、直広肆已上には、一畐二部の綾羅等、

種々に用ゐむことを聴す。綺《かにはた》の帯・白き袴は、上下通ひ用ゐ、其の余《ほか》は常の如くせよ。」とのたまふ。

同　七月

丙子《へいし》の朔に、公卿・百寮人等、始めて新しき朝服を着る。

壬午《じんご》に、詔すらく、「公卿・百寮に令《のりごと》して、凡そ有位者、今より以後、家の内《うち》にして朝服を着、未だ門開けざらむ以前《さき》に参上《まゐこ》しめよ」とのたまふ。蓋《けだ》し昔者《いにしへ》は、宮門《みかど》に到りて朝服を着しか。

甲申《かふしん》に、詔して曰はく、「凡そ朝堂の座の上にして、親王《みこ》を見むときには常の如くせよ、大臣と王とには堂の前に起立《た》て。二王以上には座より下りて跪《ひざまづ》け」とのたまふ。

己丑《きちう》に、詔して曰はく、「朝堂の座の上にして、大臣を見むときは、坐を動きて跪け」とのたまふ。

七年一月

壬辰に、（略）是の日に、詔して、天下の百姓をして、黄色《きそめ》の衣を、奴《をやっこ》は皁衣《くろきぬ》を服しむ。

となり、八年（六九四）十二月に藤原宮遷御《せんぎょ》を迎える。以後、大宝元年（七〇一）三月まで服飾関係の記事は採録されていない（但、服類の下賜は除く）。見ての通り、天武十年に律令編纂の詔がでた直後から、さまざまな禁例や命令が次々と出され、藤原宮遷御を境に、記録がほとんど見られなくなっているわけで、すなわち、律令制社会の形成を具体的な形として表出したのが、衣服であり、都《と》

城《じょう》であった、言い換えれば視角や聴覚などの感覚に訴えるものであったと判断できる。（注10）

女性の衣服は養老衣服令《えぶくりょう》に至って次のように規定される。

内親王の礼服

一品の礼服の宝髻《ほうけい》〔四品以上は、品毎に各《おのおの》別制《べちせい》有り〕。深き紫の衣。蘇方《すはう》、深き紫の紕帯《そへおび》。浅き緑の褶《ひらみ》。蘇方、深く浅き紫、緑の纈《ゆはた》の裙《も》。錦の襪《したうづ》。緑の舄《くつ》〔飾るに金銀を以てす〕。

女王の礼服

一位の礼服の宝髻〔五位以上は、位及び階毎に、各別制有り。内命婦《ないみやうぶ》も此に准《なずら》へよ〕。深き紫の衣。五位以上は、皆浅き紫の衣。自余は内命婦の服制に准へよ。唯し褶は内親王に同じ。

内命婦の礼服

一位の礼服の宝髻。深き紫の衣。蘇方、深き紫の紕帯。浅き縹《はなだ》の褶。蘇方、深き浅き紫、緑の纈の裙。錦の襪。緑の舄〔飾るに金銀を以てせよ〕。三位以上は、浅き紫の衣。蘇方、浅き紫、深き浅き緑の纈の裙。自余は並に一位に准へよ。四位は、深き緋の衣。浅き紫、深き緑の紕帯。烏《くち》舄《くつ》〔銀を以て飾る〕。五位は、浅き緋の衣。浅き紫、浅き緑の紕帯。自余は皆上に准へよ。大祀、大嘗、元日に、服せよ〔外命婦《ぐゑみやうぶ》は、夫《おふと》の服色より以下、任《ほしいまま》に服せよ〕。

朝服

一品以下、五位以上は、宝髻及び褶・舄去《す》てよ。以外は並に礼服に同じ。六位以下、初位以上

> は、並に義髻《ぎけい》着せよ。衣の色は男夫にの准へよ。深く浅き緑の紕帯。緑の縹の纈の紕裙《そへも》（初位は纈去てよ）。白き襪。烏皮の履。四孟《しまう》に服せよ。
>
> 制服
>
> 宮人《くうにん》は、深き緑より以下、兼ねて服すること得む（紫の色より以下は、少少用ゐむことは、聴せ）。緑、縹、紺の纈及び紅の裙は、四孟及び尋常に服せよ。若し五位以上の女《むすめ》は、父が朝服を除きてより以下の色は、通ひて服すること得む。其れ庶女《しょにょ》の服は、無位の宮人に同じ。

「紅の玉裳」は制服条に「紅裙」と見える。これは六位以下の宮廷勤務の女性の制服ということだが、「庶女」すなわち女性一般もそれと同じだという。衣服に対する規制が庶民にまで及んだのは天武天皇の時代だから（七年一月）、「紅裙」の登場も新しい時代の到来を告げる景物であったにちがいない。「紅の玉裳」から「赤裳」への展開は、服制の浸透とともに進んだのではなかったか。

再び赤裳（紅の玉裳）の描写を見渡すと〈裾を濡らす〉という趣向があることに気付く（②、⑦など）。直接表現しなくとも④や⑪のように「浜・浦」を舞台とすることで〈裳裾の濡れ〉の趣向は生かされている。②④⑪は行幸時の歌詠だからこの「紅の玉裳」「赤裳」の装着者は宮人のものと知られる。海岸を背景に都会の服装をした女性を配し、その裳裾を濡らす構図が定式《じょうしき》として浮かび上がる。旅人の松浦河の歌（⑫）はその定式を用いつつ、「鮎釣」というアクションを取り込んだ歌詠だと位置づけることができる。

この構図は一方で⑦のような垣間見の趣向も取り込んでいる。⑦の場合、娘子の赤裳の裾の濡れて行くのを見ようがために、柴を刈るなというのであり、男の視線をシャットアウトした場での娘子の濡れを浮かび上がらせる。濡れた裳は娘子の脚線美を浮かび上がらせはしないか。服制によって虚飾される都会の女性を自然の中に解放し肉体的次元の官能世界に導くのがこの構図の文学的質だと考えられよう。ここに、虫麻呂の河内大橋の娘の歌と同質なものを見出すことができよう。

服制によって虚飾される都会すなわち藤原宮・平城宮は、瓦や礎石を用いた大陸の建築技術によって生み出された人工的空間で、巨大建築物によって、その社会的理念（律令制社会）を顕現させる機能が求められている。神亀元年（七二四）十一月の太政官奏に、当時の宮都についての考え方を伺わせる一条がある。

上古淳朴にして、冬は穴、夏は巣にすむ。後の世の聖人、代ふるに宮室を以てす。亦京師《けいし》有りて、帝王居《きょ》と為す。万国の朝する所、是れ壮麗なるに非《あら》ずは、何を以てか徳を表さむ。その板屋《いたや》草舎《くさや》は、中古の遺制にして、営み難く破れ易《やす》くして、空しく民の財を殫《つく》す。請《こ》はくは、有司《うし》に仰せて、五位已上と庶人の営《いとなみ》に堪ふる者とをして、瓦舎《かはらや》を構へ立て、塗りて赤白《あかしろ》と為《な》さしめむことを。

建築群の壮麗さが徳を表するものであるといい、しかもその壮麗さを赤色で表現するところに、赤色の意味する象徴性を見出すことができる。

人麻呂の時代から赤人の時代にかけて、赤色は都会の色となったのである。

四　都会の人々

あたらしい世を生み出した天武天皇と持統天皇の時代。それを支えてきたのはどのような人たちか。壬申の乱から平城遷都のころにかけて活躍した人物群は、およそ三世代に分けることが出来る[注11]。まず、壬申の乱の際に将軍として、あるいは舎人として従軍した経験をもち、天武天皇の時代を全身で体験した〈第一世代〉。いわゆる壬申の功臣たちで、天武天皇の時代に年相応に死んだ者たちもいるが、ここで対象となるのは文武天皇の時代まで下がって死ぬ年齢に達した者、すなわち『続日本紀』大宝元年条に壬申の功臣として名が挙がっている阿倍御主人《あべのみうし》や大伴御行《おおとものみゆき》らである。この二人と同時期に亡くなっているのが持統天皇。年齢差は前後五歳くらいで、壬申の乱当時は二十五歳から三十歳くらい、藤原宮遷御のときには五十歳前後だから、壬申の乱から藤原宮建設にかけて活躍した世代ということになる。

つづいて壬申の乱の従軍経験はないものの、宮廷に出仕し始めるころが天武天皇の晩年で、帝王として君臨する姿をかろうじて体験できた〈第二世代〉。壬申の功臣の子どもたちの世代である。さきほどの阿倍御主人の子、阿倍広庭《あべのひろにわ》、多品治《おおのほむじ》の子ともいわれる太安万侶。大伴旅人もこの世代だ。また功臣の子ではないが、広庭より一歳年長となる藤原不比等もいて、元明天皇が彼らの中間に位置す

平城宮址に復元された朱雀門（撮影：志水）

る。このうち、不比等は持統三年（六八九）の段階、直広肆。阿倍広庭が従五位上として『続日本紀』に名を見せる慶雲《きょううん》元年（七〇四）には正三位に達していて、例外的な出世をしている。この年には、阿部広庭のほか大伴旅人も従五位で名をみせ、太安万侶にも従五位が叙位されている。太安万侶の年齢については西宮一民《にしみやかずたみ》による推定があり（注12）、それに従えば旅人より一つ年上で、天武大葬《たいそう》の最後の年に二十五歳、藤原宮遷御のとき三十一歳、慶雲元年に四十一歳で従五位ということになる。出仕し始めた頃から藤原宮の本格的建設が始動し、服装について規制が加えられてゆく中、やがて藤原宮遷御を体験し、大宝律令の施行を迎えるのだから、彼らはこの期間、六位以下の官人として実務をこなし、新国家建設を支えた世代なのだ。

〈第三世代〉は天武天皇の御世の後半に生まれたものたち。天武十年（六八一）に生まれた藤原房前《ふささき》や十三年（六八四）に生まれた長屋王で、文武天皇、元正天皇もほぼ同じ年齢層である。ただ、文武天皇は当然、房前も長屋王もすべて特別な家に生まれた者たちである。藤原房前と、一歳年長の兄、武智麻呂《むちまろ》が従五位下になるのが慶雲二年（七〇五）。安万侶が従五位になった翌年である。この時、房前二十五歳。長屋王の場合は、安万侶が四十一歳で従五位になったのと同じ時に、二十一歳で无位から正四位上で宮廷デビューをしている。だから、彼らと同じ年齢層の他の者たちの多くは、養老年間（七一七─七二四）にはいって従五位になって出世してくる。それでも藤原兄弟と長屋王の登場は、やがて彼ら第三世代が世の中の中心になってゆく前触れとしてうけとめることができる。

〈赤色の乙女〉を生み出した柿本人麻呂や山上憶良のうち、旅人らと同じ活躍時期になる憶良は第二世代にあたる。柿本人麻呂に関しては年齢を決定できない。高市皇子挽歌に見られる壬申の乱の描写を体験によるものと見、人麻呂歌集歌の「庚辰年の作」を実作で天武九年（六八〇）のこととすれば第一世代の可能性もあるが、「庚辰年」を上限として「作歌」としての日並皇子挽歌での宮廷デビュー、持統天皇代での活躍ということを考えれば、まだ正史に記載されない程度の身分であった第二世代に属していたとも思われる。少なくともその活躍時期からみて、彼の卓越した表現開発力は、新しい空間の現出という環境と無縁ではあるまい。

新しい空間が現出し、第三世代が登場してくる様を見ながら、第二世代は何を思ったか。長屋王たちの登場後まもなくの平城遷都。二年後の『古事記』奏上。彼らの思いをこれらの状況から推し量れ

(注13)よう。すなわち、舒明天皇までの系譜と物語を語る『古事記』が書物として天皇に奏上されるという出来事は、天武天皇以前の〈過去〉を形にして、いわば封印したことになるだろう。それは同時に新しい時代の誕生セレモニーという意味をも持つ。通貴《つうき》（四位・五位の臣）・貴族（三位以上の臣）となって天下を導く位置まで出生した第二世代にとって、それは過去への決別と鎮魂、未来への意志ではなかったか。ただし、封印・決別という意味付けを通じて、彼らにとって過去はまだ日常に連続していた。

一方の第三世代。彼らにとって『古事記』に象徴される〈過去〉に対して第二世代ほどの重みをもった価値はない。彼らにとって新しい空間は生まれながらにして存在していた。それは所与の日常の空間なのだ。築き上げたゆえに過去を捨て去らなければならなかった第二世代との違いはここにある。ある意味、第二世代にとって新しい社会は自分たちが現実化した非日常性を帯びた新しい空間であったが、第三世代にとって、第二世代の〈過去〉こそ体験したことのない非日常的空間であった。それは『日本書紀』の奏上に象徴される〈歴史〉であったのである。いいかえれば文献から得られる知識としての〈過去〉であったわけだ。『古事記』的世界は、第三世代の日常空間＝都会とは異なる虚構空間であった。

高橋虫麻呂と、彼に歌詠の場を与えたと思われる藤原宇合も新しい空間の中に育った世代だ（虫麻呂自身の生没年は未詳でも、都会を生活の場とした世代であることはまちがいない）。その都会性が虫麻呂の伝説歌（説話歌）を生み出した基盤となり、また享受させた場を支える基盤となったはずだ。虫麻呂は常陸国府に赴任したと言われる。国司の制度もまた律令制社会の結晶であるわけだが、虫麻呂の歌の享受者もまた都会を日常の生活空間としながら、都会の外を見聞させられたはずだ。律令制度を支える文書主義は識字層を拡充しつつ、文学作品享受の場を形成した。そうして虫麻呂たちの歌の世界を生み、享受する知の世界は漢籍や歌々を通じて人々の中に宿ったのである。

都会という日常は異なる世界への興味と憧憬《しょうけい》を生む。おそらくそれが空間的には神仙境や東国、唐国などへのまなざしとなり、時間的には〈過去〉へのまなざしとなる。虫麻呂が大和国の生まれか東国の生まれかは説がわかれるけれども、いずれにせよ虫麻呂の東国体験は都会の虫麻呂の見る世界を相対化させる刺激を与えたであろう。彼の目に触れた東国の景は都会というフィルターによって可視的に異空間として再生し、都会の景は東国によってまた可視的に異空間化される。この相対化が聖なるもの――手のとどかぬもの――を日常の次元にひきずりおとす契機となったのではなかったか。「いにしへにありけること」と詠う虫麻呂の浦嶋の歌の世界は、そのまなざしの中に立ち上がり、東国の美女、手児奈も珠名も召喚されるのである。

丹塗りの河内大橋を渡る赤裳を着た娘子。彼女は東国の美女ではない。むしろその反対に彼らの日常空間にいる女性であった。だが、河内大橋という場は、都会という地理的空間から離れた景観を携えつつ、その建築物によって都会性をもちこまれた境界的な場となっている。そこに赤色の乙女を呼び寄せて、眺める作者の目は⑦と同質だ。⑦をはじめとする赤色の乙女のなまめかしい映像空間を共有する知の世界を支えに、この歌は成り立つのである。

春の苑《その》　紅《くれなゐ》にほふ　桃の花　下照《したで》る道に　出《い》で立つ娘女《をとめ》　（巻十九・四一三九）

という家持の有名な歌。ここでも作者の目は外側から乙女に注がれている。「紅にほふ」が三句目にかかるか五句目にかかるか、説が別れながら三句目とする説が有力だが、二者択一的によむものではないだろう。中西進が「紅」は「美女の幻想」というように、（注14）春の苑に咲く桃の花という庭園――人工的空間――の景を背景にしつつ「紅にほふ」「乙女」という映像を最後に結ばせて、都から来た乙女を浮かび上がらせる効果もあったのではなかったか。構造的には虫麻呂の歌とかわらない。赤色の乙女は人麻呂や赤人、憶良らによって開発され、旅人や虫麻呂によって咀嚼され、家持らに継承されていったのであった。

結びにかえて

赤色の万葉世界を、高橋虫麻呂の河内大橋の歌を入口として瞥見してみた。万葉以前からある赤は呪術的意味があった。それは万葉の時代になっても受け継がれてはいたであろうが、文学作品の中にとりこまれることはなく、むしろそういう古い時代を切り捨てるかのように生み出されてきたあたらしい社会、すなわち律令制社会の誕生の中から、それを象徴するかのように都会の色として、都会を象徴する建築や衣服に結びついて、再生してきた。そして女性形容の手段として歌の中に結実したのだった。

注1　神庭信幸「上代裂に見られる色彩の系統色名」（『国立歴史民俗博物館研究報告』第62集、平成七年一月）。
2　伊原昭『万葉の色相』（塙書房、昭和三十九年）など。
3　伊原前掲書（注2）。
4　伊原昭「上代の赤」（『万葉の色』笠間書院、平成元年）。
5　北條芳隆「神仙思想と朱と倭人」（『考古学ジャーナル』四三八、平成十年十一月）。
6　北條前掲論文。
7　中西進「橋上の女」（『旅に棲む』角川書店、昭和六十年）、原田留美「憧れとためらいと─河内の大橋の娘子考─」（『成蹊国文』二三、平成二年）、斎藤安輝「橋を渡る女─「見二河内大橋独去娘子一歌」考─」（『日本文芸研究』四三、関西学院大学、平成三年）など枚挙にいとまがない。
8　五味智英「高橋虫麻呂管見」（『万葉集の作家と作品』岩波書店、昭和五十七年）、井村哲夫『憶良と虫麻呂』、金井清一「高橋虫麻呂論序説」（『万葉詩史の論』笠間書院、昭和五十九年）など。
9　折口信夫による命名だが、城﨑陽子「万葉の時代」（『國學院雑誌』平成十四年十一月号）に折口名彙としての再評価があり、これに従う。
10　志水義夫「古事記の享受者─世代交代とメディアの変化─」（『湘南文学』第三十四号、平成十二年）。
11　志水前掲「古事記の享受者」（注10）。
12　西宮一民「太安万侶」（『古事記の研究』おうふう、昭和五十七年）。
13　志水義夫「『続日本紀』の沈黙」（『湘南文学』第三十二号、平成十年三月）。
14　中西進「くれなゐ─家持の幻覚」（『中西進万葉論集　第五巻』講談社、平成五年。昭和四十二年初出）。

使用テキスト（ただし、振り仮名の省略や割注の呈示法・字体等をあらためた所もある）
『万　葉　集』　新編日本古典文学全集（小学館）・『日本書紀』　新編日本古典文学全集（小学館）・
『続日本紀』　新日本古典文学大系（岩波書店）・『律　令』　日本思想大系（岩波書店）

青き蓋《きぬがさ》——上代の色、青と緑の位相——

田中 夏陽子

一 「青き蓋」の色

攀《よ》ぢ折れる保宝葉《ほほがしは》を見る歌二首

我が背子が 捧げて持てる ほほがしは あたかも似るか 青き蓋《きぬがさ》 (巻十九・四二〇四)

(吾勢故我 捧而持流 保宝我之婆 安多可毛似加 青蓋)

この歌は、天平勝宝二年(七五〇)四月、越中国守だった大伴家持を中心とする宴席を場としてよまれた歌である。作者は官僧の恵行。「我が背子」とは家持を指し、家持が持っているホオノキの葉は、まるで貴人にかざされる青い天蓋の傘のようだといって、恵行が家持を賞賛した歌だとされている。

この歌がよまれた時の家持の身分は従五位上。まだ天蓋の傘を許されない位階にある。したがっ

て、家持に対する蓋《かさ》の表現について、

儀制令の「蓋傘(ママ)条」に「一位、深緑」とあるから、青い蓋と云つたのは一位の人と見たわけである。

(澤瀉久孝『萬葉集注釋』)

青々とした広葉のほほがしわを持っている有様が一位の人の蓋に似ていると見立てた。

(青木生子『萬葉集全注』十九)

家持は時に従五位上。その家持に「青き蓋」と言ったのは、「一位は深き緑」とあるきまりを根底に置いたもので、今日四月十二日の宴で最高位の国守家持を暗に一位に見立てて持ち上げるのが目的であったと知られる。宴ゆえの当意即妙であり、親情と敬意の現われである。

(伊藤博『萬葉集釋注』)

といった解釈がなされることが多い。儀制令の蓋の規定をもとに家持を一位の深緑の蓋をさすにふさわしい人物と見立て、敬意を表現したものとしてとらえている。

養老《ようろう》儀《ぎ》制令《せいりょう》の蓋に関する色の規定を整理すると、次の表のとおりである。皇太子・親王の蓋の表地の色は、紫・紫大纈《ゆはた》(紫のしぼり染)、一位以下は、深緑・紺・縹《はなだ》(浅い青色)と、皇族の紫系の色に対して、青系の色に定められている。また、青系統の色である深緑・紺・縹は、藍《あい》や刈安草《かりやす》によって染色されるが、位が低くなるに従い使用する染料の量も減り薄い色となっている。[注1]

儀制令（養老令）の蓋の色の規定

位	蓋の表の色	蓋の裏の色
皇太子	紫	蘇方《すおう》
親王	紫大纈《ゆはた》（紫のしぼり染）	朱
一位	深緑	朱
三位以上	紺	朱
四位	縹《はなだ》（浅い青色）	朱

※蘇方…赤紫

周知のように、古代においては色彩としての青と緑の区別は明瞭でなく、漠然としていた。「緑・紺・縹は古代日本語の『青し』に属する色。あなたがかざし持っている朴柏の葉は、まるで頭上の『青蓋』のように見えると、相手を貴人に見なして賞賛する。」（新日本古典文学大系『萬葉集』注・岩波書店）と、「青き蓋」を広く貴人がかざす蓋とし一位の蓋と限定しない解釈は従うべき見解であろう。

二　官位の変遷にみる青と緑

そもそも日本において色彩と官位とが結びついたのは、推古十一年（六〇三）聖徳太子による冠位十二階の制定が最初である。当時は、現代のように多彩な色彩が誰にでも分け隔てなく容易に入手できる時代ではない。貴重な染料を多量に入手し、染色技術を施すことができるのは、特権階級にのみ可能なことであった。したがって、色を支配することは、権力を支配することでもあった。その中で青は、十二階級中、三・四等級にあてられた。一・二等級は紫、五・六等級は赤である。まだ、官位に緑はない。

緑が官位にあてられるのは大化三年（六四七）である。紫が一番高位で以下緋《ひ》・青（紺）・緑の順で続く。この時より、赤系統の色である緋が、青系統の色より優位な色となる。青系統の色名は、「青」・「縹」という言葉は使わず「紺」とある。また、青（紺）より低い位に緑があてられた。

天武十四年（六八五）の位階では、上から朱華《はねず》・紫・緑・葡萄《えび》の順で高位となる。当時の朱華についてはオレンジ色に似た色とも、淡いサーモンピンクのような色ともいわれ詳細は不明だが、太陽を象徴するような赤系統の色を指すようであり、親王・諸王にのみ許される色として、紫にかわって最上位となった。それに伴い緋は官位からいったん姿を消した。青色系統の色である縹も、葡萄《えび》（赤い黒みの加わった茶色とも、くすんだ赤紫ともいわれ詳細は不明）にとってかわり、いったん官位からなくなる。

そして、持統四年（六九〇）に、縹は復活するが、最も低い等級の葡萄のかわりに用いられた。また、朱華とは別に同じ赤系統の色である緋も復活し、二十一〜二十八等級と緑より上位の色があてられる。この持統四年の服色は、後世にいたるまでの基準となる紫・緋・緑・青という位袍《いほう》の順位の母胎となり、養老令に引き継がれて定着していった。

推古天皇十一年（六〇三） 冠位十二階	聖徳太子	十二階級	大仁・小仁（三等級・四等級）	青
大化三年（六四七）	孝徳天皇	十三階級	大青・小青（九等級・一〇等級） 大黒・小黒（十一等級・十二等級）	紺 緑
天武十四年（六八五）	天武天皇	六十階級	勤（二九〜三六等級） 務（三七〜四四等級）	深緑 浅緑
持統四年（六九〇）	持統天皇	六十階級	勤（二九〜三六等級） 務（三七〜四四等級） 追（四五〜五二等級） 進（五三〜六〇等級）	深緑 浅緑 深縹 浅縹
養老二年（七一八）養老令	元正天皇	三十一階級	六位（十五〜十八等級） 七位（十九〜二二等級） 八位（二三〜二六等級） 初位（二七〜三十等級）	深緑 浅緑 深縹 浅縹

後世、昇殿を許された階層である殿上人《てんじょうびと》は五位以上のものをいったが、それに対して、昇殿が許されない六位以下のものは地下人《じげびと》とよばれ緑・青の衣であった。一方、五位は緋色の衣を着るので俗に「朱《あけ》の衣」と呼ばれた。そして、五位と六位にみる衣の色の違いは歌にもよまれた。

かうぶり柳を見て

河柳糸は緑にあるものをいづれか朱《あけ》の衣なるらん　　藤原仲文《なかぶみ》　(『拾遺和歌集』巻九・五一)

寛弘三年(一〇〇六)頃に花山法皇の命により成立した『拾遺和歌集』の歌であるが、河柳の糸は緑色であるものなのに、どこが朱の衣なのだろうか、という内容である。冠柳《こうぶりやなぎ》とは、淀川の岸にあった柳のことだといわれており、『うつほ物語』でも「名にし負はば朱の衣は解き縫はで緑の糸をよれる青柳」(菊の宴)とうたわれている。律令制では叙爵は五位を授けられることをいい、五位になることによって六位の緑の衣から朱の衣にかわった。柳の名の「かうぶり」から叙爵が連想され、朱の衣をしめす名前なのに、柳の色は緑であると矛盾をうたっている。冠柳は名前負けした柳ということで、昇進が思うにまかせない王朝貴族の悲哀を誘うものであったのであろう。

三　養老令にみる青と緑

再び奈良朝の官位と服飾にもどる。先ほどから何度かとりあげてきた養老二年(七一八)撰定の養老衣服令《えぶくりょう》には、男女および官位ごとの服装の規定が詳細に規定されているが、それをみていきたい。

男の礼服　礼服《らいぶく》とは、皇太子・親王・諸王・諸臣の五位以上の者が、大祀・大嘗・元日にのみ着た豪華な衣服をさす。次の表のように、配色の大半を占める上衣の色が、皇太子が黄丹《おうだん》（黄みのさえた赤、オレンジ系統の色）、親王・一位の臣下が深紫、二位以下五位の臣下は浅紫と定められていた。黄丹《おうだん》は持統四年の最上位をしめす朱華にかわって取り入れられた色である。

そうした配色の中、上衣と白い袴との間に少しだけ色をのぞかせる褶《ひらみ》（うわみともいう。袴の上に着るひだの少ない裳の一種）の部分に青・緑系統の色が使われた。いずれも、浅い色ではなく濃く染め上げられた深緑・深縹で、褶においても深緑の方が、深縹にくらべて上位の位に使用されている。

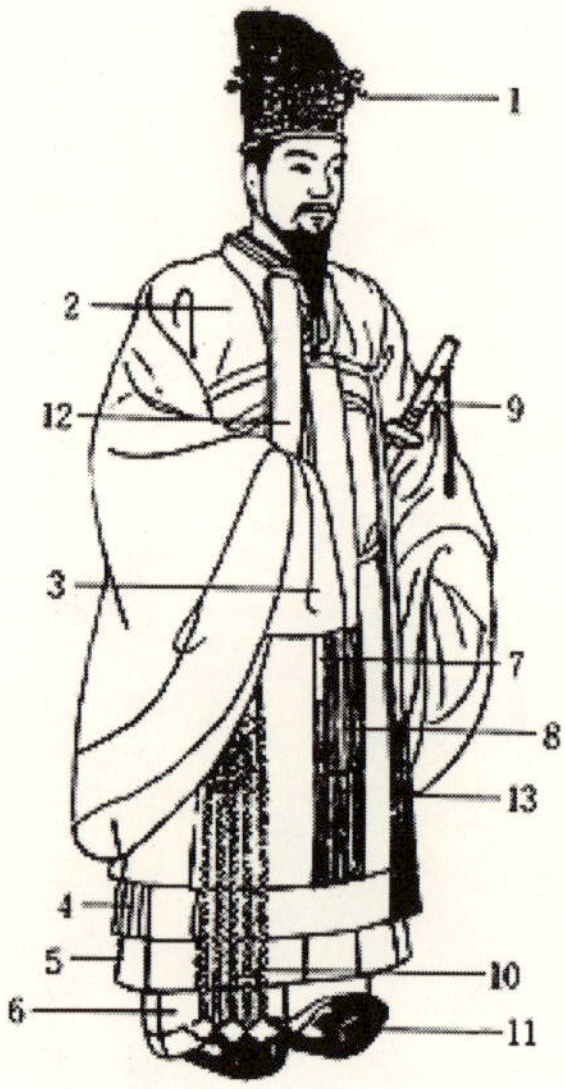

【養老の衣服令による文官礼服】

1 礼服《らいふく》の冠《かん》
2 衣《い》（大袖）
3 内衣《ないい》（小袖）
4 内衣の襴《らん》
5 紗《すずし》の褶《ひらみ》（うわも）
6 白袴《しろきはかま》
7 條帯《くみおび》（綬《じゅ》・長綬《ちょうじゅ》）
8 唐大刀《からたち》の緒
9 唐大刀
10 玉珮《ごくはい》
11 舃《せきのくつ》（烏皮《くろかわ》の鼻高沓《はなたかくつ》）
12 牙笏《げしゃく》
13 綬《じゅ》（短綬）

（風俗博物館ホームページより）

養老令にみる男の礼服

位階	衣	帯	褶《ひらみ》	袴	沓《くつ》
皇太子	黄丹《おうだん》	白	深紫	白	烏皮
親王	深紫	條《くみ》	深緑	白	烏皮
諸王（一位）	深紫	條	深緑	白	烏皮
諸王（二〜五位）	浅紫	條	深緑	白	烏皮
諸臣（一位）	深紫	條	深縹	白	烏皮
諸臣（二・三位）	浅紫	條	深縹	白	烏皮
諸臣（四位）	深緋	條	深縹	白	烏皮
諸臣（五位）	浅緋	條	深縹	白	烏皮

條…組み糸の帯　烏皮…黒色の皮の沓。

男の朝服　朝廷の公事一般に着用する制服を朝服《ちょうふく》という。上衣の色は礼服に同じ。頭に黒い頭巾《ときん》をかぶった。褶《ひらみ》はつけない。腰帯は、親王の一品《いっぽん》から五位以上は金銀をもって飾ったもの。六位以下は、黒塗りのものをした。また、緒の色や緒につけた結び玉の数によって細かく位を区別した。無位の者は、黒の頭巾・黄の衣・黒いの腰帯、家人・奴婢は橡墨《つるばみ》（紺黒色）の衣と定められている。

養老令にみる男の朝服

位階	衣	腰帯	袴	沓《くつ》
親王	深紫	金銀	白	烏皮
諸王（一位）	深紫	金銀	白	烏皮
諸王（二～五位）	浅紫	金銀	白	烏皮
諸臣（一位）	深紫	金銀	白	烏皮
諸臣（二・三位）	浅紫	金銀	白	烏皮
諸臣（四位）	深緋	金銀	白	烏皮
諸臣（五位）	浅緋	金銀	白	烏皮
諸臣（六位）	深緑	烏油	白	烏皮
諸臣（七位）	浅緑	烏油	白	烏皮
諸臣（八位）	深縹	烏油	白	烏皮
諸臣（初位）	浅縹	烏油	白	烏皮

烏油《くろつくり》…漆塗り（黒）

女の礼服　次の表のように、基本的には位に対する配色は男の礼服に対応している。褾にくらべて緑の方が上位の色につかわれている点は、男の服飾と同じである。女の褶《ひらみ》は裙《も》の下に着ているので図では表現されていないが、褶《ひらみ》の色彩を例にみてみれば、皇室関係（内親王と女王）は浅緑、臣下（内命婦）が浅縹となっており、皇室優位の配色といえよう。

また、女性の服飾の中で特徴的なのがスカート部分にあたる裙《も》であるが、四色の縦縞状になっていたようで、位が高い方が濃い色でかつ紫の配色が多く、官位が下がるに従いうすい色でかつ緑部分が多く、縹はみられない。

女の朝服　五位以上のものは、宝髻《ほうけい》や褶《ひらみ》をつけないこと以外は礼服とあまりかわらない。六位以下のものの衣の色については、男に準じている。ただし、帯は深緑と浅緑を使ったもの、裙は縹と定められている。

無位の女性官人（宮人《くうにん》）は、深緑より等級が低い色を着用することができ、緋などの等級的に紫から深緑の間にあたる色については、若干の使用は許されていた。また、父親が五位以上の娘は、父の朝服より等級の低い色は着用できた。なお、庶民の女性の服は、無位の女官に準じていた。

このように、上代の官位制の中では、男女の服飾の区別なく、濃い紫に近いほど高貴な色となり、青・緑色は、紫・朱などにくらべ低い位をイメージさせるものだった。

養老令にみる女の礼服

位階	衣	帯（紕帯《そえひも》）	褶《ひらみ》	裙《も》（縦縞の色）	沓《くつ》
内親王	深紫	深紫（縁は蘇方）	浅緑	蘇方・深紫・浅紫・緑	緑
女王（一位）	深紫	深紫（縁は蘇方）	浅緑	蘇方・深紫・浅紫・緑	緑
女王（二・三位）	浅紫	深紫（縁は蘇方）	浅緑	蘇方・浅紫・深緑・浅緑	緑
女王（四位）	浅紫	深緑（縁は浅紫）	浅緑	蘇方・浅紫・深緑・浅緑	黒
女王（五位）	浅紫	浅緑（縁は浅紫）	浅緑	蘇方・浅紫・深緑・浅緑	黒
内命婦《ないみょうぶ》（一位）	深紫	深紫（縁は蘇方）	浅縹	蘇方・深紫・浅紫・緑	緑
内命婦（二・三位）	浅紫	深紫（縁は蘇方）	浅縹	蘇方・浅紫・深緑・浅緑	緑
内命婦（四位）	深緋	深緑（縁は浅紫）	浅縹	蘇方・浅紫・深緑・浅緑	黒
内命婦（五位）	浅緋	浅緑（縁は浅紫）	浅縹	蘇方・浅紫・深緑・浅緑	黒
外命婦	夫の官位より等級が下位の色				

蘇方…赤紫色　紕帯《そえひも》…縁取りのある帯

女王…二世から四世の女性皇族　内命婦…五位以上の女官　外命婦…五位以上の官人の妻

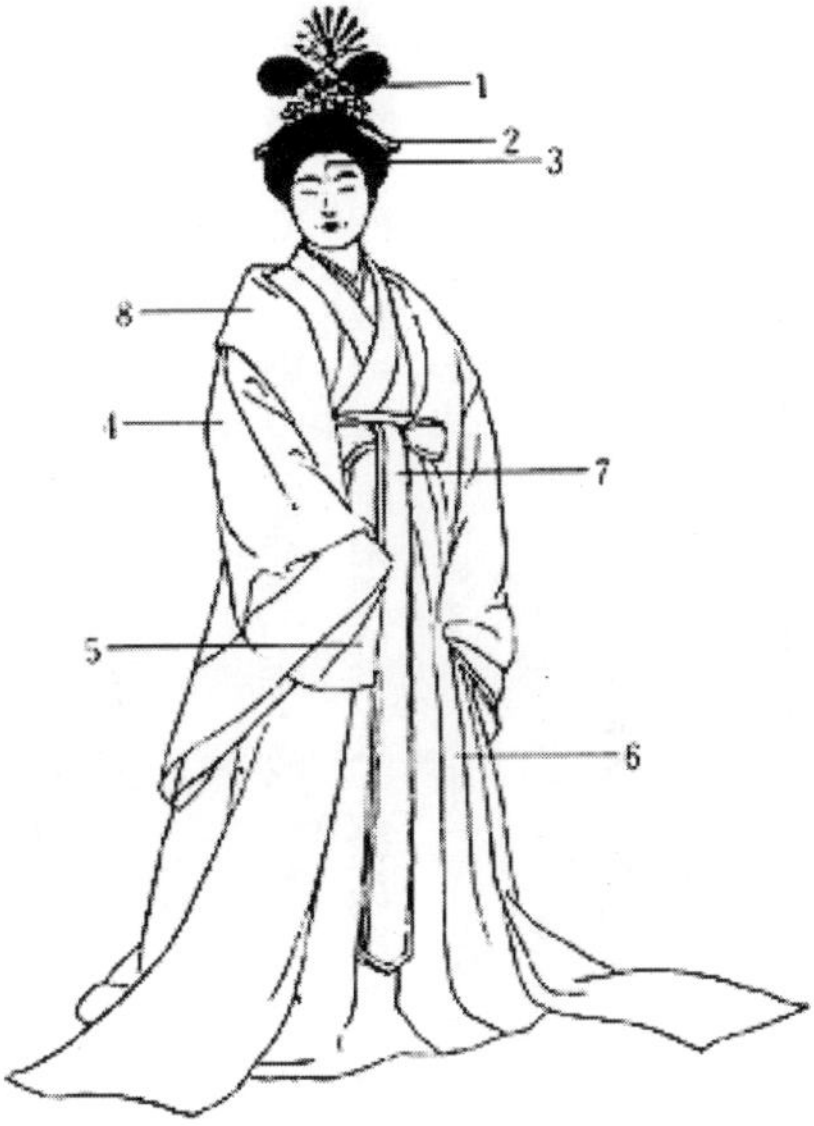

【養老の衣服令による命婦礼服】

1 宝髻《ほうけい》
2 釵子《さいし》
3 花鈿《かでん》（眉間および唇の両側に描かれた朱、藍等の化粧、花子ともいう）
4 衣《い》（大袖）
5 内衣《ないい》（小袖）
6 裙《も》（うわも）
7 紕帯《そえひも》
8 領巾《ひれ》（比礼）

（風俗博物館ホームページより）

四　平城京出土の木簡にみる青・緑の染色

こうした官位制度の服飾を支えた青・緑に染められた布については、平城京の遺構から出土した木簡類からも、調としておさめられていたことが確認できる。

縹調絁　『平城宮木簡』Ⅰ五一一（奈良国立文化財研究所・昭和四十九年）

また、そうした木簡類に記載の中には、緑の染の濃淡を記したものも見つかっている。

薄緑糸　『平城宮木簡』Ⅰ四九七（奈良国立文化財研究所・昭和四十九年）
浅緑糸　『平城宮木簡』Ⅰ五〇〇（〃）
浅緑纈　『平城宮木簡』Ⅰ五〇一（〃）
中緑糸　『平城宮木簡』Ⅰ四九八（〃）
中緑絹　『平城宮木簡』Ⅰ五一八（〃）
黒緑糸　『平城宮木簡』Ⅰ四九九（〃）
白緑糸　『平城宮木簡』Ⅰ五〇六（〃）

養老令では、染の濃淡は「深・浅」という表記で表現する。それに対し、平安朝初期成立の「延喜《えんぎ》式《しき》」巻十四の縫殿寮《ぬいどのりょう》雑染用度には、緑の濃度の種類として「深緑・中緑・浅緑」と三段階みられるが、すでに奈良時代においても、「中」という濃度の表現も現場レベルでは使われていたようである。(注2)その他には、糸について「黒緑」「白緑」と記載した例もある。雑染用度に藍染について、「浅藍」よりもさらに薄い「白藍」という配合の記述があるので、緑についても「黒・白」によっても色の濃淡をあらわしたものとも考えられる。

一方、青色系統の染色に関しては、紺糸・藍染、青染による纈《ゆはた》（しぼり染め）・綾・絹、精錬していない生糸の縹生染、そして縹染の絁が調となっていたことが確認できる。

八月廿八日進紺糸二斤六両一分□□□附薬□
『平城宮木簡』Ｉ五七（奈良国立文化財研究所・昭和四十九年）

藍染　『平城京木簡』II三二九八（奈良国立文化財研究所・平成十三年）
青染纈　『平城宮木簡』Ｉ五〇三（奈良国立文化財研究所・昭和四十九年）
青染綾　『平城宮木簡』Ｉ五〇八（　　〃　　）
青染絹　『平城宮木簡』Ｉ五一七（　　〃　　）
縹生染　『平城宮木簡』Ｉ五〇九（　　〃　　）
縹調絁　『平城宮木簡』Ｉ五一一（　　〃　　）

それから、奈良時代の染色で忘れてはならないのが、写経事業の発展に伴い大量の染紙がつくられたことである。「正倉院文書」には、大量の染紙に関する出納記事が記載されている。たとえば、天平勝宝五年（七五三）二月二十四日には、以下のような十二色二五三張の色紙が納められたことがわかる。

二十四日納色紙二百五十三張

深緑十一張　深縹廿張　浅縹二十張　浅緑二十張　蘇芳二十張　深紅二十張
浅紅二十二張　白二十張　浅皮自四十張　深苅安二十張　浅苅安二十張　胡桃二十張
（『大日本古文書』三巻）

※皮自《はじ》…櫨《はじ》色・赤みの深い黄色　苅安《かりやす》…青みのある鮮やかな黄色　胡桃《くるみ》…ピンクベージュ

このように、華やかな天平文化の基盤となった服飾・紙の染色などの製作現場レベルにおいては、色彩に関するかなりこまやかな判別があり、それに対する用語や表現が存在したのである。

五　萬葉歌にみる青と緑

再び『萬葉集』の青・緑系統の色の例をみてみる。『萬葉集』の歌についていえば、位階制度にみられるような明瞭な色彩を伴ってよまれた例は少ない。

たとえば青の染めを指す言葉は『萬葉集』には、「水縹《みはなだ》」「山藍《やまあい》」「月草《つきくさ》（鴨頭草）」といったところである。特に、青い染色を指すもっとも一般的な「縹」という語は、『萬葉集』には「水縹」という次の竹取翁の歌の一例しかみられない。乙女から麗しい容貌だった若かりし頃の翁へ贈れた品が、水縹（藍の単色染め・水色）の絹の帯とあり、帯の色を表現するものとして使用された。

…禁《いさ》め娘子《をとめ》が　ほの聞きて　我におこせし　水縹《みはなだ》の　絹の帯を…
（巻十六・三七九一）

藍についても、山藍の一例しかない。ヤマアイは日本の自生種であり、後に渡来したタデアイの藍染めが一般化する以前に青色に染めるための材料として月草染めとともに使用されていたようである。次の歌のように、河内の大橋を独り渡っていく娘の青い山藍の上着に赤い裳裾という服装描写のなかにみられるのみである。

しなでる　片足《かたし》羽《は》川の　さ丹塗りの　大橋の上ゆ　紅の　赤裳裾引き　山藍もち　摺れる衣《きぬ》着て
ただひとり　い渡らす児は　若草の　夫《つま》かあるらむ…　（巻九・一七四二）

月草（鴨頭草）はツユクサのことで、タデアイが普及する前に青の染めに使用されていたようである。しかし、タデアイの方が扱いやすかったことから使用が減少していった。水にすぐに溶けて流れてしまう特質を生かして現在でも京友禅や加賀友禅、絞りなどの下絵の染料として「青花」と呼ばれ用いられている。かつては近江地方の特産品であった。(注3) 次にあげた歌のように、青色という色彩を表現するというより、染めがすぐおちることから、恋心のうつろいやすさ、はかなさを導き出すものとして用いられている。

月草に衣色どり摺らめどもうつろふ色と言ふが苦しさ　（巻七・一三三九）
月草に衣は摺らむ朝露に濡れての後はうつろひぬとも　（巻七・一三五一）

そして、肝心の「青」と「緑」の語についてだが、歌中にみられる青・緑が含まれる言葉、または青・緑が修飾する言葉の例は左のとおりである。

あをによし…一七　二九　二九　七九　八〇　三二八　七九七　八〇六　八〇八　九九二　一〇四六　一二一五　一六三八　一九〇六　三二三六　三二三七　三六〇二　三六一二　三七二八　三九一九　三九五七　三九七三　三九七八　四〇〇八　四一〇七　四二二三　四二四五　四二六六

山…三七七　六八八　九四二　一二八九　二七〇七　三三〇五　三三〇九（二一七七）

青垣山…三八　九二三　三一八七　青嶺…三五一一　三五一二　青淵…三八三三

青根が岳（地名）…一一二〇　青香具山（地名）…五二　青海原…四五一四

雲…一六一　三三二九　三五一九　三八八三　四四〇三　波…一五二〇　四三一三

山菅…五二　三二九一　青草…二五四〇　青菜…三八二五　葉…一六　一五四三（山）

藻…一三一　一三八

馬…三〇九八　三三二七　三三二八　四四九四　※三三二七・三三二八は原文表記「大分青馬」による

駒…一三六

青みづら…一二八七　人魂…三八八九

緑児…（二一〇　二一三　四五八　四六七　四八一　二九二五　二九四二　三七九一　四一二二）

青衿…一八〇七　蓋…四二〇四　青旗…一四八　五〇九　三三三一

柳…八一七　八二一　八二五　一四三二　一四三三　一八二一　一八五一　三四四三　三五四六　三六〇三　四一九二　四二八九（一八四七）

※（　）内の数字は緑の例の歌番号。題詞・左注の例は含まない

圧倒的に青の語の用例が多い。緑の用例は全十一例で、そのほとんどが乳幼児を指す「緑児」（九例）で、それを除くと残りは左の二例しかない。

浅緑染め掛けたりと見るまでに春の柳は萌えにけるかも　（巻十・一八四七）

浅緑　染懸有跡　見左右二　春楊者　目生来鴨

春は萌え　夏は緑に　紅の　斑に見ゆる　秋の山かも　（巻十・二一七七）

春者毛要　夏者緑丹　紅之　綵色尓所見　秋山可聞

上代における色彩語としての緑の成立については、丹羽晃子氏がいわれるように、中国から導入された官位・服色制度が基盤となり、漢語の「緑」と結びつき、和歌にまで表現されるようになったと考えられる（「上代日本における色彩語『みどり』の成立について」「国文学研究（早稲田大学）」一一三号・平成六年六月）。王朝和歌にくらべると、まだ『萬葉集』には緑の例が少ない。しかしなが

ら、一八四七番歌の浅い緑の染めを意識した表現や、三二七番歌の紅との対比を意識したうたいぶりからは、明らかに色彩語として緑という語がつかわれていることがわかる。

青の用例で一番多いのは、奈良にかかる枕詞「あをによし」である。初期万葉の歌人である額田王の歌から天平勝宝四年（七五二）の大伴家持の歌まで『萬葉集』の全時代通じて用いられている。『萬葉集』には越中国守として赴任した大伴家持の歌をはじめとして、旅先での歌が多く、そうした望郷歌でよく使用されている。阿蘇瑞枝氏によれば、枕詞の中でも、特に称辞性の強い枕詞だとされ、奈良遷都以前は通り馴れた土地をとして、遷都以後は住み馴れた土地としてうたわれているといわれる（「地名にかかる枕詞―『神風の』『あをによし』を中心に」尾畑喜一郎編『記紀万葉の新研究』桜楓社・平成四年）。巻十三の三三三七の「あをによし」の原文表記は、「緑青（丹）吉」で、アヲに色彩語の緑を取り入れた斬新な表記だったと思われる。

その他の傾向としては、旗・蓋・襟など染色関連の用例が意外と少ない。それに対して、山や雲・波といった自然の景観、山菅・藻・柳などの植物の例が圧倒的に多い。

そもそも古代における「色」の概念は、様態・様相・雰囲気をいうのであり、その範疇に色彩が含まれているにすぎない。したがって、『萬葉集』にみられる青という語の用例も、色彩を示すというより、用例をみてわかるように、海・山といった自然の景観や植物の麗しい状態、瑞々しい様相をいっているととらえた方がよいだろう。そうした自然の景観や景物が麗しい状況とは、古代的観念でいえば、霊威・魂・生命の充足した状態で、霊的な神聖さを備えた様相を示すものとしてとらえられて

いた。(注4)

特に青雲は、白い雲を指すものだとも、あるいは灰色の雲を指すともいわれるが、(注5)雲や霧というものは、挽歌などで死者の魂をイメージさせるものであるように、霊的なものとして受け止められていた。漢籍の色彩表現の影響も考慮しなければならないが、梶川信行氏も指摘されるように、青雲と雲に青が冠されるのは、白や灰色といった雲の具体的な色彩を表現しているというより、接頭語の「御」などと同様に、雲の霊威の強さ、神聖さを強調し、特別な存在であることをいっているのだと思われる（「あをによし奈良」「語文（日本大学）」九十三号・平成七年十二月）。だからこそ、人魂も「さ青なる」（三八八九）状態としてうたわれるのである。

青馬という語も青雲と同様で、白い馬を指すのか黒い馬を指すのか、それとも葦毛の馬を指すのかといった議論がある。(注6)

青馬という言葉はすでに平安時代には、「降る雪に色もかはらでひくものを誰か青馬と名付けそめけん」（『兼盛集』二八番）と、白馬なのに青馬と誰が名付けたのかという内容の歌があるように、白い馬を指していたことがわかる。ところが、『萬葉集』では、次の歌のように青馬の毛並みの色を、鴨の羽色（光沢のある深みのある褐色）といっており、白い馬を指さなかったようである。

水鳥の鴨の羽色の青馬を今日見る人は限りなしといふ　大伴家持　（巻二十・四四九四）

つまり、青馬という言葉は馬の毛並みの色を指すというよりも、青雲と同様に馬の霊的な神聖さの表現であったのだと思われる。

したがって、枕詞「あをによし」についても、前掲の論文で梶川氏がいわれるように、青という語をかぶせることにより、都の華やかで活気のある様相、すなわちそれは霊威が濫れた状態を象徴する称賛性の高い枕詞として機能していたのであろう。

六　おわりに

日本の上代文献資料にみる青・緑に関する語をみてきたが、古代において青という言葉は、本来魂や霊威の濫れた様態・様相をいうのであり、その示す意味の一部分に、色彩として blue や green といった青系統の色彩をいう機能があるにすぎないのである。そこに大陸からの官位制度に伴う色彩観念が導入され、当初、青は比較的高い位を象徴するものであったが、徐々に低い位を象徴するものへと没落した。しかしながら『萬葉集』にはその影響はみられない。『萬葉集』の歌では純粋な色彩語として使われていることが少ないからである。

そうしたことから『萬葉集』にみられる色彩描写は、王朝和歌のようには成熟していない。けれども、色彩そのものを表現するばかりでなく、そのものが本来的にもっている様態・様相、自然が宿す神秘的・呪的な様相までも表現しようとしている。『萬葉集』の色の表現は、王朝時代に形成された伝統的日本美の母胎となりつつ、後世の色彩表現にはないプリミティブな観念の表現をも志向しているのである。

冒頭にあげた恵行のよんだ四二〇四番歌の「青き蓋」の色も、色彩語として貴人がかざすことを許された青や緑の蓋の色をしめすと同時に、初夏の頃のホオノキ（注7）の葉にみなぎる植物の生命力をも獲得しようとする表現なのではないだろうか。「青き蓋」という表現は、古代の信仰的ともいえる象徴的な語彙表現の中に、当時新しく導入された位階に関する色彩観念をも取り入れた新しさを持つ表現としてとらえたい。

注1 『延喜式』巻十四縫殿寮雑染用度による染料の配合は、綾の布一疋を染めるのに、深緑の場合は藍十圍・刈安草三斤、紺（深縹）は藍十圍、縹（中縹）は藍七圍を使用。刈安は山地に自生するススキに似たイネ科の植物で黄色の染料となる。青色の染料である藍とともに染めることによって緑色に染まる。

2 縫殿寮雑染用度にみられる青・緑系統の染色名は次のとおりである。青白橡・深緑・中緑・浅緑・青緑・青浅緑・深縹・中縹・次縹・浅縹・深藍・中藍・浅藍・白藍。

3 吉岡幸雄監修「色の万華鏡」(http:// www.wanogakkou.com / life / 00100_top.html)

4 近藤健史「古代文学における『青』のシンボリズム」（「語文（日本大学国文学会）」八十五号・平成五年三月）

5 吉井巌「青雲攷」（「萬葉」五号・昭和二十七年十月）、丹羽晃子「『あをくも』について—漢語『青〜』との関連において—」（「古代研究（早稲田大学）」二十六号・平成六年一月）

6　橋本四郎「『あをうま』と『あしげうま』」『橋本四郎論文集　万葉集編』（角川書店・昭和六十一年）
7　ホオノキはモクレン科の落葉高木。葉は大型で二〇センチから五〇センチほどになり、日本産広葉樹の中で最も大きい。五月頃に十五センチほどある白い花をつける。この歌がよまれたのは天平勝宝二年（七五〇）旧暦の四月中旬、開花の時期にあたる。

—参考文献—
伊原昭『色彩と文学』（桜楓社・昭和三十四年）
伊原昭『萬葉の色相』（塙書房・昭和三十九年）
伊原昭『日本文学色彩用語集成』上代一、二（笠間書院・昭和五十五年、六十一年）
伊原昭『万葉の色—その背景をさぐる—』（笠間書院・平成元年）
佐竹昭広『萬葉集抜書』（岩波書店・昭和五十五年）
山口佳紀『古代日本文体史論考』（有精堂出版・平成五年）
長崎盛輝『日本の傳統色』（京都書院・平成八年）
小松英雄『日本語の歴史　青信号はなぜアオなのか』（笠間書院・平成十三年）

※使用したテキストは、次のとおりである。私に改めたところもある。
『萬葉集』（塙書房）、「律令」（日本思想大系・岩波書店）、『延喜式』（国史大系・吉川弘文館）、「正倉院文書」（『大日本古文書』・東京大学出版会）

万葉びとの洗濯——白を希求した男と女——

上野　誠

かにかくに　モウコウナッタカラニハ、アレヤコレヤト
人は言ふとも　他人サンハ言ッタトシテモ……
織り継がむ　織リツヅケテユコウ——
我が機物の　私ノ織リ機ノ
白き麻衣　コノ真ッ白ナ麻ノ衣ハ！　負ケテタマルカ！

（譬喩歌、衣に寄する、人麻呂歌集略体歌、巻七・一二九八）

はじめに

冒頭より私事にわたることを、それも三十年も前の旧事にわたることを、お許し願いたい。現在、私は家庭の内外を問わず「洗濯」を家事労働の一つとして分担することを厭わないし、ベランダで衣服を干すことも厭わない（私＝筆者＝男、一九六〇年〜）。父親も、その点は同じくであった（父、

一九二〇年〜一九八七年)。ただし、母親は何かの事情で父や私が「洗濯」するのはよいとしても、「洗濯」した衣類を庭に干すことについては嫌がった(母、一九二二年〜)。ことに、父が干すことについては嫌がった。それは、近所の眼を気にしたからである。「あすこのゴリョンサンな亭主に洗濯ばさせとるとよ!(アノ家ノ奥サンハ亭主ニ洗濯ヲサセテイルノヨ!)」と言われたくなかったからである。「ゴリョンサン」とは、博多の商家の「おかみさん」を示す方言である。

対して、祖父は洗濯することも、料理をすることも、掃除することもなく一生を終えた男であった(祖父、一八九五年〜一九七三年)。祖母も、「洗濯」は女の仕事であると考えていたから、男には決して「洗濯」をさせなかった(祖母、一九〇〇年〜一九八三年)。つまり、父こそ家事労働としての「洗濯」を厭わない最初の男であった、我が家において。それが父個人の性格のみに由来するものではないことが、最近わかった。鈴木淳は、「洗濯」という家事労働に、戦後、男たちが参画しはじめた理由を、二つ挙げている。一つは占領下における男女同権思想の浸透、もう一つは太平洋戦争期における空前絶後の徴兵を挙げている〔鈴木　一九九九年〕。軍隊生活で、はじめて「洗濯」を体験した男たちも多かったはずである。父は、学徒出陣世代で、東京での下宿暮らしと、短期間ながら海軍生活を経験している。軍隊生活と男性の威信低下のなかで受けた新憲法の洗礼、それは父母と祖父母の歩んだ昭和の歴史でもあった。

ここで問題としたいのは、なぜ母が「世間体」を気にしたかである。それは、「洗濯」は女の仕事だと思っている人には、妻が夫に「洗濯」をさせているように見えると、母は予想したのであった。

つまり、三十年前までは夫に「洗濯」をさせる妻は、家事をさぼっているとか、恐妻だとか……近所の評判を落としたのである。(注1)

そして、もう一つ見逃してはならない事実がある。それは、「電気洗濯機」の導入によって、「洗濯」という家事が屋内での労働に、戦後、変化したことである。したがって、干す作業だけが、屋外での労働になったのである。そうなると家の外から覗かれるのは、干すところだけとなる（だから、母はいわゆる「ソトミ」を気にしたのである）。それまでは、「お爺さんは山に芝刈りに、お婆さんは川に洗濯に行きましたとさ」というように、「洗濯」はすべて屋外での労働だったのである。だから、電気洗濯機の家庭への浸透は、「洗濯」という家事労働に起った一大革命なのであった。では、電気洗濯機は、どのようにして各家庭に浸透していったのであろうか。鈴木が鋭くも指摘しているように、電気洗濯機が普及するためには、近代水道ないしは電気井戸ポンプによって、ある程度水圧のある水を確保しなくてはならない〔鈴木　一九九九年〕。水圧のある水を屋内に引くことによって、はじめて電気洗濯機の導入が可能となったのである。電気洗濯機の急速な普及は、戦後の水道と電気井戸ポンプの普及と、まさに軌を一にしているのである。こうして、「洗濯」ははじめて屋内での家事になっていったのであった。(注2)家事労働としての「洗濯」については、社会学・民俗学・家政学に若干の研究蓄積があるが、電気洗濯機の導入によって「洗濯」が屋内労働になったことに言及するものは管見の限りない。この点については、強調してもし過ぎることはない、と思われる。なぜなら、男性が「洗濯」という家事に、外聞を気にせず従事することができる環境を作ったのだから。

ならば、電気洗濯機普及以前は、どんな場所で「洗濯」が行われていたのであろうか？　それ以前は井戸や川辺が「洗濯」の場所であり、ムラや都市部の集合住宅には、共同の「洗濯場」が設けられていた。川の場合は、川上に飲料用の水汲み場を確保し、その下手に食器の洗い場や洗濯場、さらに下手にオムツの洗い場を設けるのが普通であった。だから、各自が好き勝手な場所で「洗濯」ができる、というわけではなかったのである。以上のような理由から、特定の川辺や井戸の洗濯場に女たちは集まり、いうところの「井戸端会議」や「洗濯話」に花を咲かせたのである。実は、我が家では一槽タイプで噴流式、それに手動ローラの脱水機の付いた洗濯機を、一九五〇年代前半には導入していた。我が家にやって来た最初の洗濯機は白色角型のなぜか英国製であった。こう書くと聞こえはよいが、種をあかせば進駐軍の払い下げ品である。ただし、値の張る服については、相変わらず木製の洗濯板を使用していた。なぜなら、当時の電気洗濯機は、服地やボタンを痛めたからである。また、大きな敷布などは盥で足踏みの「洗濯」をしていた。以上が、博多に暮らした中流商家の三十五年くらい前の「洗濯事情」であり、以後の我が家の「洗濯」の歴史である。おそらく、祖母ならば、川や井戸端などでの「洗濯」の経験もあったはずである。

緒言において、縷縷私事について語ったのは、他でもない。電気洗濯機普及以前の「洗濯」という家事労働について、次の点を確認しておきたかったからである。(注3)

a　「洗濯」は、女性が分担すべき労働として、広く認識されていた。

b　「洗濯」は、屋外における労働であった。

c　「洗濯」は、共同体のなかで定められた場所で行う労働であった。

d　abcの内容は、戦後の水道の普及と、電気洗濯機普及のなかで、変化してゆくことになる。

すなわち、男女間の分業はなくなり（a）、屋内の家事となっていった（b）。

以上を予備的考察として、「洗濯」と「男と女」、さらには「洗濯」によって希求された「白」について見てみよう、と思う。もちろん、この「白」は、「無垢」をシンボライズした「白」である。

一　垢と衣と男と女

平城京を出発し、なれぬ船旅を続ける遣新羅使人一行は、周防国佐婆郡《さばのこほり》で逆風に逢い、漂流の後、九死に一生の艱難を経て、豊前国下毛郡《しもつみけのこほり》の分間《わくま》の浦に到着。筑紫館《つくしのたち》に入る。時に、天平八年（七三六）の七夕のことであった。しかし、ここでも望郷と妹への思いばかりがつのる。「海辺に月を望みて作る歌九首」（巻十五・三六五九〜三六六七）も、景を詠んだ三六六一と三六六四番歌を除くと、家と妹の歌ばかりである。第一、早くに『代匠記』（精）が指摘しているように、この九首には月の歌が一首もない。海辺での観月の宴とはいうものの、一行の心は遠く「本郷」にあるのである（巻十五・三六五二題詞）。その最後の三首に、注目してみよう。

A　妹を思ひ　眠の寝らえぬに　暁の　朝霧隠り　雁がねそ鳴く

B　夕されば　秋風寒し　我妹子が　解《と》き洗《あら》ひ衣　行きてはや着む

C　我が旅は　久しくあらし　この我が着る　妹が衣の　垢付《あか》く見れば　（巻十五・三六六五〜三六六七）

Aは、妻恋しさに眠ることができない夜を過ごしていると、暁に雁が音が聞こえ、もう来雁の季節だということを知った、という歌である。万葉の雁は一部の例外を除いて、秋の来雁である（巻十九・四一四四、四一四五）。だから、Aの歌は秋の深まりを発見した歌、ということになろう。とすれば、Aの歌は、伊藤博が指摘したように、冒頭一首の「秋風は　日に異に吹きぬ　我妹子は　何時とか我を　斎ひ待つらむ」（巻十五・三六五九）に、呼応するものと考えることができる（伊藤　一九九二年）。しかも、遣新羅使人たちは、秋には平城京に帰ることができる、と信じて出発していたのである（巻十五の三五八一）。ところが、一行は帰るどころか、いまだ筑紫で足踏みしていたのであった。改めて、旅路のはるかなることと、妹との別離の時間を意識したはずである。そう理解することによって、はじめて「夕されば　秋風寒し」（B）と歌い継がれる必然性が明らかになるである。なぜならば、「雁」と「雁が音」は秋風を連想させるものだからである。

家離り　旅にしあれば　秋風の　寒き夕に　雁鳴き渡る

（作者未詳歌　雑歌　羈旅にして作る　巻七・一一六一）

秋田刈る　仮廬《かりほ》もいまだ　壊たねば　雁が音寒し　霜も置きぬがに

（忌部首黒麻呂　秋雑歌　巻八・一五五六）

今朝の朝明　秋風寒し　遠つ人　雁が来鳴かむ　時近みかも
（大伴宿禰家持　天平十八年［七六四］八月七日家持館集宴歌　巻十七・三九四七）

雁がねは　使ひに来むと　騒くらむ　秋風寒み　その川の上に
（大伴宿禰家持　天平十八年［七六四］八月七日家持館集宴歌　巻十七・三九五三）

そのB歌の下の句に「解き洗い衣」という言葉が登場する。「解き洗い衣」とは、早くに『古義』が解釈を示したように「解き洗ひて縫ひたる衣」のことである。いわゆる「洗い張り」のことで、着古した衣の縫糸をいったん解き、その上で洗濯した衣のことである。洗濯された衣は、板に張り付けて干すか、竹の弾力性を利用して布を引っ張って干すなどの方法が一般的には用いられる。それは、ただ何もせずに干すと、しわが寄り、布が暴れて仕立て直すことができないからである。「布が暴れる」とは、布が波うち、皺がよって、「衣」としての使用にたえない状態をいう。ことに、麻・藤・楮などのいわゆる「アラタへ」（荒栲）は繊維が強く、そのぶん干すと暴れやすい。[注4] したがって、どうしても「解き洗ひ」が必要になってくるのである。木綿や絹などのいわゆる「ニキタへ」（和細布）が、日常的な衣ではなかった古代においては、本格的な「洗濯」とは「解き洗ひ」だったはずである。その「解き洗ひ」こそ、「妹」「妻」の仕事だったのである。それが、いわゆる「木綿以前」の「洗濯」の実態ではなかったか、と思われる。

秋風を寒く感じたこの日、作者が着たいと願ったのは、他でもなく「我妹子が　解き洗ひ衣」であった。それを「行きてはや着む」とは、妹との再会と帰郷を熱望することを表している、と見るべきであろう。そう解釈して、はじめて歌の心に辿り着けるのではなかろうか。単なる「洗濯」ならば旅先でもできようが、「解き洗ひ」となると、仕立て直しを必要とする。これは、家なる妹によってしかなし得ない「洗濯」である。すなわち、「解き洗ひ」と歌われている場合には、妹が想起されているのである。こうしてみると、「少シデモ早ク帰ッテ着タイ」（B）という気持ちも、よくわかる。(注5) なお、「解き洗ひ衣」の用例は、このほかに二首あり、ともに作者未詳歌である。

橡《つるばみ》の　解き洗ひ衣の　怪しくも　ことに着欲しき　この夕かも
（譬喩歌　衣に寄する　巻七・一三一四）

橡の　衣解き洗ひ　真土山《まつちやま》　本つ人には　なほ及かずけり
（寄物陳思歌　巻十二・三〇〇九）

まず、注目したいのは、前者の譬喩歌の「橡の　解き洗ひ衣」は長年連れ添った古女房の比喩となっていることである。次に、後者の寄物陳思歌では、「橡の　衣解き洗ひ　真土山」が序となっていて、「本つ人」すなわち「長年連れ添った人」を起こしている。これらの連想的表現が成り立つのも、「解き洗ひ」が家なる妹の仕事として、多くの人びとに認識されていたからである、と考えることができる。

さて、以上の点を踏まえて、注意しておきたいのは、「雁（A）→秋風（Bの上の句）→解き洗ひ衣（Bの下の句）」と歌が展開されていることである。すなわち、妹との別離の時間が、読み手に伝わってゆく構成になっている。その別離の時間は、Cの歌の「垢」に結実して表現されることになる。宴において歌われた順か、連作の故か、はたまた配列の妙かは判断しかねるが、C歌が少なくともABの歌を承けていることは間違いない。AとBの歌に表現されている別離の時間に呼応して「我が旅は　久しくあらし」と歌い継いだ、ないしは歌い継いだように配列されていることは、疑い得ない。その久しいと感じた理由が、妹から贈られた衣の「垢」なのである。万葉びとが、しばしの離別に対して、互いの下着を贈答しあったことについては、今日広く知られている事柄であろう。それは、この遣新羅使人歌群においても、例外ではない。

別れなば　うら悲しけむ　我が衣　下にを着ませ　直《ただ》に逢ふまでに
我妹子が　下にも着よと　贈りたる　衣の紐を　我解かめやも　（巻十五・三五八四、三五八五）

のような歌もある。C歌の「この我が着る　妹が衣」とは、妹から贈られた妹自身の下着であろう。この形見の下着の「垢」によって、作者は離別の時の久しさを嘆いたのであった。これと、同じ発想の歌が、防人歌にもある。

旅とへど　真旅になりぬ　家の妹が　着せし衣に　垢付きにかり　（巻二十・四三八八）

注目したいのは、当該歌に「タビ」に接頭語「マ」を付けた「マタビ」（真旅）という言葉が使用されている点である。「真旅」とは、それが「旅らしい旅」すなわち「長旅」になったことを表す表現である。したがって、上の句は「旅トイッテモ、本格ナ旅ニナッテキタ」と解釈することができる。その「真旅」になった証が、下の句に「家ノ妹ガ着セテクレタ衣ニ垢ガ付イテキタ」と示されている。妹は、出発時には、当然「垢」の付いていない衣を着せてくれるはずである。作者は、贈られた衣に「垢」が付いたのを見て、妹との別離の時間を想起したのであった。つまり、遣新羅使人も防人も「垢」から、旅の時間、妹との別離の時間を想起しているのである。

さらに、「別離の時間」と「垢」との関係を見てゆこう。巻十の七夕歌には、次のような歌がある。

我がためと　織女の　そのやどに　織る白たへは　織りてけむかも

君に逢はず　久しき時ゆ　織る服の　白たへ衣　垢付くまでに

（巻十・二〇二七、二〇二八）

この二首は彦星と織女の「問答」になっている。彦星が「私ノタメニ織女ガソノ家デ織ッテイル白イ布ハ、モウ織リ上ガッタダロウカ？」と問い掛けたのに対して、織女は二人の別離の時間をこう誇張して表現する。「ソノ長イ時間ハ、織リ上ゲタ布ニ『垢』ガ付クホド長イ時間デアッタ」と。織女が誇張するのは「白たへ衣　垢付くまでに」という時間の長さである。当然、普通なら着衣しなければ「垢」など付くはずもなく、織女が彦星のために織った「白たへ」を他人に贈るということもあり得まい。つまり、織り上げて未使用なのに、アナタに差し上げもしていないのに、「垢」が付いたのよ！と、答えているのである。すなわち、そのいわんとするところは、「未使用ノママ保管シタ白タヘニ垢ガ付クホドノ長イ時間ニ私ハ感ジマシタ。アナタヲオ待チ申シ上ゲタ時間ハ……」というところにある。それほど待ち焦がれた、ということである。この大げさな言い回しにこそ、この問答のおもしろさがあるのではなかろうか。とすれば、ここでの「白たへ」は「垢」の付いた衣と対置されている、といえるだろう。

『万葉集』に登場する「垢」は、この三首のみである。(注6) そこから共通項を拾うと「垢＝旅（別離の時間）」というつながりを見出すことができる。これに対置されるのが、「白＝家（妹との時間）」というつながりである。そして、この「垢」を落とすのが、家なる妹の「解き洗ひ」ということになる。こういった対置構造のなかでは妹は「白無垢」の衣を贈ることが愛情の表現になるはずである。もちろん、この場合の「白」は、あくまでも「垢」に対置されるものであるから、染めたものでも「無垢」であればよいはずである（巻二十・四三四）。「白」は「無垢」であることをシンボライズした色なのである。

自ら作った衣を贈ることが、恋人への愛情の表現になるとすれば、本稿の冒頭に掲げた女歌の心情も、たやすく理解できる。つまり、他人の横槍や噂などに強く抗する女心が、歌われているのである。その気持ちが「織り継がむ　我が機物の　白き麻衣」（巻七・一二九八）に、結集されているのではないか。筆者があえて「負ケテタマルカ！」という釈義を補ったのは、この吹っ切った、女の闘争心

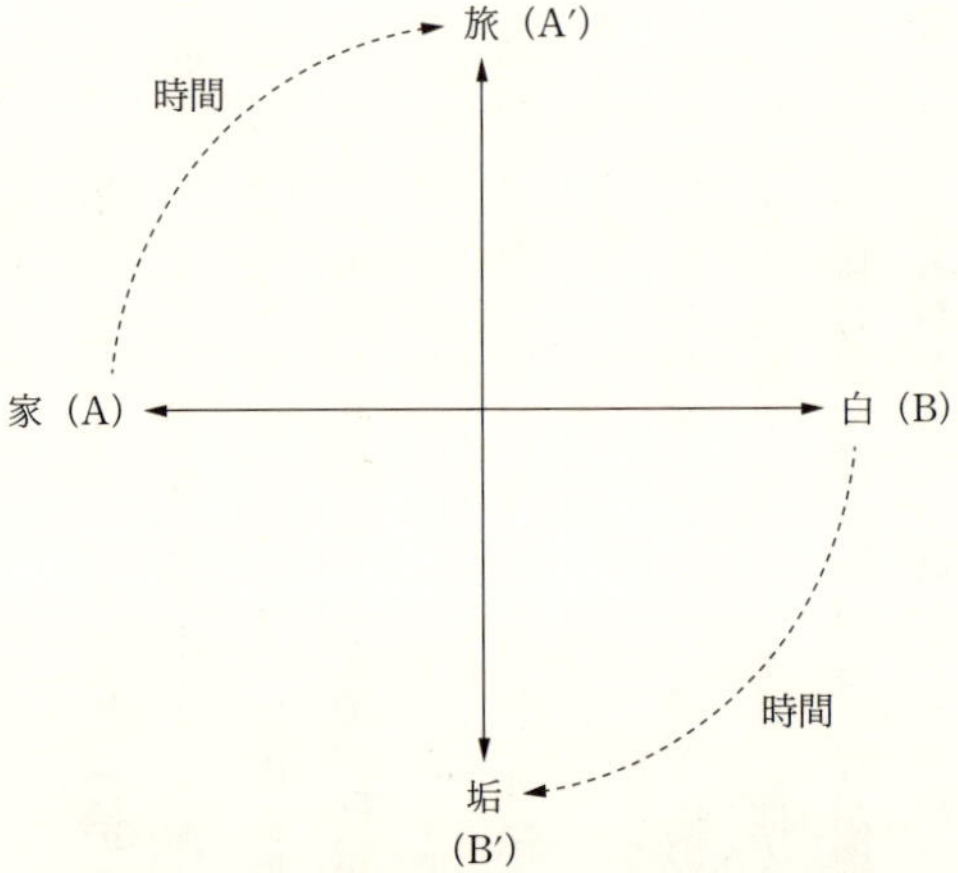

「家」↔「旅」、「白」↔「垢」と時間の概念図

旅衣につく「垢」で、「家」「妹」の別離の時間を意識する発想が万葉びとにはあった。

を顕在化させたかったからである。とすれば、その結句に、衣の白い色が表現されていることは、きわめて重要といわねばならない。なぜならば、そこに考察を重ねてきた「垢」と「白」を対置する発想法を読み取ることができるからである。

さて、以上のような観点で、旅の歌を見てゆくと、同じ巻十五の狭野茅上娘子の歌に、彼女が中臣宅守に贈った形見の衣を詠んだ歌があることに気付く。

我が背子し　けだし罷《まか》らば　白たへの　袖を
振らさね　見つつ偲《しの》はむ　（巻十五・三七二五）

白たへの　我が下衣《したごろも》　失はず　持てれ我が
背子　直《ただ》に逢ふまでに　（巻十五・三七五一）

白たへの　我が衣手を　取り持ちて　斎へ我が背子　直に逢ふまでに
（巻十五・三七七八）

娘子は、私が贈った形見の「白タへ」の衣を持って、「無事ニ帰ッテキテチョウダイ」と歌う。三つの例は、すべて袖ないし衣に係る枕詞であるが、その袖と衣に白のイメージを付加していると考えることは、あながち不当であるとはいえないであろう。(注7)女は来るべき旅の苦難を予想しつつ「白たへ」の下衣を贈り、無事に帰ることを祈ったのであろう。そして、その旅の困難さは、言外に「衣」の「垢」として想定されているはずである。しかし、それは時としてむなしい祈りになることもあった。巻九には、足柄の坂（静岡県小山町から神奈川県南足柄市）での横死を悼んだ歌が収載されている。

足柄の坂に過るに、死人を見て作る歌一首

小垣内の　麻を引き干し　妹なねが　作り着せけむ　白たへの　紐をも解かず　一重結ふ　帯を三重結ひ　苦しきに　仕へ奉りて　今だにも　国に罷《まか》りて　父母も　妻をも見むと　思ひつつ行きけむ君は　鶏《とり》が鳴く　東《あづま》の国の　恐きや　神のみ坂に　和たへの　衣寒らに　ぬばたまの髪は乱れて　国問へど　国をも告らず　家問へど　家をも言はず　ますらをの　行きのまにまにここに臥《こ》やせる

（田辺福麻呂歌集歌　巻九・一八〇〇）

このいわゆる「行路死人歌」は、妹が麻を栽培して、背のために「麻を引き干し」「白たへ」の旅衣を作るところからはじまる。なぜ、そのような方法が選ばれているのだろうか。それは、この麻の旅衣が、「家なる妹」と「旅先の背」の心を繋ぐものであったからであろう。つまり、この冒頭表現を選択することが、多くの読み手の共感をさそう方法と予想し、採用したのである。

二　役人たちの洗濯日和

前節では、天平八年（七三六）の遣新羅使人たちの歌を取り上げながら、論を進めてきた。この遣新羅使の副使だった人物が、大伴宿禰三中である。三中こそ、遣新羅使人たちの歌稿を持ち帰った人物である、と考えられている。その三中は、最初で最後の「班田」といわれる天平元年（七二九）の班田に際しては、摂津国の班田使の判官を務めていたことが、後述する挽歌の題詞から判明する（三等官）。新しく口分田を分配しなおす「班田」は、利害関係が複雑に絡みあい、徹底することは難しかった〔上野　二〇〇〇年b〕。しかし、天平元年の班田は、違っていた。畿内に班田使が派遣され、徹底が期されたのである。官人たちは、受給者認定・測量・図面作成・帳簿作成など多忙を極めたことであろう。その折も折り、三中は部下の自殺に直面する。書記生丈部龍麻呂の自殺である。時に、遣新羅使の副使になる七年前のことであった。

天平元年己巳、摂津国の班田の史生丈部龍麻呂自ら経きて死にし時に、判官大伴宿禰三中が
作る歌一首〔并せて短歌〕
天雲《あまくも》の　向伏《むかぶ》す国の　もののふと　言はるる人は　天皇《すめおき》の　神の御門に　外の重に　立ち候ひ
内の重に　仕へ奉りて　玉葛《たまかづら》　いや遠長く　祖《おや》の名も　継ぎ行くものと　母父に　妻に子ども
に　語らひて　立ちにし日より　たらちねの　母の命は　斎瓮《いはひべ》を　前にすゑ置きて　片手には

木綿取り持ち　片手には　和《にき》たへ奉り　平《たいら》けく　ま幸《さき》くませと　天地の　神を乞《こ》ひ禱《の》み　いかにあらむ　年月日にか　つつじ花　にほへる君が　にほ鳥の　なづさひ来むと　立ちて居て　待ちけむ人は　大君の　命《みこと》恐み　おし照る　難波の国に　あらたまの　年経るまでに　白たへの衣も干さず　朝夕に　ありつる君は　いかさまに　思ひいませか　うつせみの　惜《を》しきこの世を露霜の　置きて去《い》にけむ　時にあらずして

反歌

昨日《きのう》こそ　君はありしか　思はぬに　浜松の上に　雲にたなびく

いつしかと　待つらむ妹に　玉梓《たまづさ》の　言だに告げず　去にし君かも　（巻三の四四三～四四五）

自殺をした史生の丈部龍麻呂については伝未詳であるが、長歌冒頭の「天雲ガ地平線の彼方ニ垂レコメタ国」という表現から、遠国の出身者であることがわかる。さらには「母父に　妻に子どもに　語らひて　立ちにし日より」という表現がされていることから、東国しかも東山道出身者の可能性が高い、といわれている。なぜならば、父よりも先に母を呼称するのは、母権制のなごりを留める呼称法で、東山道地域の防人たちに顕著な表現だからである〔桜井　一九七七年〕。つまり、三中は、龍麻呂の出身地を慮って用いたのであろう。現に、三中は龍麻呂を待つ母父や妻子のことを想像しながら長反歌を制作している。長歌の前半部では、「ますらを」の自負をもつ龍麻呂が、先祖の名を汚すまいと、家族への思いを断ち切って故郷を発ち、官人として出仕したことが描かれている。そして、次に三中は、龍麻呂の母が祈る姿を想像する。「斎瓮をする」「木綿」を持って旅先にある男たちの無事を祈るのは、家を守る女たちの勤めであり、遣唐使の母の歌にも例があることである（巻九・一七九〇）。三中は、息子の帰郷を待ち焦がれる母の気持ちを想像し、長歌を制作したのであった。そして、最後に龍麻呂の死が語られ、長歌が歌い収められるのである。

その長歌終末部に、龍麻呂の自殺の理由をほのめかすところがある。傍線を施した「オシテル難波ノ国デ　年ガ経ツマデ　シロタエノ衣ヲ干ス暇モナク」という部分である。つまり、龍麻呂は、自殺の直前まで「洗濯」する時間もなく働いていたのである。この部分は明らかに、母の祭祀を描いた部分と響きあっている。つまり、単身で東国からやって来た下級官人の龍麻呂には、「洗濯」をしてくれる人もいなかったのである（四等官に次ぐ地位にある）。

では、自殺の原因ともほのめかされている激務を、なぜこのように表現したのであろうか？　それは、官人の休暇制度に由来するのではなかろうか。正倉院文書のなかには、東大寺写経所の写経生たちの休暇申請書である「解《げ》」が存在している。自らの病気療養や、母親の看護、さらには窃盗の被害など、多くの休暇申請理由を、われわれはこれらの文書から窺い知ることができる。代表的なものを挙げてみよう。

大原国持謹解　請暇日事
合伍箇日

右、請穢衣服洗為暇日如前、以解、
天平宝字二年十月廿一日
（竹内理三編『寧楽遺文』中巻、五七五頁、一九六八年、東京堂出版）

大原国持《おほはらのくにもち》は、天平宝字二年（七五八）の九月に東大寺写経所に出仕した人物である。彼は、洗濯のために休暇を申請したのであった。当該文書は、着替えるべき衣もない劣悪な写経生の職場環境を示す史料としてよく引用される。たしかに、それはそうだろう。しかし、このような欠勤事由を容認するいわば「社会的通念」にも、目を向ける必要があるのではなかろうか。おそらく、「洗濯」は、病気と同じような正当な欠勤事由として認められていた、と筆者は推定するのである。

栄原永遠男の調査によれば、国持と同じ写経生たちの提出した休暇願いのうち、「洗濯」を事由としたものは、

表　写経生たちの休暇（退家）請求の理由〔栄原　1987年〕

理　　由		件数
病気	写経生本人	85
	妻子父母	8
	その他の親族	4
死亡	妻子父母	4
	その他の親族	8
神祭・仏事		22
計帳・田租をたてまつる		3
盗人に入られる		3
仕事の切れ目		52
衣服の洗濯		13
私的な理由		7
その他（内訳省略）		11
不明		28
計		248

複数の理由があげられている場合は両方で件数に入れた。

栄原永遠男は、正倉院文書の写経生の「請暇解」に示されている休暇理由を上記のように集計している〔栄原　1987年〕。確認できる248件の理由のうち、13件の休暇申請事由が洗濯である。これは「洗濯」が正当な欠勤事由として、認知されていたからであろう。

十三件を数えるという〔栄原　一九八七年〕。これは、本人の病気や、神祭や仏事に比しても、少ない数ではない（表参照）。けっして、「洗濯」という欠勤事由は、特異な事由ではなかったのである。たしかに、写経司の職場環境改善要求上申書の素案と見られる「写経司解案」には、洗っても臭いの落ちない衣の交換の要求もあり、彼らにとって「洗濯」は切実な問題であったろう（東京大学史料編纂所編『大日本古文書』編年之二十四、一一七頁、一九七五年、東京大学出版会）。写経生には、衣が支給されていたが、彼らは臭うほどの「垢」に悩まされていたのである。もちろん、上申書の作成の背景には、写経生たちのいわゆる「突き上げ」があったことは間違いない。ちなみに、この「写経司解案」は、天平十一年（七三九）ころのものと考えられている。なお、律令官人の休暇については、「洗濯」は、正当な欠勤事由となっていたのであろう。こういった切実な状況からも、歴史学に若干の研究蓄積がある〔新村　一九八五年〕〔丸山　一九九八年〕〔山田　一九八七年〕。

ところで、小泉和子は、近世において「洗濯」が単に休暇の意味で用いられていることに注目し、官人の休暇申請理由として「洗濯」が認められていた、と推定している。小泉が注目したのは、唐代の官人の休暇制度の「澣」であった。(注8)「澣」は「すすぐ」「洗う」という意味で、衣の垢を洗うという意味でも用いられる漢字である。小泉は、唐代では、「澣」すなわち「洗濯」「沐浴」を理由として、帰宅のための休暇が許されていたことを指摘している〔小泉　一九九三年〕。唐代の官人の社会においても、「洗濯」は正当な欠勤事由だったのである。

実は、一九五〇年代まで、日本海沿岸地域では、「センタク」ないしは「センタクガエリ」と称する慣行が広く分布していた。これは、「センタク」と称して嫁の長期の里帰りを容認する民俗慣行である。実際の「洗濯」や「繕い物」も行われたのであるが、その主目的は農閑期における嫁の休息であったことはいうまでもない〔鎌田　一九七二年〕〔瀬川　一九八八年〕〔蓼沼　一九九九年〕〔中込　一九九四年〕〔長野　一九八九年〕。いわゆる「鬼のいぬ間の洗濯」である。古代社会における「官人」と、民俗社会おける「嫁」とは、まったくそのおかれている時代も環境も違う。しかし、同じように「洗濯」が休暇の正当な理由として容認される社会であったと、筆者は考えている。とすれば、大原国持の五日間の休暇願いは、「洗濯」と称した申請と見るのが、実情に近いのではないか。汚れた衣を清めることが、リフレッシュに繋がることはいうまでもない。だから、「洗濯」が正当な休暇事由として、容認されていたのであろう。例えば、秦度守《はたのわたしもり》の解のように、「仕事の切れ目」と「洗濯」とを、並列して休暇の事由に挙げている例もある（『寧楽遺文』中巻、六〇四頁、一九六八年、東京堂出版）。「洗濯」を事由に帰宅した彼らは、妻や子と命の「洗濯」をしたに違いない。

以上のように考察を進めてゆくと、「あらたまの　年経るまでに　白たへの　衣も干さず」という表現がとられている理由も、氷解するのである。すなわち、いわんとするところは、官人として正当に認められている休暇の申請も、実質的に認められないほどの激務をこなしていた、ということであろう。同時期、三中も龍麻呂と等しく激務をこなしていたに違いない。つまり、この部分は役人生活の実感からくる発想なのであり、そこに三中の同情心も込められているのではなかろうか。

ところで、天平元年（七二九）の班田では、かの笠金村も激務をこなしていたことが、巻九の次の歌によってわかる。(注9) 金村の出張先は、大和の石上の布留であった。次に引用する巻九の歌では、旅の丸寝で衣は汚れたと歌い、続いて妻が恋しいと歌っている。

天平元年己巳の冬十二月の歌一首〔并せて短歌〕
うつせみの　世の人なれば　大君《おほきみ》の　命《みこと》恐《かしこ》み　磯城島《しきしま》の　大和の国の　石上《いそのかみ》　布留《ふる》の里に　紐解かず　丸寝をすれば　我が着たる　衣はなれぬ　見るごとに　恋は増されど　色に出でば　人知りぬべみ　冬の夜の　明かしも得ぬを　眠《い》も寝ずに　我はそ恋ふる　妹がただかに
反歌
布留山ゆ　直《ただ》に見渡す　都にそ　眠も寝ず恋ふる　遠からなくに
我妹子が　結ひてし紐を　解かめやも　絶えば絶ゆとも　直に逢ふまでに（巻九・一七八七～一七八九）
〔左注省略〕

この歌で注目したいのは、「なれた衣」すなわち「着古して垢がついた衣」を見るたびに妹への恋は増さる、と述べていることである。下二段動詞「なる」には、「親しみ馴れる」の意と「衣が着古されてよれよれになり、垢が付く」という二つの意味があるが、歌のなかでは、二つの意味が掛けられている場合が多い。次に挙げる歌もその一つである。神亀五年（七二八）の「難波宮に幸せる時に作る歌四首」には、

韓衣　着奈良の里の妻まつに　玉をし付けむ　良き人もがも　（笠金村歌集　巻六の九五二）

という歌がある。「韓衣を着ならすではないが→奈良の里の→妻待つではないが→妻松に」と序が展開されている。この歌にも、衣の「褄」の「垢」が別離の時間を意識させ、家なる妹を想起させるという発想を見出すことができよう。してみれば、『伊勢物語』の有名な東下りの折句も、この発想の系譜に繋がることがわかる（木村　一九九九年）。

韓衣　着つつなれにし　つましあれば　はるばる来ぬる　旅をしぞ思ふ

も、「着つつなれにし褄」が「妻」に係り、妻との別離の時間を意識させる歌になっているのである。さて、「洗濯」した衣は、干さなくてはならない。そこで、旅の孤独を歌う「干す人なしに」という表現について、見てゆこう。

三　干す人なしに

前節では、天平元年（七二九）の班田事務に関わった官人たちの「洗濯」について考えてみた。大伴三中は、その激務を「衣も干さず」と表現し、部下たる龍麻呂の死を悼んだのであった。それは、とりもなおさず東国からトツ単身赴任した下級官人の悲哀を含蓄した表現、ということができる。この点を踏まえて、『万葉集』を通覧すると、「干す人なしに」「干す児はなしに」などの表現があることに気付く。管見の限り、それらはすべて、離別の淋しさを歌うものである。

① 照らす日を　闇に見なして　泣く涙　衣濡らしつ　干す人なしに
（大伴三依、悲別歌、巻四・六九〇）

② 朝霧に　濡れにし衣　干さずして　ひとりか君が　山路越ゆらむ
（作者未詳、岡本天皇紀伊幸行歌、巻九・一六六六）

③ あぶり干す　人もあれやも　濡れ衣を　家には遣らな　旅のしるしに
（人麻呂歌集非略体歌、名木河作歌二首、巻九・一六八八）

④ あぶり干す　人もあれやも　家人の　春雨すらを　間使ひにする
（人麻呂歌集非略体歌、名木河作歌三首、巻九・一六九八）

⑤ 三川の　淵瀬も落ちず　小網さすに　衣手濡れぬ　干す児はなしに（春日の歌、巻九・一七一七）

⑥ 秋田刈る　旅の廬りに　しぐれ降り　我が袖濡れぬ　干す人なしに
（作者未詳、秋雑歌、雨を詠む、巻十・二二三五）

⑦ 沫雪は　今日はな降りそ　白たへの　袖まき干さむ　人もあらなくに
（作者未詳、冬雑歌、雪を詠む、巻十・二三二一）

⑧ ぬばたまの　妹が干すべく　あらなくに　我が衣手を　濡れていかにせむ

（遣新羅使人関係作者未詳歌、竹敷浦十八首、巻十五・三七一二）

と歌うのは、「家」と「妹」が想起されているからであることはいうまでもない。

個別に見てゆくと、①は愛する女性との悲別を歌った歌。②は、いわゆる留守歌で、「洗濯」してやることができない悲しみを歌う女歌である。「洗濯」をしてやれない嘆きを歌う他に例を見ない歌である。③は、「旅ノ記念」に濡れた衣を家に送りつけてやろう、というところにおもしろさがある。旅の悲哀を、ユーモアに包んで表現しているのであろう。やはり、「洗濯」は「家なる妹」の仕事だったのである。④は、春雨を頻繁にやって来る家人の使いに喩え、降り続く雨の鬱陶しさを歌った歌である。③と同じく、「干シテクレル人モイナイノニ、ヨク降ッテクレルヨ」と、旅の悲哀をユーモアに包んだ歌といえるだろう。⑤は、旅先で衣を濡らしてしまったときに、「家と妹」とを想起した歌。⑥は、稲刈りシーズンに耕作地に建てられる仮の小屋である「仮廬《かりほ》」での生活の悲哀を嘆いた歌。収穫の季節、官人たちはそれぞれの耕作地に下向し、仮廬に仮住まいして農作業に従事したから、秋は別れの季節になっていたのである。そして、それは妹と離別する小さな旅となっていたのであった。仮廬の「とま」は荒く、袖を濡らしてしまったのであろう。[注10] ⑦は、折悪しく降雪にあったことを嘆く歌。⑧は、遣新羅使人の対馬での船泊り宴で披露された歌である。[注11] これも、妻恋の歌である。

以上のように見てゆくと、「干す人がいない」と歌うのは、旅の悲哀を感じ、家と妹とを想起する表現である、ということがわかる。こういった表現を支えているものは、一体何だろうか。おそらく、それは「洗濯」が、家なる妹の代表的な労働と考えられていたことに由来するのであろう。生活から、認識が共有化され、表現の類型性を支えているのである。

おわりに

そこで、本拙文の結論を、万葉研究や歴史研究のなかに位置付けながら反芻し、擱筆の言葉としたい。「洗濯」に限らず衣服に関わる家事労働が、前近代の社会においては、女性の仕事であったことは、今日広く知られている。それは、洋の東西を問わない普遍性のある文化現象といえる。通覧する限り、万葉びとも、その例外ではなかった。まず、そのことは本拙文で確認できた、と思う。

しかし、さらに重要なことは、万葉歌においては、「洗濯」が旅先の男たちと、家を守る女たちの心を繋ぐものとして、歌われていることである。本拙文では、「洗濯」において除かれるべき「垢」に着目して、「無垢」を象徴的に表現した「白」のシンボリズムについて、考察を重ねてきた。そして、それは、王朝和歌世界にも引き継がれる旅の歌の類型の一つであったことを、最後に指摘した。「洗濯」が歌われるのは、「旅」と対比される「家」と「妹」が想起されるときなのである。これは、伊藤博が指摘した「旅」⇔「家と妹」という歌の構図にあらたに加え得るモチーフの一つ、と筆者は考える〔伊藤　一九七六年〕。つまり、旅の歌のモチーフの一つに、「洗濯」もあったのである。また、「行路死人歌」の研究のなかに位置付ければ、神野志隆光が注意した「旅人と『家』『妻』との呪術的共感関係」の一つとして、理解されるべきものであろう（神野志　一九九二年）。すなわち、本拙文が考究したのは、「衣」と「洗濯」を媒介とした男女間の「呪術的共感関係」というべきものだからである。

対して、民俗学の研究蓄積のなかに位置付ければ、これは「妹の力」の一つということになる（『妹の力』一九四〇年、創元社）。柳田の女性研究は、おおむね女性の霊力の発見に力が注がれているが、本拙文が論じた「洗濯」を通じた男女間の「呪術的共感関係」こそ、柳田のいう「妹の力」に合致するものである。たとえば、沖縄のオナリ神信仰など。本拙文は、万葉版「妹の力」と呼び得るものであろう。ただ、それは、労働の実感と密接に結びついていることを、忘れてはならない。

この柳田の研究を基礎として、史料を渉猟した歴史学の「洗濯」の研究に、勝浦令子の研究がある。勝浦の問いは、なぜ女性が「洗濯」いう家事労働を分担したのか、という点にある。勝浦は、古代における女性労働としての「洗濯」が、女性の「洗う力」「洗う霊力」に由来するものである、と説く。[注12] もし、これに本拙文の結論を踏まえて、今加えるべき点があるとすれば、その「力」は「衣」を媒介として男性に付与される「力」であり、「白」によってシンボライズされるものである、という点であろうか。そして、それが意識されるのは、妹との別離によってである。だから、旅は「洗濯」という家事労働を想起させる機会となったのである。なぜならば、旅先での不慮の死は、家人の祭祀の不履行の結果と、万葉びとは意味付けしていたからである。[注13]

本拙文は、万葉研究の蓄積を利用した古代文化論の一つとして構想したものである〔上野　二〇〇〇年a〕。筆者は、今これを万葉集文化論と呼ぼう、と愚考する。その当否については、諸賢のご叱正を仰ぎたい、と念願している。

〔二〇〇四・〇一・〇三〕

注1　もちろん、こういった考え方の背景には、近世以降の女訓の影響があるだろう。代表的な女訓である貝原益軒『和俗童子訓』巻之五の「女子を教ゆる法」には、次のようにある（一七一〇年撰述）。「女は、人につかうるものなれば、父の家富貴なりとても、夫の家にゆきては、其のおやの家にありし時よりも身を低くして、舅姑にへりくだり、つつしみつかえて、朝夕のつとめおこたるべからず。舅姑のために衣をぬい食をととのえ、わが家にては、夫につかえてたかぶらず、みずから衣をたたみ、席を掃き、食をととのえ、うみ、つむぎ、ぬい物し、子をそだて、けがれをあらい、婢おおくとも、万の事にみずから辛労をこらえてつとむる、是れ婦人の職分なれば、わが位と身におうぜぬほど引きさがりつとむべし。」（石川松太郎編『女大学集』、平凡社、一九七七年）と。

2　電気洗濯機は、一九五五年前後、テレビ、電気冷蔵庫とともに「三種の神器」と呼ばれていた。そして、女性がもっとも家庭に導入を渇望した機械でもあった。人口五万人以上の都市居住世帯では、一九五〇年代後半で約二〇％の保有率であるが、七〇年には九〇％に達している〔鈴木　一九九九年〕。瀬地山角は、日本における一九五〇年代から六〇年代の家電製品の普及が、「洗濯機→テレビ→冷蔵庫」の順であったことに対して、七〇年以降における韓国・台湾での普及が「テレビ→冷蔵庫→洗濯機」であったことを指摘している〔瀬地山　一九九六年〕。鈴木は、瀬地山の指摘に注目し、これを日本特有の現象と捉えている。対して、筆者には、テレビの値段が七〇年代に大幅に下がったという実感がある。これが、韓国と台湾におけるテレビの普及の早さの一因ではないかと考えるが、どうであろうか。ともあれ、日本においては、三種の電化製品のうち電気洗濯機の普及が一番早いことになる。なお、天野正子は、電気洗濯機の普及によって、女性の余暇時間の増大、女性への科学知識の普及、家事労働の男女分業に対する意識変化などが起ったことと指摘、女性の社会参加に果たした役割を高く評価している（天野他　一九九二年）。

3　abcは文化的な規範が存在していたことを指摘しているのであって、個別の事例には例外があることはいうまでもない。つまり、多くの人びとに共有されていたであろう共通理解について述べているのである。

4　ちなみに、枕詞「解き衣の」は、「思い乱る」に係るが、これは、「解き洗ひ」の洗い張りの作業が難しく、少しでも注意を怠ると暴れて「乱れ」てしまうところからいうものであると推測される（巻十・二〇九二、巻十一・二五〇四、巻十一・二六二〇、巻十二・二九六九）。

5　武田『全註釈』の評語がこの点をよくとらえている、と思う。曰く「それにしても、妻が手わざの解き洗い衣を思う心はつのつて来る。実物に即して歌つているだけに、切実の感の深い歌である」と。

6　ちなみに、『古今集』には一例も「垢」の用例がない。

7　野上久人は、万葉歌の「白たへ」をすべて具体的な物の色としてとらえている。「（万葉歌の『しろたへ』は）すべて具体的な形あるものに対してのみ用いられている。そうして『しろたへ』が万葉では直接衣服を説明形容する語として用いられている点特徴的な使用である。『しろたへ』七十二例中六十一例が衣服に関したものである」としている（野上　一九五七年）。筆者はここまで断言することには躊躇するが、読み手にその衣服の白いことをイメージさせる機能はある、と考える。

8　『大漢和辞典』は、『古今詩話』という書物を引いて「上澣・中澣・下澣は、上旬・中旬・下旬をいふ。唐代の官制に官吏が十日目毎に、一日の休暇を賜はつて、私宅で沐浴休息した故、月三度の休日を、上澣・中澣・下澣といつたのに本づく」と説明している（第七巻、一九七四年、二九二頁）。『古今詩話』は、蓬左文庫に所蔵を確認したが、筆者未見。

9　また、葛城王（橘諸兄）も、天平元年の班田業務のために、山背国相楽郡に出張していた（巻二十の四四五五、四四五六）。おそらく、国家の威信を賭しての官人の総動員体制がとられたのであろう。「万葉歌人」たちも、その例外ではなかったのである。

10　「秋の田の　かりほの庵《いほ》の　とまをあらみ　我が衣手は　露にぬれつつ」（天智天皇『百人一首』）。「とま」とは、屋根を葺くのに用いられる菅や、カヤで編んだ薦《こも》のことである。秋の田の仮廬の「とま」の編目が荒いので、衣の袖が濡れるのである。ただし、この歌は『後撰集』（巻六、秋中、三〇二）から採用されたもの。天智天皇の歌というよりも、平安朝の人びとが、天智天皇の歌と信じていた歌、といったほうが適切であろう。「仮廬の文芸」については、旧著で言及した〔上野　二〇〇〇年b〕。

11　ちなみに、この「竹敷の浦に船泊まりする時に、各心緒を陳べて作る歌十八首」には、遣新羅使の副使となっていた大伴三中の歌も収められている（巻十五・三七〇一、三七〇七）。

12　勝浦は、「僧衣を着る者」と「洗濯する者」との間に存在する宗教的あるいは霊的な依存関係に注目している〔勝浦　一九八一年、一九九五年〕。おそらく、それはそのまま本拙文において考察したように「旅衣を着る者」と「洗濯する者」との関係にも普遍化できるものであろう。つまり、出家することは旅に出ることと同じように理解されていたのであろう。

13　遣新羅使人歌群の「壱岐島に至りて、雪連宅満が忽ちに鬼病に遇ひて死去せし時に作る歌一首」には「天皇の　遠の朝廷と　韓国に　渡る我が背は　家人の　斎ひ待たねか　正身かも　過ちしけむ…」（巻十五・三六八八）と、鬼病に遇った理由が意味付けされている。

【参考文献　一覧】

アラン・コルバン　一九九〇年　山田登世子・鹿島茂共訳『においの歴史』藤原書店
天野正子他　一九九二年　『「モノ」と女の戦後史――身体性・家庭性・社会性を軸に』有信堂高文社
池田三枝子　二〇〇三年　「歌われた女性労働」上野誠・大石泰夫編『万葉民俗学』所収、世界思想社
伊藤　博　一九七六年　「家と旅」『万葉集の表現と方法　下』所収、塙書房
――　一九九二年　「海辺にして月を望む歌九首」『萬葉集の歌群と配列　下』所収、塙書房
伊原　昭　一九五六年　「しらむ―和歌における白の系譜―」『国語国文』第二十五巻第十二号所収、京都大学国文学会
――　一九六四年　『万葉の色相』塙書房
――　一九八八年　「日本文学と色彩語」『日本語学』一九八八年一月号所収、明治書院
――　一九八九年　『万葉の色―その背景を探る―』笠間書院
――　一九九四年　『文学にみる日本の色』朝日新聞社
今井　尭　一九九三年　「階級の発生と女性の社会的地位」『日本女性の歴史　女のはたらき』所収、角川書店
上野　誠　二〇〇〇年a「万葉研究の現状と研究戦略―筆者が選んだ選択肢―」『日本文学』第四十九巻一号所収、日本文学協会
――　二〇〇〇年b『万葉びとの生活空間―歌・庭園・くらし』塙書房
江馬三枝子　一九六七年　「衣―麻布と木綿のこと―」『国文学―解釈と鑑賞―』一九六七年八月号、至文堂

落合　茂　一九八四年　『洗う風俗史』未来社
勝浦令子　一九八一年　「古代の洗濯女たち」『月刊百科』第二二五号所収、平凡社
　　　　　一九九五年　『女の信心―妻が出家した時代』平凡社
　　　　　―
鎌田久子　一九七二年　「洗濯」大塚民俗学会編『日本民俗事典』所収項目、弘文堂
川端善明　一九九六年　「海辺の感情」伊藤博博士古稀記念論文集『万葉学藻』所収、塙書房
木村紀子　一九九九年　「古代衣料語彙とその歌言葉―麻と木綿をめぐって―」『奈良大学紀要』第二十七号所収、奈良大学
小泉和子　一九八九年　『道具が語る生活史』朝日新聞社
　　　　　一九九三年　「家事の近世」林玲子編『日本の近世』第十五巻所収、中央公論社
神野志隆光　一九九二年　「行路死人歌の周辺」『柿本人麻呂研究』所収、塙書房
栄原永遠男　一九八七年　「平城京住民の生活誌」岸俊男編『日本の古代』第九巻所収、中央公論社
桜井　満　一九七七年　『万葉集の風土』講談社
　　　　　二〇〇〇年　「防人歌の発想―丈部の歌を中心に」『桜井満著作集』第一巻所収、おうふう
新村　拓　一九八五年　「写経生と病気」『日本医療社会史の研究』所収、法政大学出版局
スーエレン・ホイ
　　　　　一九九九年　『清潔文化の誕生』紀伊国屋書店
鈴木　淳　一九九九年　『新技術の社会史』中央公論新社
瀬川清子　一九八八年　「嫁の里帰り」、大島建彦編『嫁と里方』所収、岩崎美術社
瀬地山　角　一九九六年　『東アジアの家父長制―ジェンダーの比較社会学―』勁草書房
高田　昇　一九六六年　「万葉集における〈色彩語〉の分析」『文学会論集』第三十二号（国文学編第六

集）所収、甲南大学
竹内　淳子　一九九五年　『草木布Ⅰ』法政大学出版局
蓼沼　康子　一九九九年　「センタクガエリ」『日本民俗大辞典〈上〉』所収項目、吉川弘文館
長尾　壮助　一九七三年　「白色の意味するもの―上代文学を中心として―」『跡見学園国語科紀要』第二十一号所収、跡見学園国語科研究会
中込　睦子　一九九四年　「若狭地方における里帰り慣行と主婦権」『シリーズ比較家族』第一期第三巻所収、早稲田大学出版局
長野ふさ子　一九八九年　「センタクという行事」『女性と経験』第十四号所収、女性と経験の会
西口　順子　一九八七年　『女の力』平凡社
野上　久人　一九五七年　「『しろたへ』と『くれなゐ』―万葉集の色彩感について―」『研究紀要』第六集所収、尾道短期大学
菱田　淳子　二〇〇〇年　「男女分業の起源」『古代史の争点2』所収、小学館
服藤　早苗　一九八二年　「古代の女性労働」『日本女性史』第一巻所収、東京大学出版会
古橋　信孝　一九八七年　『古代の恋愛生活』日本放送出版協会
本田　和子　一九八三年　「『洗う女』考」『現代思想』第十一巻十号所収、青土社
丸山裕美子　一九九八年　『日本古代の医療制度』所収、名著刊行会
メアリー・ダグラス
一九九五年　塚本利幸訳『汚穢と禁忌』思潮社
山崎　祐子　一九九九年　「洗濯」『日本民俗大辞典〈上〉』所収項目、吉川弘文館
山田　英雄　一九八七年　「律令官人の休日」『日本古代史攷』所収、岩波書店

〔付記〕入手困難な資料につきまして、勝浦令子、倉石あつ子、寺崎保広、滝川幸司の諸先生のご協力を得ました。また、一部の史料の読解については、東野治之先生のご教示を得ました。末筆ながらお礼を申し上げます。

※万葉歌の引用は『新編日本古典文学全集』⑥⑦⑧⑨（小学館）を基にしているが、一部私意により改めたところがある。

「ぬばたま」と「みなのわた」

関　隆司

一　「ぬばたまの」

黒にかかることでよく知られる枕詞に、「ぬばたまの」がある。この枕詞は、黒ばかりではなく、夜や夢、また妹などにもかかるのだが、そのかかり方の説明には問題が残されている。

一般的に、ヌバタマはヒオウギの実のこととされ、その実が黒色なことから、黒にかかると説明されている。さらに黒のイメージから夜へ、夜のイメージから夢や妹にもかかるようになったと説明されることが多い。

しかし、万葉集の「ぬばたまの」を調べてみると、黒髪・黒馬などの黒にかかるものが十七例なのに対して、夜にかかるものは四十八例を数える。数からだけ言えば、「ぬばたまの」は夜にかかる枕詞と言ってよい。それでも各種の枕詞解説に、「ぬばたまの」は基本的に黒にかかると説明されているのは、ヌバタマがヒオウギの実であれば、枕詞「ぬばたまの」は「ヒオウギの実のような」という比喩になり、当然黒にかかると見るのが素直だからである。
　ところが、人麻呂歌集略体歌には、

　ぬばたまの　この夜な明けそ　あからひく　朝行く君を　待たば苦しも　（巻十一・二三八九）
　ぬばたまの　黒髪山の　山菅に　小雨降りしき　しくしく思ほゆ　（同・二四五六）
　ぬばたまの　その夢にだに　見え継ぐや　袖干る日なく　我は恋ふるを　（巻十二・二八四九）

の三例があり、それぞれ夜・黒髪・夢にかかっているのだが、これ以前に使われた「ぬばたまの」は確認できないのである。

　記紀歌謡には、「夜は出でなむ」（記三）・「黒き御衣」（記四）・「甲斐の黒駒」（紀三）にかかる三例があるのだが、その実作時を特定するのは難しい。万葉集には、古歌集から採られた磐姫皇后歌の「或本の歌」として、

　居明かして　君をば待たむ　ぬばたまの　我が黒髪に　霜は降るとも　（巻二・八九）

がある。しかしこれも、周知のように磐姫皇后歌自体が人麻呂の時代かそれ以降に作られたものと考えられており、八九番歌を人麻呂より前の作品とみなすのも難しい。

少なくとも作者の判明している歌の中で、「ぬばたまの」が使われたもっとも古い歌は、人麻呂の歌なのである。とすれば、黒から夜へのイメージ転換は人麻呂自身によって行われた可能性もあるということになるのだが、右にあげた例から言えば、人麻呂は略体歌の段階で黒↓夜↓夢という転換を行ったということになる。

また、人麻呂歌の「ぬばたまの」の使われ方を見ると、

略体歌	非略体歌	作歌
夜（二三八九）	夜（二一〇一）	夜渡る月（一六九）
夢（二八四九）	夜霧（二〇〇八）	夜（一九四）
黒髪山（二四五六）	黒牛潟（一七九八）	夕（一九九）

となり、人麻呂自身が最初にイメージした黒へは、「ぬばたまの」という枕詞をあまり使わなかったということにもなる。

岩下武彦氏は、人麻呂が「ぬばたまの」を創出したのではないかと指摘している。(注1) そうであればなおのこと、「ぬばたまの」が、人麻呂の略体歌の段階で夜・黒・夢にかかっていることから、「ぬばたまの」について考え直してみることができると思う。

そもそもヌバタマをヒオウギの実と考えるのは、早く『日本紀私記』に「烏扇之実也、其色黒以喩」と説かれたところから始まる。万葉集には、「夜干玉」や「野干玉」という表記が二十三例もあることと、平安時代成立の『本草和名』や『和名抄』に、「射干　一名烏扇」とあることが重なって、「夜干・野干」を「射干」の別表記とみなし、カラスオウギ（ヒオウギ）の実をヌバタマと呼んだのだと考えることは広く知られている。

しかし、「ヌバタマ＝烏扇之実」説は、佐竹昭広氏が指摘したように(注2)「烏扇」をヌバと訓んだ例がないという欠点を持つ。確かにヒオウギの実がヌバ玉であれば、ヒオウギがヌバに当たるはずである。ヒオウギの実説を否定する佐竹氏は、ヌバとクロは同根の言葉で、ヌバタマとはクロタマのことであり、あくまでクロタマの一つとして烏扇之実が認識されたのだと説いている。

それでも「ヌバタマ＝烏扇之実」説が否定されなかったのは、万葉集に「夜干玉・野干玉」という表記があることが大きいと想像される。しかしこの表記は万葉第三期以降に現れるので、奈良朝に入って本草学などの知識が表記に反映されてきたのだと考えることもできる。さらには、土で作った玉がヌバタマだとする田中みどり氏の論(注3)もある。

佐竹論のように、具体的な植物の実ではなく、「黒い玉」という抽象的なものを想定するのであれば、「黒」という概念自体も考えてみなければならないだろう。

クロの語源については、佐竹氏が光の明・暗・顕・漠をもとにした明（アカ）・暗（クロ）顕（シロ）・漠（アヲ）の四色が古代日本語の基本色とした説が有名だが、大野晋氏はアクセントの比較からそれを否定し、アカ・クロ・アヲの語源を染料や顔料によると見て、クロは顔料である黒土に由来するのではないかとしている。(注4)

そもそもクロは、形容詞クロシの語幹であり、万葉集では黒髪・黒木・黒駒・黒酒など他の語と接続した複合語として現れるのが普通である。しかも、黒髪―白髪・黒木―白木・黒駒―赤駒―青駒・黒酒―白酒のように対比する語が存在することを考えれば、黒は黒色という色を指しているわけではなく、より暗い色の方を指し示す語なのだと思われる。

事実、万葉集巻十六に、色黒の顔色を「黒色」と記している例がある(三八四三番歌左注)。ヒオウギの実のような具体的な色を指しているわけではなく、「暗い」ほどのイメージだろう。

ヌバタマをヒオウギの黒い実と考え、「ぬばたまの」はクロにかかるとする通説を捨て、人麻呂の表現からヌバタマの色を見直してみることにする。

二 「みなのわた」

万葉集には、「ぬばたまの」と同じくクロにかかるとされる「みなのわた」という枕詞がある。なぜ、ミナ(巻き貝)のワタ(腸)がクロにかかるのかはさまざまに論じられているのだが、それ以外の点では、阿蘇瑞枝氏が「対象が限定され使用時期も古いように思われる」と簡単に記す(注5)くらいしか問題にされていない。

『新編国歌大観』によれば、万葉集以外には近世の本居宣長の歌に二例あるだけの枕詞である。しかし、人麻呂歌集から採られた旋頭歌に使われていることは、本稿にとって重要である。
万葉集の「みなのわた」は次の五例である。

…みなのわた　か黒き髪に　いつの間か　霜の降りけむ　紅の面の上に　いづくゆか　皺が来りし…
（巻五・八〇四、山上憶良）

天なる　日売菅原の　草な刈りそね　みなのわた　か黒き髪に　あくたし付くな
（巻七・一二七七、人麻呂歌集）

…みなのわた　か黒き髪に　真木綿もち　あざさ結ひ垂れ…
（巻十三・三二九五）

鴨じもの　浮き寝をすれば　みなのわた　か黒き髪に　つゆそ置きにける
（巻十五・三六四九、遣新羅使人）

…みなのわた　か黒し髪を　ま櫛持ち　ここにかき垂れ　取り束ね…（巻十六・三七九一、竹取翁）

黒にかかると説明されることが多いのだが、五例すべてが「か黒き（し）髪」であり、「か黒き（し）髪」自体も万葉集にこの五例しか見えないから、「みなのわた」は「か黒き髪」にかかる枕詞と考えてよい。

では、なぜ「みなのわた」は「か黒き髪」にかかるのか。

ミナノワタは、三二九五番歌原文に「蜷腸」とあることから、食用巻き貝である蜷（みな）の腸

（わた）と考えるのが素直な解釈である。しかし、契沖『代匠記』（初稿本）は、「みなといふ貝は、それがわたなといふほともなき小貝なり」と、その大きさから貝の腸を否定し、『和名抄』に見える「鮭のミナワタ（背わた）」のこととした。精撰本の惣釈枕詞には、「ミナハイト小サキ貝ニテ、腸ナト、黒シトモ白シトモ、取出テ云ハカリノ物ニハアラス」と貝の腸ではその色が区別できないとまで言い、「蜷腸トハ、仮テ書テ、鮭《サケ》ノ背腸《ミナワタ》ナリ。黒キモノナレハカクツヽクルナリ」と記している。

賀茂真淵『冠辞考』は、「今越後国より出る年魚《サケノ》背腸の醢を見るに、いと赤きが極まりて黒く見ゆる物まれば、是をもいひつべきや」と、より具体的に指摘したのだが、『略解』が「背腸を美奈乃腸と乃の言を添へていへりとは思はれず」としたのが決定的であったのか、以後の注釈書は基本的に貝の腸と考えた上で、腸のどこが黒いかということが問題とされている。

この問題に大きな影響を与えたのは東光治氏の考察である。（注6）東氏は、『代匠記』が指摘した貝の小ささを、ミナは大きなタニシなどをも含んだ貝の総称と考え、ワタも、肉身や内臓をすべて含めたものを呼んだのものとし、

> 之を焼肉にすると味もよくて誠に好もしい食物となり、その色も真黒でこれこそ日本人の黒髪に比較するに最も適当なものとなるのである。

と説いている。そして、焼いた貝の肉身の色が、黒髪の枕詞になったのかという点については、

> タニシの肉を焼いて食する事は一般に最も普通な食品の一であつた。従つてその黒い事から髪の毛に連想されることは当時何人もすぐ考へ及ぶ所であつたに違ひない。かう云ふ枕詞は極普通に

誰でもすぐに想起して共鳴する所のものでなければならない筈のものだと私は思ふのである。

と記している。これ以後の注釈書の説明に、「焼くと黒い」という説明がつくようになるのは、この東論の影響である。

しかし、私には焼いた貝の肉身の黒さが髪の毛を連想させるとは思えない。また、能登国歌に詠まれた小さな貝は、殻をはずされ川の水で洗って塩もみにしている（巻十六・三八八〇）ので、焼いて食べることを前提にするのは問題だと思うのだが、東論以後、貝の腸説を都合良く解釈し直した注釈が多いのである。

そのような注釈書の中にあって、平成七年に刊行された小学館新編古典全集は、八〇四番歌頭注を次のように記している。

蜷の腸―カ黒キ髪の枕詞。ミナは淡水産の巻貝、になの古名。あるいは「背腸、美奈和太《みなわた》」（和名抄）と関係あるか。ただし長岡京木簡に「鮭皆綿」とあり、ミの仮名遣いに疑問がある。かかり方未詳。

ミナについて説明しながらも、かかり方は未詳としている。しかも、『代匠記』説が顧みられているだけでなく、新しい史料が付されている。

『代匠記』が指摘した「ミナワタ」は、『和名抄』に、

氷頭　背腸附　本朝式云年魚氷頭背腸　年魚者鮭魚也氷頭者比豆也背腸者美奈和太也或説云謂背為皆訛也

と「美奈和太（みなわた）」と訓まれている鮭の「背腸」で、延喜式には、主計寮に、

越中国　中男作物…鮭楚割、鮭鮨、鮭氷頭、鮭背腸、鮭子、…
越後国　中男作物…鮭内子并子、氷頭、背腸

と見え、内膳司には、年料として、

越前国　…鮭児、氷頭、背腸
越後国　…鮭児、氷頭、背腸
丹後国　…生鮭、氷頭、背腸

とあり、宮内省の諸国例貢御贄にも、

越前　…鮭子、氷頭、背腸

と挙げられている。鮭の背腸は平安時代に北陸諸国から都へ送られていたのである。その「背腸」を指すと思われる木簡が、長岡京左京から出土しているのであるが、向日市教育委員会の報告書によれば、一〇七×二三×四センチの杉の板目に「鮭皆綿」と、新編古典全集本頭注に引かれた三文字だけが記されたものである（一―五〇四号）。

報告書の解説によれば、「皆」の「白」が「月」に近いという。しかし「背」にはなっていないようである。同報告書によれば、同時に「□□頭」「魚児」と記された木簡も出土しており、前者は「鮭氷頭」かと推定されている。「魚児」が「鮭児」を意味するのであれば、鮭に関する木簡が揃って出土していることになり、「皆綿」は『和名抄』や延喜式に見える「背腸」の別表記の可能性が高い。ただし、「皆」は万葉仮名では「未奈」と乙類の「未」で記されるのだが、枕詞「みなのわた」の仮名書き例は、「美奈乃和多」（八〇四）、「弥那綿」（一二七七）、「三名之綿」（三七九一）とすべて甲類の仮名で記されている。新編古典全集本頭注の「ミの仮名遣いに疑問がある」という注記はこのことを指していると思われる。

奈良文化財研究所の木簡データベースによれば、現在までのところ、ミナワタと訓める木簡はこの一例しか見つかっていないので、「疑問がある」以上のことは言えないのだが、当館の川崎晃学芸課長によれば、貢進が長岡京時代に始まったとは考えられず、奈良時代に遡ることは間違いないと言う。

先掲の東論は、この背腸説について、

その腸を出して見て之を真黒だとはどう考へても云ひ得ない事である。殊に鮭は、本州では日本海に注ぐ河か、北日本の河でないと棲息せない魚だから、たとへ当時醢《しほから》として近畿地方にも移入されてゐたにしても、交通不便な万葉時代にあつては非常に珍らしいものであつたに違ひない。

と述べている。そして、

かくの如く鮭の腸を黒いものとする事はいけないと云ふので考へたものか、某氏の現代短歌用語辞典では「鮭の頭や背骨に凝り付いてゐる血液をしぼり醢にしたものを云ふのだと云ふ」と記されてゐる。然し筆者無学にして未だ血液の塩辛とはどんなものか考へられないのである。

としている。私も血液の塩辛というものが信じられないのであるが、真淵は、『冠辞考』に鮭の「背腸の醢を見るに」と記しているので、その実物を見ていたことがわかる。また、土屋文明『私注』にも「それは今云ふメフンで色黒く、巻貝の腸に似て居るからミナワタの名が生じたのであらう」との注があり、文明も「背腸の醢」を知っているようである。そこでいくつかの辞典を調べたところ、『日本国語大辞典』（第二版）の「背わた」の項に、

鮭の背骨に沿って付着する血液のかたまり。また、それで製した塩辛。めふん。みなわた。

との記述を見つけ、『角川古語大辞典』にも「背わた」の項があり、

鮭や鰹の背骨についている、赤黒色に固まった血合を取って塩辛にした食品。

とある。後者の説明は、前者が引く『俚言集覧』を現代語訳したものであるが、さらに調べてみたところ、これらの説明が事実誤認であることが判明した。

「めふん」は、現在も新潟県村上市の特産品として作られているのだが、それは鮭の血合いではなく、真淵の記した通り、鮭の背わたの塩辛なのである。

村上市にある鮭の博物館「イヨボヤ会館」の岡村博館長のご教示によると、鮭の「背わた」とは、袋状のものに包まれて背骨に細長くくっついている腎臓を指すそうである（写真を見せていただいたのだが、この説明通りである）。その袋状のものから腎臓を取り出し、塩につけ、三年寝かせたものをメフンと呼ぶという。真淵が見た「越後国より出る年魚背腸の醢」は、このメフンのことと見て間違いないだろう。

それにしても、背骨に沿って張り付いた臓器であれば、これはまさに「背腸」と呼ぶに相応しいものであり、決して辞書に説かれたような血合ではない。おそらく延喜式に記された鮭の背腸は、この腎臓を指すと見てよい。しかも、当時内臓を生のまま都まで運べたとは考えられない。先に見た内膳司の年料に、丹後国は「生鮭」と記されていたが、丹後以外の諸国には「生」とない。何らかの処理

をされて運ばれたと考えるべきであろう。それが塩漬けであれば、まさにメフンである。

渋沢敬三氏によれば、

現今でもアイヌは鮭の腹腔内脊椎に密着している副腎を採り、これで一種の塩辛を作っている。メフンといい美味である。

と、昭和十六年にアイヌの人々がメフンを作っていることを紹介している。(注8) 渋沢氏は延喜式に見える「背腸」についてこの論文では、

古く特にセワタとのみいいハラワタといわぬは単なる内臓の塩辛のみであるかは一考を要する。

と判断を保留しているのだが、昭和十八年には「背腸は副腎と思われアイヌのいわゆるメフンに類し」と記している。(注8) 残念ながら現在のところメフンの語源は不明であり、これが平安時代や奈良時代までさかのぼれるものかどうかもわからない。

しかし渋沢論によれば、延喜式には祭祀に欠かせぬものとして鮭が挙げられており、また給与としても鮭が使われていたため、年間二万から三万尾の鮭が都で需要されていたという。いつの時代からとは言えないが、北陸からの進上開始とともに、鮭は都にもたらされていたと考えてよいだろう。

東氏は、「交通不便な万葉時代にあつては非常に珍しいものであつたに違ひない」と考えたが、鮭は都人にとって身近な魚であったに違いないのである。背腸もよく知られていたものであったろう。

三 「黒髪」と「か黒き髪」

東氏の言うように、焼いた貝の肉身を見てすぐに黒髪を思い起こされるのであれば、当然「みなのわた　黒髪」という表現もありうるはずだが、そのような例はない。「みなのわた」は、すべて「か黒き髪」にかかっている。また一方、「ぬばたまの　か黒き髪」もない。「みなのわた」と「ぬばたまの」はかかる語が違うのである。その理由は、「黒髪」と「か黒き髪」の違いにあるのではないか。すでに見てきたように人麻呂歌集には「黒髪」と「か黒き髪」の両方が見えるのだが、人麻呂作歌には、

八雲さす　出雲の子らが　黒髪は　吉野の川の　沖になづさふ　（巻三・四三〇）

の一例があるだけである。さらに、人麻呂以前の作者判明歌を見ても、

ありつつも　君を待たむ　うちなびく　我が黒髪に　霜の置くまでに　（巻二・八七、磐姫皇后）
置きて行かば　妹恋ひむかも　敷たへの　黒髪敷きて　長きこの夜を　（巻四・四九三、田部櫟子）

の二例しかない。

八七番歌は人麻呂の活動期と重なるかそれ以降に作られたと見られている歌であるし、四九三番歌の作者は、その伝が明らかではないのだが、櫟子と歌のやりとりをしている舎人吉年（四九二番歌作者）は、額田王とともに天智天皇の殯で歌を詠んでおり、またこの一連（四九二〜四九五番歌）の後に人麻呂の歌が置かれていることを考え合わせれば、天智朝から持統朝の人であろうと想像される。

そもそもクロ髪は、語構成からは本来クロキ髪だったと考えられ、それが使われているうちに語幹のみで接続するようになった語のはずである。万葉集には、クロ酒（巻十九・四二七五）・クロ沓（巻十六・三七九一）・クロ駒（巻七・一二七一）などの語が見られるが、酒・沓・馬などは文字のなかった頃から使われていたものと思われ、クロキサケ・クロキクツ・クロキコマから変化するだけの時間があったことを想像できるばかりではなく、黒酒—白酒などのように、他の色のものもあるからこそ、クロを付けて区別したのであろう。

その点で、同じ頃の歌五首に、

①ぬばたまの　黒髪山の　山菅に　小雨降りしき　しくしく思ほゆ　（二四五六）
②古に　妹と我が見し　ぬばたまの　黒牛潟を　見ればさぶしも　（一七九八）
③天なる　日売菅原の　草な刈りそね　みなのわた　か黒き髪に　あくたし付くな　（一二七七）
④ありつつも　君を待たむ　うちなびく　我が黒髪に　霜の置くまでに　（八七）
⑤置きて行かば　妹恋ひむかも　敷たへの　黒髪敷きて　長きこの夜を　（四九三）

という四種類の枕詞が見えることは注意される。
④の「うちなびく」は山部赤人の歌に「たま藻」にかかる例があるように、「なびく」豊かな黒髪を形容するにはふさわしい。
⑤の「敷たへの」も、「枕」などにかかる枕詞で、床に流れる黒髪にかかるにやはりふさわしい。
この二首は、その黒髪の状態までもイメージする枕詞が使われている。
①〜③の人麻呂の歌はどうであろうか。
「ぬばたまの」は人麻呂が創出した枕詞ではないかと指摘する岩下氏は、①を、

> 「ぬばたまの黒髪」の連合表現によって喚び起される若い女性の豊かな黒髪のイメージは「黒髪山」の山菅に小雨の降りしきる情景に重ね合わされることで、表現主体の心象と融合し、独特の表現となっている。

と鑑賞している。[(注9)] しかし、か黒き髪が男女どちらにも使われていたように、黒髪という語句自体に性別はない。「なびく」や「敷く」などと使われてはじめて、女性の長い黒髪に限定されるのである。しかも、この場合は地名であることも重要で、「クロカミ山」に偶然「黒髪」の文字を当てた可能性もある。
①の「ぬばたまの」も、④⑤のように歌全体のイメージで使われたと見てはどうか。「ぬばたまの」は、「黒髪山の」と「の」で接続する「山菅」までにかかって、小雨の降る情景までに投影していると見るのである。

このことは、②についても言える。稲岡耕二氏が、黒牛潟に牛の形をした大きな黒石があったという江戸時代の伝承を引いて、

牛の形をした黒石が潮干にはあらわれるそうだから、黒牛潟は幽暗静寂な趣の海であったのだろう。

と評釈しているように、(注10)人麻呂は、実際に見た黒牛潟のイメージまでも含めて「ぬばたまの」と使ったのではないか。

①も、「黒髪山の　山菅に」を、幽暗なイメージとして捉えることによって、「小雨降りしき　しくしく思ほゆ」の寂しさがより際だつように思う。人麻呂は、黒髪山・黒牛潟のクロという音だけのためではなく、歌にしたその情景を含めて「ぬばたまの」を選択したと考えてみることは許されるだろうか。

ところが一方、人麻呂歌集略体歌に見える「ぬばたまの」の残り二例は、

ぬばたまの　この夜な明けそ　あからひく　朝行く君を　待たば苦しも　（巻十一・二三八九）
ぬばたまの　その夢にだに　見え継ぐや　袖干る日なく　我は恋ふるを　（巻十二・二八四九）

と、「ぬばたまの」が歌全体のイメージにかかっているわけではない。

非略体歌を見ても、

ぬばたまの　夜さり来れば　巻向の　川音高しも　嵐かも速き　（巻七・一一〇一）
ぬばたまの　夜霧隠りて　遠くとも　妹が伝へは　早く告げこそ　（巻十・二〇〇八）

と、枕詞が歌全体にかかっているわけではない。

黒にかかる二例だけが、その歌の情景にまで及んでいると見るのは強引だが、黒以外の例とは少しかかり方が違うように感じられる。

一方③の「みなのわた」が使われた表現を見ると、黒髪に塵が付くことを惜しんでいる歌である。塵が付くのを嫌がるほど美しい髪に違いない。

「みなのわた」が使われた八〇四・三二九五・三七九一番歌の三首も、若く美しい髪であることが強調されている歌である。美しい髪と言えば、女性特有と考えがちであるが、三七九一番歌のように、若い娘に笑われた竹取翁が「君たちの年頃には自分もか黒き髪を櫛けずりいろいろな髪型をして…」とうたっていることを考えれば、若い男にも髪のおしゃれがあったことがわかる。

三六四九番歌は、海上で漂流してやっと港に着いてうたった歌で、船上で寝ている髪に露が下りたという、他の例とは明らかに異質な表現であるが、そもそもこの歌以外に男性が自らの髪を「わが黒髪」と詠んだ歌がないということを考慮すれば、特異な歌である。

以上五例の「か黒き髪」は、男女どちらの髪にも使われるが、ほぼ美しい髪を指していることが確認される。カグロキ髪が、ただ黒い髪ではなく美しい黒髪を指すのであれば、その違いは「クロキ」

と「カクロキ」の接頭語カの有無によるはずである。
　接頭語カは、他に、

…にきたづの　荒磯の上に　か青く生ふる　玉藻沖つ藻…　（巻二・一三一、人麻呂）

…にきたつの　荒磯の上に　か青く生ふる　玉藻沖つ藻…　（巻二・一三八）

秋の田の　穂田の刈りばか　か寄り合はば　そこもか人の　我を言なさむ（巻四・五一二、草嬢）

…追ふごとに　許すことなく　手放ちも　をちもかやすき　これをおきて　またはありがたし…
（巻十七・四〇一一、大伴家持）

とあるだけで、その働きは明確ではない。この接頭語について吉井巌『全注』巻第十五は、阪倉篤義氏の論(注11)を紹介して、

　これらの接頭語は、単に語勢を添えたり調子を整えたりする無意味な語ではなく、カ・サ・タ・マの接尾語は、「〜なる情態」という概念を体言的に表現するものであり、同じ語の接頭語は、「一つの事物または動作・性状に、ある情態的な意味をそへて表現するものである」と説いた。

と記す。阪倉論は、このあとに「いひかへると、後者（「カ〜」などの接頭語―関注）は、名詞・動詞・形容詞などを、ある種の暈をもつたものとして表現するものであつたのである。」と続く。「暈をもつた」をどう解釈するかが問題なのだが、阪倉氏は具体的に記していない。

人麻呂が、荒磯に生えた玉藻を「カ青」と形容しているのは、藻がただ青いだけでなく、波に揺れ、水に濡れて生々しいという状態を想像させる。そうであるならば、カ黒キも同じように解釈して、生々しい艶やかな黒ということなのかも知れない。古代の人々も髪に油を塗っていたことは知られている。おそらく、現代の若者達と同じく髪をきれいに飾っていたであろう。その髪の色は艶やかだったはずで、それはまさにメフンの色である。

しかし、『略解』の言う通り、万葉集にはミナノワタとありミナワタノではない。現時点では、やはり新編古典全集本のように「かかり方未詳」としておくしかない。より古い木簡の報告を待ちたい。

四　烏玉と黒玉

万葉集には、クロ髪とカグロキ髪の両方が見えるわけだが、語構成から言えば後者の方が古い言葉と思われる。しかし、万葉集にクロキ髪は見えず、接頭語カのついた形でしか現れていないことは注意される。

というのは、古代日本人の髪の色が多彩であったとは考えられず、ほとんどの者が黒髪をしている中で、クロキ髪という語を使用する場は限られると思うのである。たとえば、万葉集に見られる黒髪—白髪の対比は、黒木—白木などの対比とは異なって、黒髪から白髪への変化によって年数が経過したことを示す表現の中に見られるものであり、他の髪色との区別ということで使われているわけであはない。

クロ髪は、色の区別のために生まれた言葉ではなく、漢語「黒髪」の翻案で使われるようになったと考えることも可能なのではないかと思うのだが、伊原昭氏によれば、当時日本に将来されていた漢籍にも、日本の漢詩文にも「黒髪」の例はないという。伊原氏は、

　万葉人達が髪の黒いのを見て創造した「くろかみ」という生えぬきのやまとことばに「黒髪」という漢字をあてて慣用するようになつたのではないかと思われる。してみると、「くろかみ」（黒髪）には、大陸からの借り物などではない、われ等の民族本来の感覚や感情が宿つていると考えてもよいのではないか。

とまで考えている[注12]のだが、そうであればなお、人麻呂歌の黒髪を問い直しておかなければならない。

というのは、人麻呂が「ぬばたまの」を使った「黒髪」は、正確には「黒髪山」という地名なのである。この山は、奈良の佐保山の一端と説明されることが多いのだが、その根拠はその地に「黒髪さん」と呼ばれる祠があるということなのである。[注13] 吉田東伍『大日本地名辞書』には、下野・肥前・備中の黒髪山の名も見えるが、黒神温泉・黒神島という地名もある。それぞれの地名の語源は不明である。黒髪という表記が文字通り黒い頭髪の意味で使われたのかどうかは、正確にはわからないのである。

たとえば、万葉集の作者判明歌中、「ぬばたまの」の仮名書き例で最も古い歌は、神亀五年（七二八）か六年（天平元年）作と考えられる大伴旅人の、

現には　逢ふよしもなし　奴婆多麻能　夜の夢にを　継ぎて見えこそ　（巻五・八〇七）

である。先に触れた記紀歌謡の例も仮名書きで、古事記は和銅三年（七一〇）成立、日本書紀は養老四年（七二〇）成立で、旅人の歌より古いものになる。

大伴坂上郎女には、養老五年（七二一）から天平元年（七二九）頃までの作と考えられる、

佐保川の　小石踏み渡り　夜干玉之　黒馬の来る夜は　常にもあらぬか　（巻四・五二五）

という歌がある。しかも、巻十三の作者未詳歌に、

川の瀬の　石踏み渡り　野干玉之　黒馬の来る夜は　常にもあらぬか　（巻十三・三三一三）

があり、こちらが元歌であろうと指摘されている。作歌時期の特定できない巻十三の一例を除く五例（記紀歌謡も含む）は、だいたい二十年くらいの幅の中で表記された歌と言えるだろう。

どれもクロにはかかっているが、黒髪の例はない。

「ぬばたまの」が頭髪の黒髪にかかっている作者判明歌の最古例は、天平二年（七三〇）か三年に作られた沙弥満誓の歌で、

野干玉之　黒髪変り　白髪ても　痛き恋には　逢ふ時ありけり　（巻四・五七三）

とある。帰京した大伴旅人に大宰府から送った歌で、旅人が都に帰ってしまった寂しさを男女の恋歌になぞらえただけではなく、出家した沙弥の身でありながら黒髪と詠んでいる。そのため、満誓は有髪の出家者であったと考える説もあるのだが、ともかく男性が自分の頭髪を詠んでいる歌である。

作者未詳歌には、「ぬばたまの　黒髪」が四例あり、「ぬばたまの　妹が黒髪」が一例ある。

先に触れた磐姫皇后歌の或本の歌には、「奴婆珠能　吾黒髪尓」とある。この歌を記していた古歌集の成立年代は不明だが、「ぬばたまの　我が黒髪」は作者未詳歌に三例ある。このように「ぬばたまの」が黒髪にかかる例のほとんどは作者未詳歌で、作者判明歌は、大伴家持の三例を除くと、満誓の歌しかない。

作者未詳歌の作歌時期を推定するのは困難であり、満誓の歌との前後を決めることはできないが、「ぬばたまの　黒髪」は比較的新しい表現である可能性は高いのではないか。

満誓の歌には「野干玉」とある。満誓はヌバタマをヒオウギの実と考えていたのであろう。ヒオウギの実であれば、黒髪にかけるのに何の問題もない。

一方、同じ髪色の者しかいなくても、その質の差違は表現され得るであろう。カグロキ髪のみが歌に使われているのは、カグロキ髪が、ただのクロキ髪とは違った特別な黒色を指すからに違いない。

また、「みなのわた」がクロにかかるだけのものであれば、「みなのわた　黒髪山の　山菅に…」とあっても良かったはずだが、そうなっていないのである。

やはり、カグロキ髪は艶やかな黒といった特別なクロ色とみてよいだろう。

そして、そのようなカグロキ髪の形容に使用される「みなのわた」であれば、夜や夢といった漠然とした暗さに使うことはできなかったではないか。

「みなのわた」も「ぬばたまの」も、作者判明歌中の最古例は人麻呂歌集歌である。クロにかかる「ぬばたまの」は、夜や夢にかかる歌とは、そのかかり方に微妙な差が認められるのではないかという想像は、すでにした。

しかし、なぜ人麻呂は「ぬばたまの」という言葉を使ったのか、最後に表記の問題について触れておく。

人麻呂歌集歌の「みなのわた」は、

弥那綿　香烏髪　（一二七七）

と表記され、「ぬばたまの」は、

黒玉之　夜去来者　（一一〇一）
黒玉之　久漏牛潟　（一七九八）

黒玉　宵霧隠　(二〇〇八)
烏玉　是夜　(二三八九)
烏玉　黒髪山　(二四五六)
烏玉　彼夢　(二八四九)

と表記されている。

また、作歌には、

烏玉之　夜月渡　(一六九)
烏玉乃　夜床　(一九四)
烏玉能　暮　(一九九)

とある。

人麻呂のヌバタマ(ノ)の表記は、「烏玉」と「黒玉」しかないのだが、これをクロタマ(ノ)と訓まないのは、万葉集にクロタマ(ノ)という仮名書き例がなく、人麻呂以外の歌にも「烏玉・黒玉」の表記が見えるからである。

しかしながら、「烏」の文字は、人麻呂歌では「香烏」と「烏玉」にしか使われていない。前者がカグロシと訓めるのであれば、非略体歌に「黒玉」の表記が見えることと合わせて、「烏玉」をクロタマ（ノ）と訓む方が素直である。

しかも、枕詞ではない「烏玉」が、人麻呂歌集略体歌に一例ある。

烏玉　間開《あひだ》けつつ　貫《ぬ》ける緒《を》も　くくり寄すれば　後《のち》も合ふものを　（巻十一・二四四八）

烏玉の間隔を開けて紐を通しても、くくり寄せれば後でくっついてしまうという歌である。「間開けつつ貫ける」とあることからも、「烏玉」という玉があったと解釈してよい。

ところが、賀茂真淵『冠辞考』に、

さて哥に白玉はつねに左右なくよみなれたるを、此一首のみ冠辞ならで烏玉《ヌバ》をよまん事とも覚えず、よりて思ふに烏《ウ》と白《ハク》と草の手より誤れる也けり、さる時はこれはた右の二首のなみに、白玉のあひだおきつゝとよみてこともなし

と、「白玉」の誤写を説いて以来これを採るものが多く、近年刊行された注釈書で「烏玉」を採るのは、わずかに講談社文庫本（中西進）と『全注　巻第十一』（稲岡耕二）だけである。

前者は「ヌバタマは烏扇の実。広く黒い玉（石・貝・実）をいうか」と簡単に記すだけだが、後者は、白玉説を否定した上で、「ヌバタマは元来烏扇の実のことであるが、黒色の玉をも意味したので、ここでは後者として用いたと考えられる」と記している。しかし、人麻呂が紐を通せるような黒い玉

を「烏玉」と記したのならば、それはクロキタマとでも訓むべきではないだろうか。

では、そのクロキタマは具体的にどのような物だろうか。

講談社文庫本より以前に「烏玉」を採っている土屋文明『私注』（昭和二十七年刊）は、黒い玉を「青石などの色の濃く黒と感ぜられるものか、或は真珠の色の黒みを帯びたもの」と考え、澤瀉久孝『注釈』（昭和三十七年刊）は、『私注』を引用した上で「或いは埋木《うもれぎ》で造つた玉などもはひるのであらう」とする。先に触れた田中みどり氏は土で造った玉を考えていた。しかし、どれもその玉がどのようなものか具体的には触れていない。

岩下氏は、

「黒玉」「烏玉」とも未だ典拠の有無も確かめ得ないが、『佩文韻府』などを見た限りでも、六朝以前に両方の用例はありそうである。また「烏玉」「黒玉」共、互に通用できそうでもある。

と記して、万葉集に関わる漢語の例が存在する可能性を指摘している。(注14)

諸橋『大漢和』には、烏玉の採れる烏玉河という名前が見える。この烏玉は、黒石英か黒水晶と思われる。また、墨を烏玉玦・烏金・烏丸などと呼び、炭を烏銀と呼ぶ漢籍の例も見える。烏は大陸でも黒の意で使われているのである。

黒を烏で表している日本での例は、養老衣服令の朝服条に、「烏油腰帯」や「烏皮履」などが見える。烏油はクロツクリと訓まれ、烏皮は令集解に「烏皮者。皂皮也」とあり、皂は黒の意の漢字である皁の俗字でクリと訓む（『新撰字鏡』）ので、クリカハと訓まれている。どちらも漆塗りの物を指すと考えられている。

一方、黒玉の日本での用例は、延喜式の式部省下、朝賀条に次のようにある。

…諸王一位漆地金装、以二赤玉五顆、緑玉六顆一、交居冠頂、以二黒玉八顆一、立二櫛形上一、以二緑玉廿顆一、立二前後押鬘上一、…

…正五位漆地銀装、以二黒玉十顆一、立二前押鬘上一、以二青玉十顆一、立二後押鬘上一、…

元日の儀式の服装についての記述で、着用する冠を飾る色玉の細かな規定である。養老衣服令に見える「礼服冠」は、令義解に「謂。作二有別式一也。」とあり、令集解には「古記云。礼服冠。謂礼冠也。玉冠也。」とあるだけで、その別式が伝わらず詳しいことはわからない。関根真隆氏も「奈良朝のものもおよそこれ（朝賀条―関注）によってしのばれるのではなかろうか」と記すだけである。[注15]

この黒玉がどのような物であったか正確にはわからない上に、延喜式は十世紀のものであるから、右の黒玉をそのまま人麻呂の時代まで遡らすことはできないが、人麻呂に近いものとして、国宝指定の「興福寺金堂鎮壇具」に八百二十個のガラス玉があり、その中に、黒色のものがある。

ガラス玉は、坩堝《るつぼ》で鉛や石英を溶かして作るのだが、鉄を入れると黒くなるという。或いは、漆を塗って黒玉にすることもあるという。ガラス玉は寺院で多量に使われたらしいのだが、おそらく、玉冠を飾っていた黒玉はこういった物であったろうと想像される。

この興福寺のガラス玉は、正倉院に残る多量のガラス玉よりも「さらに三十年ほども古いものである」という。(注16) それは、記紀が成立した頃である。しかし、これらの黒いガラス玉をヌバタマと呼んでいたとは思われない。

人麻呂の語彙の中で、美しい黒色には「みなのわた」があった。雨の降る黒髪山や夜にかける言葉を探したとき、目の前にあったのは黒水晶や黒ガラスではなかったか。ならば、人麻呂の烏玉や黒玉はクロキタマのように訓むのが素直である。少なくとも、文字からはヌバタマとは訓めない。

大伴旅人が大宰府で詠んだ、

夜光る　玉といふとも　酒飲みて　心を遣るに　あに及かめやも　（巻三・三四六）

の「夜光る玉」は、有名な宝玉である夜光珠や夜光璧を訓読したものと考えられている。その旅人が「奴婆多麻能　夜の夢にを」と表現をしている。すでに記紀は完成し、そこにもヌバタマはある。これらは、ヒオウギの実を指しているのかも知れない。

万葉集には「烏玉」で「ぬばたまの」と訓むべき例も間違いなくある。しかし、人麻呂が使用したとき、それはヒオウギの実を念頭に置いた言葉ではなかったと思う。

枕詞「ぬばたまの」は、平安以後「うばたまの」となり、長く使われてゆく。人麻呂が表現した「烏玉・黒玉」は、万葉集の中でその示す物と訓みを改変されたのではないだろうか。

注1　「人麻呂の枕詞の固有性―『ぬばたまの』の用法と表記―」（『柿本人麻呂作品研究序説』若草書房・平成十六年　初出は東京女子大学「日本文学」77・平成四年三月）

2　「古代日本語における色名の性格」（『万葉集抜書』岩波書店・昭和五十五年　初出は「国語国文」昭和三十年六月）

3　「ヌバタマの語源」（「万葉」95・昭和五十二年八月）

4　「日本語色名の起源について」（『日本の色』朝日新聞社・昭和五十一年）

5　「山上憶良の枕詞」（『論集上代文学』二十二　笠間書院・平成十年）

6　「美奈及び蜷の腸考」（『万葉動物考』人文書院・昭和十年）

7　「式内水産物需給試考」（『渋沢敬三著作集　1』平凡社・平成四年）

8　「『延喜式』内水産神饌に関する考察若干」（『渋沢敬三著作集　1』）

9　前掲注1と同じ。

10　「人麻呂の枕詞について」（『万葉集研究』1　塙書房・昭和四十七年）

11　「固有日本語の語構成上の特性」（『語構成の研究』角川書店・昭和四十一年）

12　「くろかみ」（『色彩と文学』桜楓社・昭和三十四年）

13　辰巳利文「黒髪山について」（「奈良文化」5・大正十三年十一月）

14　前掲注1と同じ。

15　『奈良朝服飾の研究　本文編』（吉川弘文館・昭和四十九年）

16　「週間朝日百科　日本の国宝」46（朝日新聞社・平成十三年一月）原田一敏氏の解説

万葉集の動詞「てる」・「ひかる」

阿蘇瑞枝

一　はじめに

万葉集の動詞「てる」「ひかる」が、果たして色の動詞として認められるかどうか、やや疑問もあるが、稿者に提示された動詞「てる」「ひかる」「いろづく」などのなかでいえば、「てる」「ひかる」が互いに関連もあり、用例も多様で興味深いと思われたので、これを取り上げることとした。とはいえ、「タカヒカル」と「タカテラス」の問題など、すでに論じられてもおり、どれほどの知見が加えられるかおぼつかない。

二　万葉集における「てる」・「ひかる」の用字

万葉集における「てる」「ひかる」は、仮名書き例もあるが、「照」「光」の訓字例が多く、他には「曜」「耀」「輝」「明」がそれぞれ一例ないし二例認められる程度である。なお、「ひかる」の場合、動詞との関係が密接であるので、名詞「ひかり」も取り上げることにした。仮名書きはさておき、訓字についていえば、「てる」は、「照」の用字例が最も多く、次いで「光」、他には「曜」が一例あるのみである。巻一・一五の「清明己曽」の訓みについては後述する。一方、「ひかる」「ひかり」は、訓字では、「光」が最も多く、「明」「耀」が各一例である。「光」をテルと訓むべき例はあるが、「照」を「ひかる」「ひかり」と訓んでいる例はない。「あまてる」「おしてる」の場合も「てる」の訓字には「照」「光」の両例があっても問題はないが、「たかひかる」「たかてらす」の場合は、「高照」「高光」「高輝」の用字例の訓みが必ずしも一定していないので、これをしばらく措くと、各一例しかない「曜」「明」「耀」は、

我が背子とふたりし居らば山高み里には月は　不曜《てらず》　ともよし　(巻六・一〇三九)
海原の道遠みかも月読の　明《ひかり》　少き夜は更けにつつ　(巻七・一〇七五)
…鶯の　来鳴く春へは　巌には　山下　耀《ひかり》　錦なす　花咲きををり…　(巻六・一〇五三)

の三例である。一〇七五の「明」に、略解のアカリ、一〇五三の「耀」に、元暦校本・紀州本・細井本にテリの訓があるが、前者は、古義が「略解に、アカリと訓るは、字に泥みたることにて、例もなき誤なり」というごとくで、後者は、西本願寺本以下が、ヒカリと訓んでいるのに対し、代匠記精撰本も「第十五にも、山下比可流、毛美知葉能ト読タレハ、今ノ本ノ点マサルヘキカ」とした。前後の意味

の続きからいっても、現行訓の「不曜《てらず》」「明《ひかり》」「耀《ひかり》」で問題ないと思われる。

三 「てる」・「ひかる」もの

万葉集で、「てる」・「ひかる」ものとして最も多く詠まれているのは、「月」「月夜」「月読」などを合わせて五四例に及んでいる。ただし、「ひかる」は、月に関しては、名詞「ひかり」のみで、動詞例はない。ちなみに、「光」の動詞例は、月以外でも、「夜光《ヒカル》玉」「山下　比可流《ヒカル》」「比賀流《ヒカル》まで降れる白雪」「山さへ光《ヒカリ》」「川の瀬比可利《ヒカリ》」「山下耀《ヒカリ》」「光《ヒカル》神」（雷神）などがそれぞれ一例ずつあるのみである。

「てる」存在（動詞「てる」を述語あるいは修飾語とするもの）としては、別に、「日月」の例が三例ある。「日」すなわち、太陽は意外に少なく、「日月」の例のほかには、「日」四例、「朝日」三例、「夕日」一例、という状況である。「朝日」の三例は、三例共に持統三年に皇太子日並皇子が薨じた後殯宮に奉仕する皇子の宮の舎人たちの詠んだ挽歌の中に見える。

朝日　弖流《テル》　佐田の岡辺に群れ居つつ我が泣く涙やむ時もなし　（巻二・一七七）
朝日　照《テル》　嶋の御門におほほしく人音もせねばまうら悲しも　（巻二・一八九）
朝日　照《テル》　佐田の岡辺に泣く鳥の夜哭きかへらふこの年ころを　（巻二・一九二）

殯宮が設けられた佐田の岡辺と生前の居所である島の宮との両方に奉仕する舎人たちが、朝の明るい日の光の照るなかで主君を失った悲しみをあらたにしつつ詠んだ歌であろう。

月は、早くは夜間の光明として貴ばれたと言われるが、次の歌などは、その類に属する歌であろう。

倉橋の山を高みか夜隠《ごも》りに出《い》で来る月の　光《ヒカリ》　乏しき　（巻三・二九〇）
照《テル》　月を雲な隠しそ島蔭に我が舟泊《は》てむ泊り知らずも　（巻九・一七一九）
我が背子がかざしの萩に置く露をさやかに見よと月は　照《テル》　らし　（巻十・二二二五）

万葉集にあっては、「月」は、季節の景物としては扱われず「月」を詠題とする歌は巻六に多いが、湯原王の、

天《あめ》にます月読《ツクヨミ》をとこ賄《まひ》はせむ今夜《こよひ》の長さ五百夜《いほよ》継ぎこそ　（巻六・九八五）
はしきやし間近き里の君来《こ》むとおほのびにかも月の照りたる　（巻六・九八六）

など、「月」そのものを賞美の対象としたものは、第三期以降に多い。

月見れば国は同じそ山へなり愛《うつく》し妹はへなりたるかも　（巻十一・二四二〇）

遠き妹が振り放《さ》け見つつ偲ふらむこの月の面に雲なたなびき　（巻十一・二四六〇）

久方の天照る月の隠りなば何になそへて妹を偲はむ　（巻十一・二四六三）

右は、三首とも人麻呂歌集の歌であるが、月は恋しいひとを偲ぶよすがになるものとしてうたわれ、愛し合う二人をつなぐものとして眺められたことがわかる。

四　「清明己曽」の訓み

巻一・一五番歌の第五句「清明己曽」は、現在もなお訓みがさだまったとは言い難い状況である。「こそ（己曽）」を、係助詞とみる説と願望の意の助詞とに分けて現在までの主な訓みをあげると、左のごとくである。

①「こそ」は、係助詞。

スミアカクコソ　旧訓

スミアカリコソ　京大本・全注釈

アキラケクコソ　万葉考・略解・全釈・斎藤茂吉『万葉秀歌』・佐佐木評釈・私注

マサヤカニコソ　澤瀉久孝古径（注釈も同じ）

②「こそ」は、他への希望をあらわす終助詞。

キヨクテリコソ　古義・万葉集CD―ROM版（塙書房刊）・万葉集索引（古典索引刊行会編）
キヨクアカリコソ　總釈（武田祐吉）
サヤニテリコソ　佐佐木信綱増訂選釈・古典大系・和歌大系
サヤケカリコソ　森本治吉「万葉巻一『渡津海の豊旗雲に』の歌の訓釈」（国語国文七巻一号）・
　塙本文篇・全集・全訳注・新大系
サヤケクアリコソ　おうふう本・古典集成・伊藤博全注・釈注

万葉考以下、茂吉の『万葉秀歌』まで長く支持されてきた「アキラケクコソ」と澤瀉久孝氏のマサヤカニコソの訓みに対して、古典大系本万葉集が、

1　形容詞の連用形の下に係助詞コソの来る例は、奈良時代には一例もなく、古今集・後撰集にもない。

2　形容動詞連用形の下に係助詞コソが来る例は、万葉集に一例（巻十一・二七六六）しかない。これは、「刈りに」と「仮に」を懸け詞としたもの。

3　奈良時代にコソで終結する歌は、八首あるが、みな…ダカラデアルという理由・原因を示す場合に限られている。そこで、コソを願望の意とすれば、
　サヤニテリコソ（佐佐木博士万葉集選釈増訂本）
　キヨクテリコソ（古義）
　サヤケカリコソ（森本治吉氏）

などの中から、一訓をとることになる。

4　明をテルと訓むのは水戸本日本書紀神代巻の中に例がある。として、サヤニテリコソと訓んで以来、注釈のマサヤカニコソを除いて、「こそ」を願望ととるが、訓みに関しては、サヤケクアリコソおよびその約サヤケカリコソが多いことは、右にあげた通りである。これに対し、最新の訓といってよい『万葉集　CD―ROM版』（塙書房刊）及び『万葉集索引』（古典刊行会編、二〇〇三年四月刊）が、古義の訓キヨクテリコソを採っていることが注目される。但し、古義は「明、字にてもテリとはよむべきことなれども、集中に皆照、字のみ用たるを思へばこゝも明は照の誤写にそあるべき」とする。

本歌は、斉明七年（六六一）正月六日に難波の港を出発、同月十四日に伊予の熟田津に到着するまでの間に詠まれたと思われる。百済救援のための西征途上の作で、海上の旅の安全を願う心をもって詠まれた作であることは疑いない。書紀には、八日、舟が大伯海に至った時に、大海人皇子の妃大田皇女が女子を出産し、大伯と名付けられたことを記している。六日に難波を出て、途中大田皇女の出産のことなどがあったにもかかわらず十四日に伊予の熟田津に到着したということは、一行がかなり急いだ事を示す。乗船していた斉明天皇も六十八歳、この年の七月二十四日には筑紫の朝倉宮で崩御された。海外遠征を目的とした旅で、高齢の女帝をはじめ多くの女性を伴い、戦いの準備と女性たちの休養のために熟田津の温泉滞在を予定していたとはいえ、海上の旅は出来る限り短期間でと考えたに相違ない。夜の月明の必要度は深刻なほどであったであろう。

その状況からいっても、本歌の第五句「清明己曽」の訓は、コソを願望の意とする、

①　サヤニテリコソ

②　キヨクテリコソ

③[1]　サヤケカリコソ

③[2]　サヤケクアリコソ

のいずれかであると思われるが、①②は、「清」をサヤニもしくはキヨクと訓み、「明」をテリと訓んだもので、③[1]、③[2]は、「清明」を一語として訓んだことになる。①②に関していえば、「清」は、無論サヤニともキヨクとも訓み得る文字で、意味内容も共通するところはあるが、「キヨク」が、「純粋で混じりけのないさま」を言うのに対し、「さやに」は「くっきりと明確なさま」をいうためか、キヨクの「照り」「照る」に続く用例はあるが、サヤニを承ける動詞は多く「見る」で、「照らす」に続く例（巻九・一七五三）はあるものの、「照り」「照る」に続いた例はない。

…大船の　渡の山の　黄葉の　散りの乱ひに　妹が袖　清《サヤ》尓《ニ》毛《モ》不見《ミエズ》…　（巻二・一三五）

水底の玉さへ　清《サヤニ》　可見裳《ミツベクモ》　照月夜鴨《テルツクヨカモ》　夜の更けゆけば　（巻七・一〇八二）

三日月の　清不見《サヤニモミエズ》　雲隠《クモガクリ》　見　欲《ミマクソホシキ》　うたてこのころ　（巻十一・二四六四）

足柄の御坂に立して袖振らば家なる妹は　佐《サ》夜《ヤ》尓《ニ》美《ミ》毛《モ》可《カ》母《モ》　（巻二十・四四二三）

笹の葉は　三山《ミヤマ》毛《モ》清《サヤ》尓《ニ》　乱友《サヤゲドモ》　我は妹思ふ別れ来ぬれば　（巻二・一三三）

…時となく　雲居雨降る　筑波嶺乎《ツクハネヲ》　清照《サヤニテラシテ》　いふかりし　国のまほらを　つばらかに　示したまへば　（巻九・一七五三）

日の暮れに碓氷の山を越ゆる日は背なのが袖も　佐夜尓布良思都《サヤニフラシツ》　（巻十四・三四〇二）

巻九・一七五三の「清照」は、サヤニテリとも訓めそうな表記例であるが、その前後の句との続きからサヤニテラシテと訓むべきことは明らかである。他動詞テラスは、「照之」（巻七・一三一九）の例のほか、「提羅周」（巻五・八〇〇）、「弖良須」（巻二十・四四八六）などの仮名書き例がある。サヤニとほぼ同意と思われるサヤカニ・マサヤカニの場合も同様で、

…わが寝たる衣の上ゆ　朝月夜　清尓見者《サヤカニミレバ》　栲の穂に夜の霜降り…　（巻一・七九）

我が背子がかざしの萩に置く露を　清見世跡《サヤカニミヨト》　月者照良思　（巻十・二二二五）

新治の今作る道　清　聞　鴨《サヤカニモキキテケルカモ》　妹が上のことを　（巻十二・二八五五）

群鳥の朝立ち去にし君が上は　左夜加尓伎吉都《サヤカニキキツ》　思ひしごとく　（巻二十・四四七四）

色深く背なが衣は染めましをみ坂給らば　麻佐夜可尓美無《マサヤカニミム》　（巻二十・四四二四）

のように、「見る」「聞く」に続くもののみである。

一方、キヨクが、動詞「照る」「照り」に続く例は、

大夫の弓末振り起し狩高の　野邊さへ　清《キヨク》　照月夜可聞《テルツクヨカモ》　（巻七・一〇七〇）

春霞たなびく今日の　暮三伏一向夜《ユフツクヨ》　不穢照良武《キヨクテルラム》　高松の野に　（巻十・一八七四）

雨晴れて　清照有《キヨクテリタル》　此月夜《コノツクヨ》　またさらにして雲なたなびき　（巻八・一五六九）

のごとくで、一〇七〇、一五六九の「清」は、用字の上からはサヤニとも訓み得るようであるが、一八七四の「不穢」は、キヨクと訓むべき例で、一〇七〇、一五六九も異訓はない。なお、この三例のうち、一〇七〇、一八七四の二首は地名から平城遷都以降であることがわかり、一五六九の一首は、「天平八年丙子秋九月作」と注記する大伴家持の作である。

さて、「月」または「月夜」をサヤケシと詠んだ例は、左の四例である。

春日山おして照らせるこの月は妹が庭にも　清有家里《サヤケクアリケリ》　（巻七・一〇七四）

ももしきの大宮人の罷り出て遊ぶ今夜の　月清左《ツキノサヤケサ》　（巻七・一〇七六）

思はぬにしぐれの雨は降りたれど天雲晴れて　月夜清焉《ツクヨサヤケシ》　（巻十・二二二七）

ぬばたまの夜渡る月の　清者《サヤケクハ》　よく見てましを君が姿を　（巻十二・三〇〇七）

仮名書き例はないものの、サヤケク（一〇七四、三〇〇七）、サヤケ（一〇七六）、サヤケシ（二二二七）の訓みは動かないと思われるが、別に、「音のサヤケク」「見のサヤケク」「サヤケキ見つつ」などの仮名書き例がある。

…立つ霧の　思ひ過ぐさず　行く水の　於等母佐夜氣久《オトモサヤケク》…　(巻十七・四〇〇三)

…山見れば　見の羨しく　川見れば　見乃佐夜氣久《ミノサヤケク》　ものごとに　栄ゆる時と　見したまひ　明らめたまひ…　(巻二十・四三六〇)

うつせみは数なき身なり山川の　佐夜氣吉見都々《サヤケキミツツ》　道を尋ねな　(巻二十・四四六八)

共に、さわやかにすがすがしく聞こえたり見られたりするものを、サヤケク、サヤケキと詠んでいると思われる。

以上、見てきたところからいえば、「清明己曽」の訓みは、

キヨクテリコソ

サヤケクアリコソ

の二つにしぼられるように思う。現行注釈書の訓は前掲の通り、サヤケクアリコソよりもサヤケカリコソの訓みが優勢だが、斉明七年（六六一）という作歌時期を考えると、サヤケクアリコソの訓みが勝っているように思われる。鶴久氏によれば、カリ活用は、「記・紀は勿論、万葉集の一期・二期の歌、人麻呂歌や人麻呂集歌では認められない」（『万葉集訓法の研究』）という。そして更にいえば、サヤケクアリコソよりもキヨクテリコソの方が、本歌の場合勝っているように思われる。

日本書紀には、しばしば「清心」（神代上誓約段四例）、「清明心」（敏達十年二月）「清名」（大化三年四月）、「清白意」（白雉元年二月）、「清白心」（斉明四年四月、持統三年五月）、「清白」（同上）、「清白忠誠」（持統五年正月）など見え、「心明浄」（神代上誓約段）、「貞浄」（大化五年三月）などが見える。「清明心」「清白心」はキヨクアカキココロと訓まれているが、共に、邪心なく清らかで濁りない心をいう。大化五年（六四九）三月の「貞浄」は、讒言によって自殺に追いやられた上斬られた蘇我山田大臣に邪心がなかったことがわかった時、皇太子中大兄が「大臣心猶貞浄」であったことを知って、悔やみ恥じ入り嘆いたと記しているところに見える語である。これらは、神や君に対する忠誠心をあらわす言葉として見えるが、「清」あるいは「清明」なるものを貴ぶ思想の淵源の古さを示しているといえよう。一方、大宝二年（七〇二）冬の持統太上天皇の行幸に従駕した舎人娘子の歌（巻一・六一）や人麻呂歌集の、吉野川に遊ぶ歌（巻九・一七二四）などをはじめとする「さやけし」という表現は、斉明七年のこの時点の表現としては新しすぎるように思われる。高野正美氏が「万葉集における新しい自然の発見―きよし・さやけしの世界―」（『万葉集作者未詳歌の研究』所収）において、「清明己曽」を訓むことは控えておられるが、「『今夜の月夜』が『清明』と捉えられているのは、単に自然のある情景としてではなく、自然の呪的讃美であったからであろう」といっているように、万葉集の「さやけし」の世界とはかなりのへだたりがあるように思う。絶対的な訓とまでは云えないが、これまで試みられた訓みの中では最善の訓みとしてキヨクテリコソを支持したい。

五　「てる」ものとしての「花」・「橘」・「人」など

…葉広　斎《ゆ》つ真椿　其《し》が花の　弖理伊麻斯《テリイマシ》　其《し》が葉の　広り坐《いま》すは　大君ろかも　（記五七）

…葉広　斎《ゆ》つ真椿　其《そ》が葉の　比呂理伊麻志《ヒロリイマシ》　其《そ》の花の　弖理《テリ》坐《いま》す　高光る日の御子に　豊御酒《とよみき》献らせ…　（記一〇一）

右は、古事記の歌謡の中から、大君を讃美する詞章の一部を抄出したものであるが、共に椿の広い葉と照り輝く花を提示して大君讃美の詞章に転じている。古事記では、仁徳天皇の皇后石之日売と雄略天皇の皇后若日下部王とがそれぞれ夫である天皇を讃美したことになっているが、古代の大君讃美の歌謡の表現形式のひとつとみることができる。万葉では、すでにこのような表現形式の歌を見ることは難しいが、植物の花・黄葉の美しさを「照る」「照らす」といったり、その植物の輝きを比喩に用いて大君を讃美したり女性の美しさを表現した例がないわけではない。

味酒《うまさけ》三輪の祝《はふり》の　山照《ヤマテラス》　秋の黄葉の散らまく惜しも　（巻八・一五一七）

能登川の水底さへに　光及尓《テルマデニ》　三笠の山は咲きにけるかも　（巻十・一八六一）

あしひきの　山間照《ヤマノマテラス》　桜花この春雨に散りゆかむかも　（巻十・一八六四）

咲出照《サキデテル》　梅の下枝に置く露の消ぬべく妹に恋ふるこのころ　（巻十・二三三五）

巻八の一首は、長屋王の歌であるが、三輪山を詠んでいるから、平城遷都以前の歌であろうか。釈注に、「『山照らす秋の黄葉』という表現が打ち出す美観は『味酒三輪の社』と融合して荘厳な感を与える」と評している。釈注は、「祝」を類聚古集の本文に従って「社」と改めているのだが、「祝」であっても三輪の社の神職たちの奉仕する三輪山をさしているので内容は変わらない。「荘厳な感」は、桜の花や梅の花の照り輝くさまを詠んだ巻十の三首と並べてみると、一層勝るように思われる。

花の色が美しく照り映える様子を詠んだ歌は、万葉後期にも、

春の苑紅にほふ桃の花　下照道尓《シタテルミチニ》　出で立つ娘子（巻十九・四一三九）大伴家持

磯影の見ゆる池水　氏流麻涅尓《テルマデニ》　咲ける馬酔木《あしび》の散らまく惜しも（巻二十・四五一三）甘南備伊香《かむなびのいかご》

のように、大伴家持や家持も同席する宴席での甘南備伊香の作にあるが、特に目立つのは橘の実を「照る」と称している歌である。

橘の　光有長屋尓《テレルナガヤニ》　我が率《ゐ》ねし童女放《うなゐはな》りに髪上げつらむか（巻十六・三八二三）椎野長年《しひののながとし》

橘の　之多泥流尓波尓《シタテルニハニ》　殿建てて酒《さか》みづきいます我が大君かも（巻十八・四〇五九）河内女王

…橘の　なれるその実は　比太照尓《ヒタテリニ》　いや見が欲しく…（巻十八・四一一一）家持

この雪の消残《けのこ》る時にいざ行かな山橘の　実光毛将見《ミノテルモミム》（巻十九・四二二六）家持

島山に　照在《テレル》橘《タチバナ》　うずに刺し仕へまつるは卿大夫《まへつきみ》たち（巻十九・四二七六）藤原八束
消《け》残りの　由伎尓安倍弖流《ユキニアヘテル》　あしひきの山橘をつとに摘み来《こ》な（巻二十・四四七一）家持

巻十六の一首は、注記によれば、

橘の寺の長屋に我が率《ゐ》寝《ね》し童女《うなゐ》放《はな》りは髪上げつらむか　（巻十六・三八二二）

という古歌に対して、椎野長年が、寺院の建物は俗人の寝る所ではない、第四句に「童女放り」とあるのに第五句で重ねて「髪を結い上げる」などというべきでないとして、改作したものだというから、奈良県高市郡の橘寺を植物の橘の実の輝き照る意に改めたもので、実際に橘の実を見て詠んだものではないが、橘の実の輝きを「てる」と称することを前提としている点で、これをも橘の実を「てる」と詠んだ他の歌と同列に見ることはできるであろう。

巻十八の四〇五九は、越中国府に在任中の家持のもとへ左大臣橘諸兄の家からの使者として来下した田辺福麻呂が伝誦した歌の一首で、元正太上天皇が左大臣橘諸兄の邸宅で肆宴を催された時の歌と注記している。福麻呂は、この肆宴の時の歌三首を含め、元正太上天皇が橘諸兄と共に難波宮に滞在していた時の歌七首を伝誦しているが、家持はそれに追和した自身の作二首と共に万葉集に記録している。

太上皇《だいじやうわう》、難波宮に御在《いま》しし時の歌七首　清足姫天皇《きよたらしひめのすめらみこと》なり

左大臣橘宿祢の歌一首

堀江には玉敷かましを大君を御船漕がむとかねて知りせば　（巻十八・四〇五六）

御製の歌一首　和《こた》へ

玉敷かず君が悔いて言ふ堀江には玉敷き満てて継ぎて通はむ　或は云ふ、玉扱き敷きて　（同・四〇五七）

右の二首の件の歌は、御船江を泝《さかのぼ》り遊宴したまひし日に、左大臣の奏すると御製となり。

御製の歌一首

橘のとをの橘八つ代にも我は忘れじこの橘を　（同・四〇五八）

河内女王の歌一首

橘の下照る庭に殿建てて酒《さか》みづきいます我が大君かも　（同・四〇五九）

粟田女王の歌一首

月待ちて家には行かむ我が插せる赤ら橘影に見えつつ　（同・四〇六〇）

右の件の歌は、左大臣橘卿の宅に在《いま》して、肆宴したまひし時の御歌と奏歌となり。

堀江より水脈《みをび》引きしつつ御船さす賤男《しづを》の伴《とも》は川の瀬申せ　（同・四〇六一）

夏の夜は道たづたづし船に乗り川の瀬ごとに棹さし上《のぼ》れ　（同・四〇六二）

右の件の歌は、御船綱手を以て江を泝《さかのぼ》り、遊宴したまひし日に作る。傳誦する人は、田邊史《ふひと》福麻呂これなり。

後に橘の歌に追和する二首

常世物この橘の　伊夜弖里尓《イヤテリニ》　わご大君は今も見るごと　（同・四〇六三）

大君は常磐《ときは》にまさむ橘の殿の橘　比多底里尓之弖《ヒタテリニシテ》　（同・四〇六四）

右の二首、大伴宿祢家持作る。

四〇五八以下七首に関する題詞にある、「太上皇、難波宮に御在しし時」というのは、天平十六年（七四四）夏、元正太上天皇と左大臣橘諸兄とが難波宮に滞在している時をいう、とされる。天平十六年二月から十一月まで、元正太上天皇と左大臣橘諸兄とは難波宮に滞在していたが、この間、聖武天皇は近江の国の紫香楽宮に行幸しており、二月二十六日に難波宮を皇都とする詔勅が出て後も難波宮に還幸することなく、翌十七年九月の平城還都に至った。太上皇は元正太上天皇をさす。この七首の中、四〇五八以下の三首は、左注に、太上天皇が左大臣橘諸兄の邸で肆宴を催した時の歌と伝えるものであるが、三首共に橘を詠み込んでいる。御製の歌は、元正太上天皇の歌で、続く二首の作者河内女王と粟田女王とは、当時共に従四位上、河内女王の父は高市皇子であった。橘は、諸兄の邸内に植えられてあったものに相違ないが、御製の「橘のとをの橘八つ代にも我は忘れじこの橘を」という表現は、太上天皇の橘諸兄に対する並々ならぬ信頼感をあらわしているように思われる。諸兄は、美努王を父とし、葛城王という王姓であったが、母県犬養橘宿祢三千代の姓を請い許されて橘宿祢の姓を賜った。三千代が橘の氏姓を賜った時も諸兄が橘宿祢を賜った時も、橘の夏冬を通じて青々として栄え、その実は果物の長上のみならず珠玉と光を競うと称して、時の天皇は橘の氏姓を讃えている。「橘のとをの橘」は、暗に諸兄その人をさしていたといってもよい。この一連の歌を福麻呂から伝え聞き家持の追和した歌が、四〇六三・四〇六四の二首である。「後に橘の歌に追和する二首」と題するように、太上天皇が諸兄の邸で肆宴を催された時の歌に追和して太上天皇を讃えた歌であるが、「常世物この橘の　伊夜弖里尓《イヤテリニ》」「橘の殿の橘　比多底里尓之弖《ヒタテリニシテ》」と、橘の実の照り輝きに託して讃美しているところは、橘諸兄讃美の心をも秘めていると見てよいであろう。

　このほか、家持には、春の花・秋の葉の美しさから転じて女性の照り輝く美しさを表現した歌がある。

…春花の　にほえ栄えて　秋の葉の　尓保比尓照有《ニホヒニテレル》　惜《あたら》しき　身の盛りすら…　（巻十九・四二一一）

見わたせば向つ峰《を》の上《へ》の花にほひ　弖里弖多弖流波《テリテタテルハ》　愛《は》しき誰《た》が妻　（巻二十・四三九七）

巻十九の四二一一は、「処女墓の歌に追同する一首　并せて短歌」と題する長歌の一節で、芦屋の菟原処女の若々しい美しさを讃美する表現で、巻二十の一首は、「館の門に在りて江南の美しき女を見て作る歌一首」と題し、天平勝宝七歳（七五五）二月に兵部少輔として防人交替要員を筑紫に送る任に当たるために難波に滞在中に詠んだ歌である。「江南の美しき女」は、多分に漢詩に発想を得た幻想的な美女のようであるが、家持のこの種の表現が想像上の女性の描写に用いられているところに、彼の憧れの女性像が垣間見られるようで興味深い。

六　終わりに

以上、万葉集の動詞「てる」「ひかる」を中心に取り上げる予定であったが、「ひかる」の動詞例が少なかったこともあって、具体的に取り上げた例は、専ら「てる」が中心になった。『色の万葉集』という論集に収める「動詞」の論としては、取り上げ方がやや恣意的であったことをお詫びしたい。なお、タカヒカルとタカテラスの問題は、橋本達雄氏の詳細な論「タカヒカル・タカテラス考」（「万葉」一四二号　平成四年四月）があるので、ご覧いただきたい。

追記　使用テキストは、小学館　新編日本文学古典全集『万葉集』。なお一部異なるところもある。

色と『万葉集』のかかわり

伊原　昭

一　はじめに

文学作品の姿を、そこに描かれている色彩を媒体としてとりあげ、考えてみたい、そうした願いから、半世紀も前から、誰も手をつけていない分野を、まったくの先達なしに孤独な手さぐりを続けてきている。

モノクロでみる諸作品の実態から、カラーで捉える作品のそれへと、少しでもその作品像を明らかにすることができるならば、と念じながら。

しかし、私の模索は、初期の感度の低いフイルムを使っているのと同じで、なかなか鮮明な実像をうかがい知ることは困難である。

今回、色をテーマに『万葉集』を論じる企画がなされたことは、私にとって大きなよろこびである。

どうか、今後、新進気鋭の研究者の方々の、高感度の新しいカラーフィルムによる御研究で、より一層明確な、万葉の姿をみきわめていただきたい、と切望している。

1 「色」―「いろ」

「色」は、私たちが物のいろどりを表わすのに使う漢字である。しかし、男女の情愛の形を表わすのが原義という(『広漢和辞典』)。大岡信氏も、(注1)「色」という字の上の「ク」は象形文字の「人」、下の「巴」も人がひざを折って座っている姿で、人間が二人重なり合っている形で、異性同士が抱き合っているのを示すのが「色」の発生源ということだ、と種々の辞典を調べて述べていられる。やがてこれから様々の意義が派生し、多くの意味を持つようになるが、我が国では、いろどりを指すのが主体になっているようである。

「いろ」は、色の訓《よ》みで、何故そう称したかは明らかでないが、大岡氏によると、日本語の「いろ」は、色彩と顔色の意がもとで、単なる色彩の意ばかりでなく美しい色彩を指す、それから、女の容色、男の側の色情、対象とする異性のことをも指すようになる。そして、心に何かがきざす、その意味にも使う、と言われている。

色彩は、人間の感覚である視覚の対象となるもので、人間生活にとって最も重要な現象といってよい。色彩に関する研究は、すでにギリシヤのアリストテレスにはじまるという。現今では、色彩について、芸術の面ではもとより、環境、医療、福祉、マーケティング等々、多くの分野で研究がすすめられ、あらゆる面に応用され、人間との関連は多岐にわたっている。

2　日本文学と色

このように、人にとって不可欠な色彩が日本の文学作品にどのようにとり上げられているか、各々の文学作品には、風土、環境、社会、文化等々、種々の状況を基盤にした人々の様々な生き方が、それぞれうつし出されている。

各々の作品に描かれている色彩もまた、作品に準じた様相をみせている。

このことは言いかえれば、色の様相を探ることによって、その作品に登場してくる人たちの生《せい》、その基盤をも垣間見《かいまみ》ることもできるし、さらに辿って行けば、作品の文芸性にふれることも可能と考えている。

文学にみる色の流れを通観すると、上代では、有名、無名の人たちの色が、中古には、貴族たちの色が、中世には、武人たちの色が、近世には、町人たちの色が、いずれも主体となっている。

色の流れは、前代から継承された色、断絶した色、新しく生まれる色等、流転、変貌がみられる。

3　上代文学の色

色彩を表わす用語は、すでに推古朝の『伊予道後温湯碑文《いよどうごおんとうひぶん》』などの古代文献にみられ、文学作品では、『古事記』『日本書紀』の中の古代歌謡（日本人の創作とされる）に歌われている。さらに、『万

葉集』をはじめ種々の作品に色彩用語が多くみえている。(注2)

時代の流れからみれば、上代の色は、日本の色の原点と言えるかもしれない。

上代の場合をみると、記録的文献における色と、文学的作品における色、さらに、文学作品の中でも、各作品の形態、例えば、歌謡・和歌、漢詩、叙事文学等のちがいによっても、また、その創作目的によっても、それぞれ独自の色の姿をみることができるが、ただ上代は上代として共通の、全般的な色のあり方を諸作品をとおして捉えることは可能である。

上代の作品には約三十種ほどの色彩を表わす用語を見ることができるが、それらのうち、土壌(鉱石なども含む)や、植物を原料として生まれた色が大半を占めている。上代の我が国が、温暖な気候、平穏な風土にめぐまれ、多種の草木が繁茂し、農耕を主とした人びとにとっての、土壌も豊かであった、こうした生活環境の中から原初の色が人びとによって創作された。つまり、食料や薬料などのため採取した植物の、花、実、根、茎、幹、葉等から出る種々の汁、煮汁などの中で、色美しいものに布を浸してみたりしたことから、次第に工夫を重ねていって染料をつくり、染色が生まれたのであろう。

また、畑地、田圃、崖、岸、山等々の土や岩石などで目につくものを採って、種々の物に塗りつけたり、画《か》きつけたりして色を出し、やがて顔料をつくり、彩色が生まれたのであろう。そして、これらの色の名は、染料、顔料の名称をそのまま採って名付けているという、具体的な色彩名がほとんどである。

つまり、こうした古代に生きる人びとの実生活から創作されたこれらの色が、この時代の主流となっているといってよい。

また、一方、当時は外来文化を意欲的に受け入れ、色についても、例えば、中国の古代から正色とされた五色（青、赤、黄、白、黒）をはじめ、主要な間色（緑、紫、紅等）、さらに中国詩文に多い色名（翠、滄、蒼、玄、緇、素等）などがみられるが、当時の一般の人たちにとっては、直接関連のうすい、抽象的な色であったろう（漢字は象形文字であることから、それなりに具体的と言えるかもしれないが）。

これらの色の日本名の例えば、「あか」、「あを」、「き」、「しろ」、「くろ」なども、その命名の理由は、種々の説があるが決定的な解明はなされていない。こうした概念的な色もまた、上代の一つの大きな流れであった。

以上は『色の万葉集』という、本書のテーマに関して、その背景をごく、かいつまんで述べたわけである。（注3）

二 『万葉集』の色

『万葉集』の色については、各氏がそれぞれのテーマに従って述べられるようで、私も与えられた課題にそって万葉の色を考えていきたい。

1　『万葉集』にみる色の種類、用例

万葉は色彩の用語の種類もきわめて多く、その用例もはなはだ多い。（注4）上代の他の作品が、それぞれ創作の目的があったり、編纂に制約があったりするのに対して、万葉は長い年代、広い地域にわたる様々な人びとが、実生活上の体験や感動を自由に率直に歌い上げた作品が多い集であることを考えると、この集によって、上代の一般の人たちが色に深い関心を持っていたことが知られるようである。

2　色の性質

①日本的な具体的な色

『万葉集』には、前記（注4）のように三十余種にも及ぶ色彩をあらわす用語がみられる。これは、詩歌の世界では、記紀歌謡は言うまでもないが、平安の『古今集』からの諸勅撰集（八代集及び十三代集の歌数、三万三千七百十余首）と比較しても格段にその種類数が多い。

それは、他集にはあまりみられない、染色、彩色に類する色が過半数を占めていることに起因する。例えば、

茜《あかね》（現今でも植物園などでみられるが、茜という山野に自生する蔓性の多年生草本の、その赤い根の灰汁《あく》媒染による、火のような赤い色）

紅《くれなゐ》（現今、山形の名産として宣伝され、花屋でよくみる紅花〈末摘花《すゑつむはな》とも〉の赤黄色の管状の頭状花の灰汁媒染による黄味のない、ピンクの濃い赤色）

橡《つるばみ》（今でも山林に多い落葉喬木の橡〈クヌギの古名〉の実〈ドングリ〉を砕いて煎じた汁の鉄媒染による紺黒色）

水縹《みはなだ》（タデ科の一年草藍《あゐ》の葉、茎から染めた縹《はなだ》の薄い色、水色）

紫《むらさき》（山野に生える多年生草本の紫草〈現今は絶滅に近い〉の根を煎じた汁の灰汁媒染による、いわゆる紫色）

などのように、根、花、葉、実などを材料として煎じた煮汁に媒染剤を加えて染めた色。

あるいは、

榛《はり》（現代でも林野に繁茂している落葉喬木の榛〈ハンの木〉の実をむし焼きにして作った黒灰の粉末で摺《す》った黒褐色）

鴨頭草の図

山藍《やまあゐ》（山足樹下の地などに群生する多年生草本。山藍の生《なま》葉《ば》を搗《つ》いた汁で摺《す》り付けた緑青色）

鴨頭草《つきくさ》（道端や野原などに碧色の花をつける月草〈露草〉の花を摺《す》りつけたブルーの色）

垣津幡《かきつばた》（初夏の杜若の花を摺り付けた濃い紫色）

萩《はぎ》（秋の萩の花を擦りつけた赤紫色）

韓藍《からあゐ》（初秋の赤い鶏頭《けいとう》の花を揉《も》み出した汁に浸みこませた赤色）

古奈宜《こなぎ》（水田中に生ずる小水葱《こなぎ》の碧紫色の花を摺り付けた色）
土針《つちはり》（ツクバネ草の異称。衝羽根草は、山地の林下に自生し、淡黄緑色の花を付ける。その花で摺った黄緑色）
菅根《すがのね》（沼沢水辺の地に生える多年生草本スゲ、その根を衣にかき付けた色、色は未詳）
なお、「桃花褐《つきぞめ》」は、あらそめとも言われ、紅花で染めた、うすい紅色。「唐棣《はねず》」は、朱華《はねず》という植物の花に似た色で、紅花と支子《くちなし》が染料といわれるが明らかでない。
さらに別に、
丹《に》（辰砂《硫化水銀》あるいは鉛丹《酸化鉛》で、神社の鳥居伽藍の柱などにみられる黄をおびた赤い色）
朱《そほ》（天然産の赤土、また黄土を焼いたもの、朱色《しゅ》）
真朱《まそほ》（天然産の朱《しゅ》）
埴生《はにふ》（黄土と同じの水酸化鉄で、黄色。あるいは、赤土と同じの一種の酸化鉄を含んだ赤い色。これら両色を指す）
など、いわば土壌などを顔料として使った色も少なくない。
このように、万葉には、恵まれた風土に生きた人びとの生活に関わる周辺の草木、土などを使って（もちろん、先進国の人達の指導にもよったであろうが）彼らがたずさわった具体的な色が多くを占めている。しかし、具体的とは言え、鳥・獣・虫など、生きたものを使っているのは万葉ではないことを言いそえておきたい。

②外来的な概念的な色

上代は早くから中国との国交が開け、遣隋使や遣唐使の派遣などで先進国の高度の文化が流入し、我が国はさまざまな文物を受け入れ習得したことは言うまでもない。

色彩を表現する言葉もその影響を受け、とくにその中でも「陰陽五行説」で正色とされた、青、赤、黄、白、黒の五色は基本的な色名として多く見えており、これは現代に至るまで主要な色名として使われている。

漢字は象形文字であるから、例えば、赤＝大火の合字で燃えさかる火の色、黒＝囪炎（窓と煙）の合字で、炊事の煙が出るので窓に煤《すす》がたまる、その色、といったように、語形から意義が理解されるのであろうが、その漢字を日本人が、「あを」、「あか」、「き」、「しろ」、「くろ」と訓み、色の名称としたその由来は明らかでない。

外来の色は五色をはじめとして、日本人にとって前記の在来の色とは異なって、具体性に乏しい色の名であり、概念的な色と言えるようである。

3　色の表現

①具体的な色の場合

万葉には前述のように、植物や土壌などによる染色、彩色が多い。これらは一首の中でその材料のあり方、色のつくり方、色の性質などが詳しく歌い上げられていて、単なる色としてものを形容するだけにとどまらない。

染色は、紫を例にとってみると、

「紫草《むらさき》は根をかも竟《を》ふる……」（巻十四・三五〇〇）のように、紫草の根は貴重な染料であるから、その根は全部使い終るものである。

紫草の図

「託馬野《つくまの》に生《お》ふる紫草《むらさき》衣《きぬ》に染《し》め……」（巻三・三九五）という、紫草の生えている場所が託馬野である、そして、衣に染《そ》めて色を出すものだ。

「韓人《からひと》の衣染《ころもし》むとふ紫の……」（巻四・五六九）紫は、朝鮮・中国の工芸先進国の人たちが染めるということだという染色技術の事情。

「紫は灰指《さ》すものそ海石榴市《つばいち》の……」（巻十二・三一〇一）紫は染める時、灰を加えるもので、その灰は海石榴（椿）の木の灰がよい、という媒染剤にまで及ぶ染色手法。

といったように、もちろん、本旨を導き出すためであるが、一首の殆どを占めている。紫という一色名としてではなく、実に詳しく紫の実態が歌われていて、この表現は、他の染色もほぼ同じ傾向といってよい。なお、つけ加えておきたいのは、茜で、

「あかねさす紫野《むらさきの》行き……」（巻一・二〇）「大伴の……あかねさし照れる月夜《つくよ》……」（巻四・五六五）の

ように、色や光が映える「さす」や「さし」を伴った動的な形で日、昼、君などにかかる詞としてよまれ、単独の色の名としてのあかねは一例もない。これは、和歌の世界では後世まで継承されている。

彩色の方も、例えば、丹は、

「倭《やまと》の宇陀《うだ》の真赤土《まはに》のさ丹《に》着《つ》かば……」（巻七・一三七六）「牽牛《ひこほし》は……さ丹塗《にぬり》の小舟《をぶね》もがも……」（巻八・一五二〇）のように、着く、すなわち着色するとか、塗るとか、色の製作過程を示したり、また、

「なゆ竹の……さ丹《に》つらふわご大王《おほきみ》……」（巻三・四二〇）のように、「さ」という接頭語、「つら」という頬、「ふ」という動詞化する接尾辞をつける、といった動的な形をとったり、単独に、丹というだけでなく、具体的な形をとってよまれる例が多い。

②概念的な色の場合

その主要な色のあり方をみると、例えば、赤は、

「月待ちて……あから橘《たちばな》……」（巻十八・四〇六〇）のように、語根「あか」に接尾辞「ら」がつく場合。橘の他、小船、柏、も同じ。また、

「あしひきの……あかる橘《たちばな》……」（巻十九・四二六六）のように、動詞の形に。さらに、

「押し照る……赤《あか》らひく日……」（巻四・六一九）のように、赤味をおびる、赤い色がさす、といったこれも「ひく」が付いた動詞の形。これは、日の他に、色ぐはし子、朝、膚、などにかかっている。

このように、赤も形容詞として固定していない表現がみられる。

茜の図

青も、

「石見の海……か青なる玉藻沖つ藻……」(巻二・一三八)のように、「か」という接頭語がついて、「なる」という動的な形に。

「人魂《ひとだま》のさ青《を》なる君が……」(巻十六・三八八九)は、「さ」という接頭語がついて、「あを」が「を」となって、「なる」という動詞形。これらのように、青も動きがある例がある。

黒もまた、

「世間《よのなか》の……か黒き髪《かみ》に……」(巻五・八〇四)「緑子《みどりご》のか黒《ぐろ》し髪を……」(巻十六・三七九一)のように、定形の形容詞であるが、「か」という接頭語がつき、また、

「春の日の黒かりし髪も白けぬ」(巻九・一七四〇)は動詞の「あり」がついて、形容動詞となっている。このように、黒も固定していない例がある。

白は、

「田児の浦ゆ……真白《ましろ》にそ……」(巻三・三一八)のように、「ま」という接頭語がついたり、

「駒造る……白くあれば」(巻十六・三八四五)「黒髪の白くるまでと」(巻十一・二六〇三)「春の日の……髪も白けぬ……」(巻九・一七四〇)のように、「白く」に動詞がついたり、白くなる意の「白《しら》け」、「白《しら》く

る」の動詞の形になったりしている例。

なお、黄は、(注5)『万葉集』中、歌には黄の用字で『き』と訓《よ》まれ黄色を示すのは一例のみであるが、「奥つ國……黄柒《きぬり》の屋形《やかた》……」(巻十六・三八八八)とあり、この黄の色は、顔料や塗料を塗ったもの、と考えられ、その方法がしめされている、といったように、色名としてのみ単独によまれているのではない。

以上のように、概念的な主要の五色も、それぞれ、接頭語を伴ったり種々の動的な形で表現されている例がみられる。

4 色相の濃度

同じ色でも、私たちが言う、濃《こ》い、薄《うす》い、という現象がみられる。しかし、こうした色彩の属性の中の色相、その同一色相の中の濃度の面という微妙な点まで認識し、それを表現するのは、相当高度の色彩感覚を持つ段階と言えるであろう。

①上代の作品をみると、『古事記』には、色彩用語に直接ついた濃度の表現はみられない。『日本書紀』には、緑に、浅緑、深緑、そして、縹《はなだ》にも、蒲萄《えび》にも、同様、深と浅という語がついており、濃度を示すものと考えられる。紫は、これに、赤紫、黒紫が加わっている。

『風土記』は、『古事記』と同じ。

なお、『続《しょく》日本紀《ぎ》』には、緋《あけ》も、深、浅で表現されている。

紀《き》も続紀《しょくき》も、このような濃度を示す例は、服制の、身分階級に関する公的な服の色に見える。服色は厳密に色が定められ、同一色の場合、深が上位の身分、浅がその下位の身分を示している。

種々の物の実体を正確に詳細に記録するのが目的であろうと考えられる『正倉院文書《しょうそういんもんじょ》』(注6)や、これに類する文献には、百十種にも及ぶ色がみられる。これらの色も、例えば、紅は、深、中、浅、滅、緑は、同じく、ただ滅の代りに黒緑とある。なお、紫が、深、浅、の他に、赤紫、黒紫があり、橡は、深橡、白橡、水橡のように白や水を冠して、薄い意を表現しているようである。

こうした精密な表現を要する文書にも上代では、濃、淡（薄）の用字による濃度の表現はみられない。

中国では先秦《せんしん》時代から漢をへて唐代に至るまで、主に、深、浅で表現されていたようで(注7)、その影響も考えられる。

②『万葉集』には、濃度に関する表現の例は、

1 紅《くれなゐ》の深染《こそめ》の衣《ころも》（紅之深染之衣）（巻七・一三一三）

2 紅の濃染《こそめ》の衣《きぬ》を（紅之深染乃衣乎）（巻十一・二八二八）

3 紅の濃染《こそめ》の衣色深く（紅之深染衣色深）（巻十一・二六二四）

4 紅の浅葉《あさは》の野らに（紅之浅葉乃野良尓）（巻十一・二七六三）

5 桃花褐《つきそめ》の浅《あさ》らの衣浅らかに（桃花褐　浅等乃衣浅尓）（巻十二・二九七〇）

6 浅緑染め懸けたりと見るまでに（浅緑染懸有跡見左右二）（巻十・一八四七）

などで、紅、桃花褐、緑に、深、浅の用字が使われている。

そして、

7紅の薄染《うすそめ》衣浅らかに（紅薄染衣浅尓）（巻十二・二九六六）

のように、薄の用字と、それと同義と考えているらしい「浅らかに」がみられる。

なお、

8紅の八塩《やしほ》の衣（呉藍之八塩乃衣）（巻十一・二六二三）

9竹敷のうへかた山は紅の八入《やしほ》の色に（…久礼奈為能也之保能伊呂尓…）（巻十五・三七〇三）

10あらたまの……紅の八入《やしほ》に染めて……（紅之八塩尓染而……）（巻十九・四一五六）

のような、しほという、染汁に漬けて染める、その回数を、一しほ、二しほ…八しほと表現し、何度も染めた濃い色相を八しほは指している。ただこれも中国の文献「三入、五入、七入」とか「一染、再染、三染」などがみられるので、(注8) その影響かもしれない。

万葉集では、深、浅、八塩、薄が濃度を示す、と考えられるが、右に掲げたくらいの用例で僅少といってよい。何色ともわからぬが、「色深く背なが衣は染めましを御坂たばらばま清《さや》かに見む」（伊呂夫可久…）（巻二十・四四二四）は、深く染めたらはっきり見える、という。濃い色相の視覚的効果がわかるようである。

上代の作品、文書《もんじょ》には、濃い色相をあらわす場合、濃いという用字によるコシの表現は見当らない。万葉の前記の例で、旧訓ではコゾメと訓み、注釈書の中には、1、2、3の歌のように、それに據っているのもあるが、以前から私は沢瀉《おもだか》博士が(注9)解明されたように、用字のとおり、フカソメと訓むべきであろうと考えている。

ただ、「紫の粉滷《こがた》の海に潜《かづ》く鳥（紫乃粉滷乃海尒…）」（巻十六・三八七〇）という歌があり、紫の濃いという意のコが、コガタのコにかかると、殆どすべての注釈書が解している。これが正しいとすれば、濃度の濃いをさす用語のコシがあることになる。

しかし、『古事記』の歌謡に(注10)、「この蟹《かに》や　何処《いづく》の蟹……その中つ土《に》を　かぶつく　真火《まひ》には當《あ》てず　眉《まよ》畫き濃《こ》に畫《か》き垂れ　遇はしし女人《をみな》…」（…麻用賀岐　許邇加岐多禮…）とあり、丸邇《わに》坂《さ》の初土《はつに》も底《しは》土《に》もだめで、真中の土を、強い火にあてずに作った眉墨で眉を濃く尻下りに畫き、と解されている。これでは、濃さをコクと表わしていると考えられる。この用字は「許」であり、上代特殊假名遣によれば、乙類に属する。万葉の粉滷の「粉」は甲類で、同一ではない。歌謡を正しい濃の意のコとすれば万葉のコは濃ではないことになる。逆の場合は、歌謡の許は濃でないことになる。両者とも濃しのコとはそれぞれ異なる意があるかもしれない。ともかく、『古事記』のコ（許）が濃であるなら、万葉のコ（粉）は濃ではない筈である(注11)。

万葉では、色の濃度に関して濃という用字はなく、その意とされる「紫の粉滷」の粉も記の歌謡との関係で確定的ではなく、未解決であるということを述べておきたい。ちなみに粉滷の海は越の国に関係があると言われる(注12)。

5　色への情感

私たちは、視覚をとおして、色彩にさまざまな情感を抱く。

それは、すでに記《き》・紀《き》の歌謡にも歌われている。

『古事記』の大國主神《おほくにぬし》の歌に、神が外出する時の衣服の色が、「黒《くろ》き御衣《みけし》」でも「青き御衣」でも「適《ふさ》はず」つまりぴったりしなくてだめ、「藍蓼《あゐたで》」を舂《つ》いた汁で染めた青緑色の衣は、「此《こ》し宜《よろ》し」、これこそよろしい、といった素朴な好悪の感情表現。また、豊玉毘賣命《とよたまひめのみこと》の歌にみられる、赤玉に「光れど」、白玉に「貴くありけり」といった美的な意識ともいえそうな表現。(注13)

『古事記』にも『日本書紀』にも、載せられている日本武尊《やまとたけるのみこと》の歌に、青々とした山々にかこまれた大和《やまと》を「麗《うるは》し」と讃嘆している美的表現がみられる。(注14)

万葉には、例えば、

山吹のにほへる妹が朱華色《はねずいろ》の赤裳の姿夢《いめ》に見えつつ　（巻十一・二七八六）

はねず色の赤い裳の色をとおして、寝ていても夢に見え見えする、という程の、愛する相手の女性の容姿の美しさを表現している歌。

田児の浦ゆうち出でて見れば真白《ましろ》にそ不盡《ふじ》の高嶺に雪は降りける　（巻三・三一八）

真白な雪をとおして富士山の清爽な美を表現している作。

さらに、種々の色同志の配色によって生まれる美を歌っている、例えば、

級照《しなて》る　片足河川《かたしはかは》の　さ丹塗《にぬり》の　大橋の上ゆ　紅《くれなゐ》の　赤裳裾引《あかもすそひ》き　山藍《あゐ》もち　摺《す》れる衣《きぬ》着て　ただ独り　い渡らす児《こ》は…　（巻九・一七四二）

の、清冽な川にかかる丹塗の橋を、山藍摺《やまあゐずり》の青緑色の着物に、紅色の赤い裳を裾引いて渡って行く一人の女性。作者が、夫があるのか、独身なのか、聞きたい、そして宿を貸したい、と思う程の魅力のある娘子《をとめ》の容姿、それが、衣裳の、赤・青系の対照的な配色によって、鮮麗に表現されている。また、

「昔老翁《おきな》ありき。號《な》を竹取の翁と曰ひき。…」という詞書の長歌（巻十六・三七九一）があり、彼の幼児の頃から、とくに青年時代の素晴らしさを、容貌や容姿の、黒々とした髪、紫や榛摺《はりずり》（黒）の衣、舶来の上等な錦の紐、水縹《みはなた》（水色）の帯、そして黒い沓《くつ》、という、〝これこそ〟と思う服装の色を次々とならべることによって表現している作。

このように、一色ばかりでなく、色同志の対比・融合などによって、おのづから美的情趣を生み出している作が少なくない。

さらに、美意識を表わす用語も詠まれている。例えば、

大宮の内にも外《と》にも光るまで降れる白雪見れど飽《あ》かぬかも　（巻十七・三九二六）

の、雪の白さに抱く「光る」。

味酒《うまさけ》三輪の祝《はふり》の山照らす秋の黄葉《もみち》の散らまく惜しも　（巻八・一五一七）

の秋の木々のもみちの彩りによせる「照らす」。

黒牛《くろうし》の海紅《くれなゐ》にほふももしきの大宮人《おほみやひと》し漁《あさり》すらしも　（巻七・一二一八）

の宮廷に仕える婦人たちの裳の紅に感じる「にほふ」。

いずれも美意識を表わす語といってよいようである。これらについては、諸氏が述べられる予定なので略させていただく。

この他、例えば、

隠沼《こもりぬ》の下ゆ恋ひ餘《あま》り白波のいちしろく出でぬ人の知るべく　（巻十・三〇二三）

吉隠《よなばり》の野木に降りおほふ白雪のいちしろくしも恋ひむわれかも　（巻十・二三三九）

青山を横切る雲の著《いちし》ろくわれと咲《ゑ》まして人に知らゆな　（巻四・六八八）

のような、白波、白雪、山の青さを背景とする雲、などに見られる「いちしろし」は、用字に「灼然」ともあり、輝く明らかなさまを意味すると考えられるし、また、「伊知白久」「市白久」「市白」など、その用字をみると、明度の高い白に抱く美を表現する語のようである。

また、

毎年《としのは》にかくも見てしかみ吉野の清き河内《かふち》の激《たぎ》つ白波　（巻六・九〇八）

住吉の沖つ白波風吹けば来寄する濱を見れば清《きよ》しも　（巻七・一一五八）

八千桙《やちほこ》の　神の御世より……白沙《しらまなご》　清き濱辺は……百世《ももよ》歴《へ》て　偲《しの》はえゆかむ　清き白濱《しらはま》　（巻六・一〇六五）

のように、山から落ち激《たぎ》つ波の白さ、沖の方から寄せてくる波の白さ、浜の砂の白さ。これらによって、河内、海岸、浜の清浄透明の美が「きよし」（用字は、「清」や「浄」）という語で表現されている。

泊瀬川《はつせかは》白木綿花《しらゆふはな》に落ちたぎつ瀬を清《さや》けみと見に来しわれを　（巻七・一一〇七）

という歌は、木綿で造った花（白い造花）のような激流の白さ、それを「さやけし」という語によって、「きよし」と同じような美をあらわしている。

さらに、現今でも「はなやか」という華麗な美を表わす言葉が使われているが、万葉に、

紫の綵色《しみ》の蘰《かづら》のはなやかに今日見る人に後恋ひむかも　（巻十二・二九九三）

という、紫で色どった髪飾は「はなやか」であるという歌がある。「はなやか」は、「花八香」という用字からも考えられるが、花に、ヤカという接尾語がついた、花のような美しさを意味する。「はなやか」は、このように紫の色に抱く美を表現した用語であるが、集中、これが一例のみである。万葉のみならず、上代の諸作品・文献にも、色にかかわる場合はもとより、他にも見当らない。

とくに、古代歌謡、万葉以降の諸勅撰集（八代集及び十三代集）その他、和歌の世界には一例もない。(注15)

これは、次の平安時代、ジャンルを異《こと》にした物語・日記・随筆等の中に見られ、『源氏物語』には甚だ多い。(注16)

「はなやか」は、万葉に始めて、そしてただ一例、紫の色に抱く美的用語として生まれたが、後代に至るまで和歌の世界に見られず、物語世界に受けつがれたのである。

6　越中守時代の大伴家持

終りに、高岡市万葉歴史館に最も関係の深い大伴家持、とくにその越中守時代の歌を色の面から少し探ってみたい。

『万葉集』にとって、最多数の歌をよみ、その編纂者にも擬せられている大伴家持、その歌作期のうち、最も意欲的であったとされる越中守時代を考えることには意義があるようである。

家持の作は四八〇首に近く、他の歌人に比べ圧倒的に多い。彼は、越中守時代の天平十八年（七四六）八月七日から天平勝宝三年（七五一）八月五日（この七月十七日少納言に遷任）までの五年間に約二二五首をよみ、他の歌作年代（約二十余年）の間の歌数の半分を占め、質・量ともに他の期を凌駕していると言われる。

以下、本書のテーマにそって色に関する歌を探ってみたい。

万葉には、色をよみこんでいる歌人は、約百十余人いるが、最も色彩の用語の種類が多いのが家持である（詞書も含めて）。

白、黒、紅《くれなゐ》、青、緑、赤、茜《あかね》、橡《つるばみ》、黄葉《もみち》、鴨《かも》の羽《は》の色、垣津幡《かきつばた》摺《ずり》など十余種に及ぶ。とくに守の時代は、これらの色を殆んどよみこんでおり、色彩用語の種類数も用例頻度数も他の期に比べ最も多い。(注17)

越中守時代には、例えば、

思ふどち……乎布《をふ》の浦に……浜清く　白波騒き……今日のみに　飽き足《だ》らめやも……秋の葉の
黄色《もみた》ふ時に　あり通ひ　見つつ賞美《しの》はめ　この布勢の海を　（巻十九・四一八七）

布勢の水海の、さわぐ波の白さ、秋の木々の色つくもみち、といった任地の自然。また、

雄神川《をかみがは》　紅《くれなゐ》にほふ少女《をとめ》らし葦附《あしつき》水松の類採《と》ると瀬に立たすらし　（巻十七・四〇二一）
あらたまの……吾妹子《わぎもこ》が　形見がてらと　紅《くれなゐ》の　八入《やしほ》に染めて　おこせたる　衣《ころも》の裾も　とほり
て濡れぬ　（巻十八・四一五六）

のような、川の面に映える少女の裳の紅、また自分にと妻がよこしてくれた何度も染めた濃い紅の衣、といった衣装。あるいは、

大君の……矢形尾《やかたを》の　吾《あ》が大黒《おほくろ》に大黒は蒼鷹の名なり　白塗《しらぬり》の　鈴取り附けて……　（巻十七・四〇一一）
矢形尾《やかたを》の真白《ましろ》の鷹を……飼《か》はくし好《よ》しも　（巻十九・四一五五）

飼っている鷹の名の大黒、附けている鈴の銀メッキと言われる白塗、鷹の毛並の蒼とか真白とか、いずれも愛鷹について。

このように自然、人、動物などが、色によって描かれている。そして、家持は、

春の苑《その》　紅《くれなゐ》にほふ桃の花下《した》照《で》る道に出で立つ少女《をとめ》　（巻十九・四一三九）

という、濃彩の絵画をみるような情景を、紅の色を中心に画き上げている。春の庭園の木々の若緑、一斉に咲き乱れる様々の花のいろどり、その中心に満開の桃花の、夕景に一層映発するような紅の色、その樹下の照るような小径に佇むうら若い麗人、こうした色彩の美の極致とも言える作を越中守時代にうたい上げている。

さらに、色を技巧的によむという、色への傾倒もみられる。

桃の花　紅色《くれなゐいろ》に　にほひたる　面輪《おもわ》のうちに　青柳《あをやぎ》の　細き眉根《まよね》を　咲《ゑ》みまがり　朝顔見つつ
少女《をとめ》らが　手に取り持《も》たる　眞澄《まそ》鏡　二上山《ふたかみ》に……　（巻十九・四一九二）

のように、桃の花のように匂うばかりの紅の豊頬、ほほ笑んで、柳の青い葉のように曲線をえがいた細い眉、その朝の顔を眺めるために手に取り持つ鏡、その蓋《ふた》と同音の二上山《ふたかみやま》、以上は二上山を導く部分で、朝化粧した少女の顔の美を、柳葉の青、桃花の紅という対比的な色調で目がさめるように描いている。大伴池主が、「……紅桃は灼灼《しゃくしゃく》にして、……翠柳《すいりう》は依依にして…」（巻十七・三九六七の序）や、

「桃花瞼《まぶた》を照して紅を分ち、柳色苔を含《ふふ》みて緑を競ふ…」（巻十七・三九七三の七言の序）などと述べ、柳の葉を眉に、桃花を頬の形容にするのは、すでに「松浦川に遊ぶ序」（巻五・八五三の序）にも見え、漢詩文に多いが、家持はこれ等をもとり入れ、彼は、二上山以下の本旨をひき出すために、直接必要でもない序と言われる部分に、二色を使って美女の像を描き、意図的に芸術性を高めようとしている。いわば色への意欲的な作とも言えそうである。とくに、

紅《くれなゐ》は移ろふものそ橡《つるばみ》の馴れにし衣《きぬ》になほ若《し》かめやも　（巻十八・四一〇九）

は、「史生《ししやう》尾張少咋《をくひ》に教へ喩《さと》す歌一首短歌を幷せたり」という題詞で、当時の法典、戸令などを引用した詞書と、部下の行為を教喩している長歌と短歌三首の中の一首である。紅は褪《さ》めて色変りするものである。長い間使い馴れた衣の橡色にどうして及ぼうか及ぶはずがない、という意である。

紅は集中多くの歌人が「にほふ」という、あたり一面に映えるような美しい色として詠んでいる。それに対するものとして家持は橡の色をとり上げた。

橡は、前記のような紺黒色の地味な色で褪《さ》めることがない。万葉には、巻七、巻十二の、年代・作者未詳の五首によまれている。一国の守《かみ》として律令《りつりよう》に詳しい彼は、当時の令の「衣服令」などは熟知していた筈である。その「凡服色。（注18）……」の條をみると、紅は上位から六番目、橡は十八番目で最下位。そして「制服」の條には、最下層の奴婢《ぬひ》階級の正式の服色とされている。なお、『正倉院文《しようそういんもん》

書《じょ》』でも現実に下級・下層の者の服色として記載されている。(注19)

この歌は、紅と橡という二色に対する家持の評価だけで一首が形象されているといってもよい。

もちろん、本旨は詞書でわかるように、二人の女性のあり方を示すのが目的である。「紅は移ろふものそ」が遊行女婦、「橡の馴れにし衣」が少咋の元の妻である。紅によって遊女《あそびめ》の若く派手な容姿が、「移ろふ」ということから男への愛情のさめやすいという心情が暗示されている。橡の「馴れにし」によって、何度も着なれた古着、下級の夫一すじに心変りもせず長年つれそった古妻が示されている。

橡の図

家持は、はなやかでも変貌するものより、地味でも不易のものを希求した。遊行女婦が元妻に「なほ若《し》かめやも」と強く言い切って喩《さと》しているのが本旨である。

この作は、序に「豈《あに》旧を忘れ新を愛づる志有らめや。……旧を棄つる惑《まどひ》を悔しむ」とある旧は、「橡の馴れにし衣」、新は「紅は移ろふものそ」で譬えているわけで、一首は二つの色の性格で示される暗喩で成っている。

さて、橡は、前記のように、巻七の譬喩歌の「衣に寄す」と、巻十二の「物に寄せて思を陳《の》ぶ」の中に入っている。此等の巻の歌は、ほぼ第二・三期（巻七）、飛鳥・藤原・奈良前期（巻十二）のものであろうといわれる。これらは、

1 橡の解濯衣《ときあらひきぬ》のあやしくも殊に着欲しきこの夕《ゆふべ》かも　（巻七・一三一四）

2 橡《つるばみ》の衣《きぬ》解《と》き洗ひ眞土山本《まつちやまもと》つ人にはなほ如《し》かずけり　（巻十二・三〇〇九）

のように、古着を縫い直すために、解《と》いたり洗濯したりした橡色の服であるとか、さらに、その布をまたうち、つまり砧《きぬた》で又打って裂地《きれぢ》を再生させる。マタウチの約マツチを真土山（用字は又打山）にかけている。これらの作によっても、解き、洗い、打って仕立直して着るという、庶民、賤民の生活がうかがえる。

3 橡《つるばみ》の衣《きぬ》は人皆事無しといひし時より着欲《ほ》しく思ほゆ　（巻七・一三一一）

のように、「事無し」何事もない、煩わしいこともない、というのは、公的には最下層の者の服色なので、それより上位、と言えば、どの階級の人も自由に着用できる。そうした気安い服色ということを知っていたからであろうか、「着欲しく思ほゆ」着たいと思うと歌っている。また、1の作は「あやしくも」と、自分で不思議だ、といぶかりながら、それでも、とりわけ今日の夕には着たいなあと

思う、と言う。

これらは譬喩歌や寄物陳思歌であるから、これらの歌の橡のあり方は、恋人、思う人、妻など、相手の人となりを譬えるものであり、恋情の有様をのべるのが本旨である。

家持は少咋を喩す歌に、おそらく彼自身も、彼の周囲の人も着用しなかったであろうし、歌によむこともなかった、巻七、巻十二にしかみられない橡の衣をとり上げたのである。このことは、越中守時代にはこれらの巻々の歌を手中にしていたかもしれぬという一つの証左にもなろう。

とくに、2の歌（巻十二・三〇九）にある「本《もと》つ人にはなほ如《し》かずけり」とある本つ人は用字は「古人」であり、それに「なほ如かずけり」という、他の者は、古人にやはり及ばないということの作は、家持の「橡《つるばみ》の馴《な》れにし衣《きぬ》になほ若《し》かめやも」の意と重なると言ってよい。

譬喩、寄物陳思に分類されている諸作のよみ方を参考にして、家持は、直言するより、喩《さと》すには、歌でたとえた方が効果的などと考えついたかもしれない。

集中、紅《くれなゐ》は映えるような美しい性格の色というプラスの面が多くとり上げられ、変色、褪色といったマイナスの面をよんだのは、家持の「移ろふものそ」（後に「移ろひ」）だけである。他の歌では、例えば、

紅に染《し》めてし衣《ころも》雨降りてにほひはすとも移ろはめやも　（巻十六・三八七七）

雨で一層紅がはっきり美しく見えることがあっても、濡れて変色することはない、とはっきり「移ろふ」を否定している（豊後国白水郎《あま》の歌）。

家持のは、紅の表面的な見方だけでなく、種々の条件を含んだ上での内面まで見つめることによって知り得た「移ろふ」(注20)であろう。世の中は、無常である、という心情を持っていた彼の人生観から見出されたものであろう。

その後、「世間《よのなか》の無常を悲しぶる歌一首短歌を幷せたり」の題で、「天地の……うつせみも　かくのみならし　紅《くれなゐ》の　色も移ろひ……」（巻十九・四一六〇）と、若い年代の紅顔、それが年と共に褪《あ》せて行く。人生の無常を「紅」の「移ろふ」に譬え託しているのである。

以上、越中守時代の家持の作品は、他の諸期とくらべても、色の質、量ともすぐれているし、色と色による配色による美的な作、さらに、序といわれる部分に意識的に色をよんでいる作、本旨を正しく述べるのではなく、比喩、それも一首が色のあり方のみ、という隠喩の作、そして、年代・作者未詳の巻々の歌の色のあり方をも採《と》り入れたのであろうことも知られる作も、といった、いずれにしても、この時期の家持は、色に積極的で、強い関心を抱いていたと推測され、色の万葉の世界をリードし、支えた、と考えてもよさそうな彼の本領が発揮された時期と言えるようである。

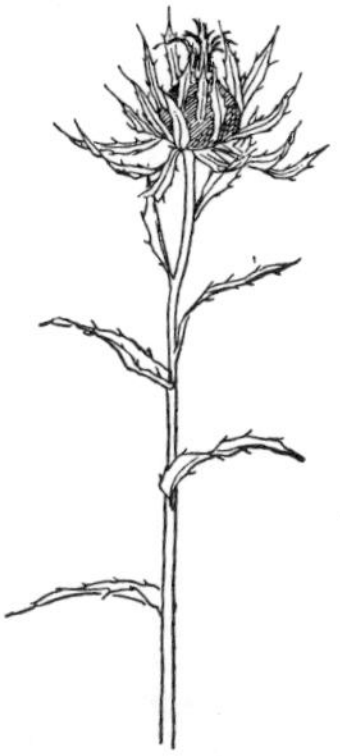
紅花の図

注1 『歴史と文化を彩る日本の色』（講談社　昭和五五年四月）の中の、大岡信「日本詩歌の色」
2 小著『古典文学における色彩』（笠間書院　昭和五十四年五月）
3 小著『文学にみる日本の色』（朝日選書　平成六年二月）などによる。
4 注2と同書　三十四〜三十五ページの表
5 小著『万葉の色』（笠間書院　平成元年三月）の中の、「上代の黄―とくに万葉の「黄柒」について」
6 『正倉院文書』（『大日本古文書』巻之一〜巻之二十五　東京大学史料編纂所　東京大学出版会　昭和四十三年四月〜昭和四十五年四月）
小著『日本文学色彩用語集成―上代二―』に色彩用語は全部集成してある。
7 『説文』『礼記注疏』『唐会要　巻三十一　輿服』『玉台新詠集』『遊仙窟』など。
8 注7と同じ。「三入為、五入緅　七入緇」（『考工記解上巻』）一染謂之縓、再染謂之赬、三染謂之纁」（『爾雅疏五』）
万葉の注釈書の調査では、水島義治先生に種々御尽力いただだいた。
9 沢瀉久孝『萬葉集注釋　巻第七』（中央公論社　昭和三十五年九月）
10 『古事記　祝詞』（日本古典文学大系　岩波書店　昭和三十三年六月）二四二〜二四三ページ
11 甲、乙類については大野晋先生に御教示をいただいた。
12 『越の万葉集』（笠間書院　平成十五年三月）の中の、大久間喜一郎「万葉歌に見る「越国」の素描」
13 注10と同書　一〇三ページ　注10と同書　一四七ページ
14 注10と同書　二二一ページ『日本書紀上』（日本古典文学大系　岩波書店　昭和四十二年三月）
15 『万葉集大成総索引　単語篇』『国歌大観歌集部』の索引。『古今和歌集』『後撰和歌集』『詞花集』『千載和歌集』などの総索引で調べた。

16 小著『色彩と文芸美』（笠間書院　昭和四十六年十月）の中の、「「はなやか」攷」、「はなやか―源氏物語を主として」
17 注16と同書の中の、「家持の越中守時代―特に色彩関係の用語について」
18 『万葉の色―その背景をさぐる―』（笠間書院　平成元年三月）の中の、「大伴家持の心情の一端」
19 注18と同じ。
20 注16と同書の中の、「うつろふ―大伴家持における」

（小著『日本文学色彩用語集成　上代一』〈笠間書院　昭和五十五年三月〉に、上代文学関係の色彩用語、『日本文学色彩用語集成―上代二』〈笠間書院　昭和六十一年六月〉に、正倉院文書関係の色彩用語が集成してある）

『万葉集』の引用は、日本古典文学大系（岩波書店）によった。

挿画は、長崎盛輝『譜説　日本傳統色彩考　解説』（京都書院　昭和五十九年二月）より掲載させていただいた。

白と青のメッセージ

山口　博

一　白と青の帯条

その前に立った瞬間、私は古代へタイムスリップしたような感覚に陥った。白樺を削った二メートル程の柱九本を環状に立てて区画を作り、柱と柱の間に張られた青と白の二本の紐に垂れ下がる白い帯条。区画の中心には、モンゴルのオボを思わせる石積みが作られ、その上に立てられた三メートル程の白樺の柱にも、透き間なく帯条が垂れ下げてある。白が最も多く、上部には青、僅かだが黄色も混じる。先端には太鼓が付けられている。シャーマン太鼓である。

これが話に聞いていたシャーマンの聖域である。カメラを構えた日本人が、帯条の垂れ下がる青と白の紐を潜り、聖域に足を踏み入れた途端、地元の案内者から厳しい叱責の言葉を浴びせられた。聖域に入ることが出来るのは、その中で儀式を行うシャーマンだけである。

その場所はモンゴルの北、中央シベリアの南端にあるロシア連邦トゥバ共和国の首都クズル市。北

太鼓を叩きながら祈祷するトゥバのシャーマン．クズルのエニセイ河畔にて．著者撮影．

緯は約五十一度、バイカル湖の西南約八百キロ、エニセイ河の辺りで、シベリア鉄道クラスノヤルスク駅から南に六百キロ程である。車でサヤン山脈を二千メートルの地点で越え、タイガ地帯、ステップ地帯を走り、テントの宿泊を続けてようやく到着する僻地にある。近くには“The Centre Of Asia”の記念碑が立つ。俗に言う「アジアのへそ記念碑」である。

私が聖域に立ってタイムスリップを感じたのは、万葉歌を思い出したからである。

ひさかたの　天《あま》の原《はら》より　生《あ》れ来《きた》る　神の命《みこと》の　奥山の　賢木《さかき》の枝に　白香《しらか》付け　木綿《ゆふ》取り付け
て　斎瓮《いはひべ》を　斎《いは》ひ掘り据ゑ　竹玉《たかだま》を　繁《しじ》に貫《ぬ》き垂《た》れ　鹿猪《しし》じもの　膝《ひざ》折り伏し　手弱女《たわやめ》の　おす
ひ取り懸《か》け　かくだにも　われは祈《こ》ひなむ　君に逢《あ》はぬかも(注1)

大伴坂上郎女《おほとものさかのうへのいらつめ》（巻三・三七九）

賢木の枝に白い木綿を取り付けて、聖域を作る様が、シベリア・シャーマン世界と全く同じであるからである。シベリア・シャーマンにとって白樺が賢木であり、青・白の帯状は木綿である。その中で精霊の依《よ》り憑《つ》くことを祈るシャーマンは、大伴坂上郎女である。賢木の枝に木綿取り付けて作る聖域のイメージは想像していたが、シベリアでも僻地であるがために、シャーマニズムの温存されている南シベリアで、(注2)それを現実に見ることが出来た。東京帝国大学から追われる原因となった久米邦武の「神道は祭天の古俗」(注3)の言葉を思い、「高天ケ原と蒙古人の宗教」(注4)などを書いて、日本神話のルーツを東北アジアのシャーマニズムに追い求めた鳥居龍蔵を想起したのである。

大伴坂上郎女が賢木の枝に白香付け木綿取り付けて祈り、憑依《ひょうい》を願った霊は、神武東征の功臣である祖神道臣命《みちのおみのみこと》であろう。神武は強敵征服の祭りを行い、自身は高皇産霊尊《たかみむすびのみこと》の憑代《よりしろ》となり、道臣命は厳媛《いつひめ》という女の斎主名を与えられ斎主になる。鳥居龍蔵は「男の巫人が女の着物を着、髪形から、挙動まですっかり女のまねをする」性の転換の範疇に入るものと解釈した。(注5)大林太良氏はこの鳥居説をドイツの民族学者バウマンの説なども参考にしながら敷衍し、東部シベリアの諸族例えばコリヤークなどが鳥居の念頭にあったかと推測し、東アジアに永久的な転性の祭司が分布していて、厳媛のような一時的な転性は、その痕跡かと言う。(注6)道臣命はシャーマンとしてこの場に存在する。古代の戦いをリードするのは呪術であり、それを大伴氏は武人のシャーマンとして担っていたことを語っている。シャーマンは古代からの語りを伝えるのであり、大嘗祭に大伴氏の人々が語部として参加するの(注7)もそれ故であり、家訓「海行かば、水漬く屍」は、そうした大伴氏の語りの伝承の中で伝えられて

白・青等の帯条で飾られた白樺の木の下に置かれた鷲の作り物．バックの建物はシャーマン治療院．トゥバ共和国首都クズルにて．著者撮影．

きた。大伴坂上郎女はそうした家の人である。
南シベリアで聖域が設けられているのは、ここクズルの「アジアのへそ」近くだけではない。シャーマンが定期的にあるいは臨時に儀式を行う場所には、聖樹として崇敬する白樺を植え、白樺のある所を儀式の場所として選び、時には白樺の柱を立て、それに白や青の帯条《たいじょう》を結び付け垂らし、聖域を作る。聖なる泉の湧く聖地アルジャン、シャーマン治療院、シャーマンが儀式を行うエニセイ河のほとり、帯条を結び付け垂らして、それぞれ聖域とする。聖域はシャーマンと天神との交感の場である。

トゥバ共和国の北に接するハカス共和国も、シャーマンの国である。街中のキンメタスと呼ばれている巨大な石柱のそそり立つ祭祀場も、白を基調とする帯条の垂れ下がる白樺で囲まれ、今や被葬者の存在しない容物に過ぎないサルビク大古墳も、巨大な環状岩石に帯条が垂れ下がり、棺の埋葬されていた所には、帯条の下がる白樺の柱が立つ。大和の大神《みわ》神社も、幣と神聖な林だけであった。

鷲の作り物を飾った聖域もある。シャーマニズムの世界では鷲など猛禽類は聖鳥であり、シャーマンの先祖は鷹とされているからである。ハカスのアバカン博物館にあるシャーマン像の腰には、大きな鷲の翼が結び着けられていた。鷲と帯条の深い関わりを、如実に示しているのである。

天日鷲神《あめのひわしのかみ》と津咋見神《つくひみのかみ》とをして穀《かぢ》の木を種植《う》ゑて、白和幣《しらにきて》是《これ》は木綿《ゆふ》なり。已上《かみ》の二つの物は、一夜に蕃茂《おひしげ》れり。を作らしむ。

（『古語拾遺』）

ロシア共和国とトゥバ共和国の国境の峠．白樺の柱が立てられ，白・青の帯条が垂れ下げられている．地元の人が祈りを捧げていた．著者撮影．

日本神話においても、白和幣を作る神は「鷲」という名の神であった。『古史伝』等を書いて神々の事跡を明らかにしようとした平田篤胤が「木綿を作れるに、日鷲てふ名は通えず」と嘆かせた鷲と木綿または白和幣と呼ばれる帯条との結び付きが、南シベリア・シャーマンの世界に浸ることにより解けたのである。

トゥバやハカスの峠の白樺や白樺の柱にも帯条が結びつけてある。峠の神に無事を祈るのである。万葉人もそうであった。

大宰大監《だざいのだいけん》大伴宿禰百代《おほとものすくねももよ》等の駅使《はゆまづかひ》に贈れる歌

周防《すは》なる磐国山《いはくにやま》を越えむ日は手向《たむけ》よく
せよ荒《あら》しその道

山口若麻呂（巻四・五六七）

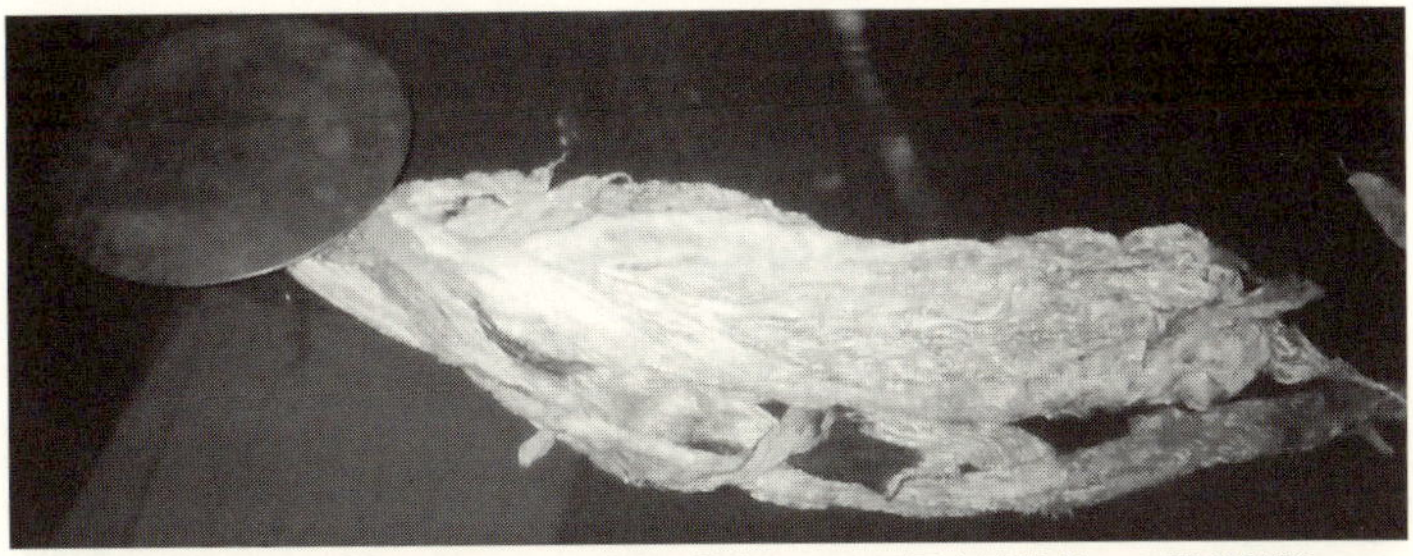

鏡に付けられた山鳥の尾のように長い帯条．トゥバ国立博物館にて著者撮影．

長屋王《ながやのおほきみ》の馬を寧楽《なら》山に駐《とど》めて作れる歌

佐保《さほ》過ぎて寧楽の手向《たむけ》に置く幣《ぬさ》は妹《いも》を目離《めか》れず相見《あひみ》しめとそ

長屋王（巻三・三〇〇）

寧楽山を越えればそこは山城国、国境の寧楽山の神に幣を捧げるのだが、トゥバとロシアの国境の峠の白樺の柱にも、帯条が捧げられている。国境を示すロシア文字の看板と何の不調和も感じさせない。南シベリアには、峠の神に無事を祈って幣を捧げる万葉の古俗が今に生きているのである。

白と青の帯条は、トゥバ国立博物館やミヌシンスク博物館に展示されているシャーマン道具の鏡にも、鳥の尾のように付けられている。

山鳥の尾《を》ろの初麻《はつを》に鏡懸《か》け唱《とな》ふべみこそ汝《な》に寄《よ》そりけめ

（巻十四・三四六八）

東国の恋歌で「お前に寄り添いたい」と言うのに、「山鳥の尾の様に長い初麻で作った青和幣、それに鏡を付けて呪文を唱えると精霊が憑依《ひょうい》するように」と序詞を置く。南シベリアのシャーマン鏡は、まさに「山鳥の尾ろの初麻に鏡掛け」である。

色は呪術的力を持つ。シャーマンにとって青・白が彼らの色であり、白は魂を、青は天神を表すと現代のシャーマンは理解しているが、匈奴語でも天神（騰格里《てんぐり》）は「蒼天」の意であった。(注8) 白を基調とした聖柱の帯条の上部に、青の帯条が付けられているのも、青が天を表すからであろう。青は、中央アジアを故郷とするトルコ系遊牧民族の伝統色であり、今でもウズベキスタン・カザフスタン・モンゴルの国旗の色に使われている。

この帯条が何を意味するのかは、本論のテーマと関わりないので、深入りしないが、シャーマンの、装束にも垂れ下げてあることからも、同一の根拠が考えられ、それが鳥の翼を表すための方法であったことを既に説いたところである。(注9) シベリア・シャーマンを研究したポーランドのゲオルグ・ニオラッツェは、ヴェルホヤンスク山脈の高い所にある巨木に、多種多様な雑色布片と帯条が懸垂されているが、これは住民がこの樹に住む精霊に捧げた供物に外ならないというプリクロンスキイの説を紹介している。(注10) 供物であることは『古語拾遺』の記述からも理解出来るが、なぜ布片が供物になり得るのかまでは説いていない。

二　蒼き狼と白き牝鹿

トゥバ共和国の南部はモンゴルに接し、風土的にはほとんど等しく、トゥバを南下してモンゴルに近付けば近付く程、ステップ地帯の様相が濃くなり、モンゴルの草原と異ならなくなる。遥かに続く緩やかな草原の丘、それを覆う蒼穹《そうきゅう》と漂う白雲。蒼穹の彼方に天神《テングリ》の坐します幻想に陥る。

モンゴルの始祖神話は、次の様に語り始められている。

> 上天より命《めい》ありて生まれたる蒼き狼ありき。その妻なる惨白《あをじろ》き牝鹿ありき。テンギス湖渡りて来《きた》りぬ。オノン河の源に、ブルカン山に牧営《ぼくえい》して、生まれたるバタチカンありき。（『元朝秘史』）

十二、三世紀に、伝承・説話・故事・叙事詩を交えてモンゴル帝国成立の歴史を語った『元朝秘史』は、このように王権神話を青と白の交わりから語り始める。バタチカン（孛児特赤那・Bourte-Tchina）は狼鹿の意である。その八世の孫の妻アランは、日光感精神話の例として挙げられているように、夫の死後、天からの光明に感じて妊娠する。

> 夜ごとに、白黄色の人、家の天窓、戸口の上部の明るみの光にのりて入り来たり、わが腹を撫ぜ、その光、わが腹にしみ入るなり。

白黄は輝く色彩、明るみの光は色彩で言うならば白である。生まれたボドンチャル（孛端察児・Boudantchar）の八世の孫がジンギスカンであり、ジンギスカンの兄弟の子孫は、Burtchoukin と称したが、これは灰色の目を有すということで、古代の青が白と黒の間の色を言うのであるから、灰色の目は青い目である。

先祖のバタチカンが蒼き狼の子であっても、ジンギスカンは蒼き狼との直接の関係がないにもかかわらず、「蒼き狼」はジンギスカンの枕詞として用いられている。またジンギスカンの結婚は、夢の中に現れた白き鷹に導かれる。モンゴルの汗《はん》の家は、青と白に彩られているのである。

モンゴル人はタタール種族に属するが、アルタイ・タタール族のシャーマンは、天神バイ・ユルゲンの祭りに、

白い空の下を、白い雲の上を、青い空の下を、青い雲の上を、鳥よ、飛べ、天に！

と歌う。(注11)

中央アジアの蒼穹《そうきゅう》は、バイ・ユルゲンを「青い空」と讃える言葉を自然に誘う。シベリア北東部のヤクート族は、かつて南方草原の遊牧民族であったが、ヤクートの有名な大シャーマンであるエルギスが、初夏の馬乳酒祭で、馬乳酒を飲む前に数滴火に掛けると、青空に白熊のような雲が現れ、そこから白馬が頭を出し、いなないたと言う話もある。(注12)

バイカル湖の西側に住むブリヤート・モンゴル族のシャーマン叙任式には、テントに白樺が植え付けられ、その一本に真田紐が掛けられる。悪霊に仕える黒シャーマンの場合はその紐は赤と黄、善霊

に仕える白シャーマンの場合は白と青でそれぞれ編んである。ブリヤートのシャーマンが死ぬと、黒シャーマンの場合は外套の上に青色のオルゴイと称する寛衣を着せ、白シャーマンの時は、白地である。また、死んだシャーマンを乗せて行く馬に掛ける布も青または白であり、火葬にしたシャーマンの骨を入れる袋も、青または白である。(注13)

更に西へ行き、古代エジプトでは、ナイル川上流の上エジプトと北部デルタ地帯の下エジプトに分かれていた時代があったが、上エジプトの象徴であるネクベト女神は白い禿鷲の姿で表され、上エジプトの王の冠は白冠であった。それに対して、下エジプトの象徴のウァジャト女神は、緑の蛇の姿で表され、したがって、下エジプト王の冠は赤色であっても、緑色の冠と呼ばれていた。

色の調和や不調和の判断は、自然の中に生きる人間が、自然との共生の中から生み出したものであろう。太陽の光を受けて照り輝く砂の黄金色と空の紺青とで、構成されている砂漠に囲まれたイスラム圏では、ブルーや黄金色のミナレットやモスクを生んだ。蒼穹と白雲の下に生きる人びとにとっては、白雲漂う蒼穹は、人類の祖である鷹の化したシャーマンの飛来してきた故郷であり、そこには天神がいますと考えた。多くの神話や伝説は、この空の青さに対して神秘さや畏敬の念を抱いて語り始めるのである。

三　白和幣と青和幣

天石窟《あまのいわや》にこもった天照大神を誘い出すために、天石窟の前でイベントが行われる。天香山《あまのかぐやま》から引き抜いてきた賢木には鏡と共に、幣が付けられた。

忌部《いんべ》の遠祖太玉命《ふとたまのみこと》、天香山の五百箇《いほつ》の真坂樹《まさかき》を掘《ねこじにこ》じて、上枝には八坂瓊《やさかに》の五百箇《いほつ》の御統《みすまる》を懸け、中枝には八咫鏡《やたのかがみ》一に云はく、真経津鏡《まふつのかがみ》といふ。を懸け、下枝には青和幣《あおにきて》和幣、此をば尼枳底《にきて》と云ふ。白《しら》和幣《にきて》を懸《とりし》でて、相与《とも》に致其祈祷《のみいのりまう》す。（『日本書紀』本文）

『古事記』でも「下つ枝に白丹寸手《しろにきて》・青丹寸手《あをにきて》を取り垂《し》でて」と、日本神話でも青と白の並立が見られ、『古語拾遺』も同様であり、更に和幣の作り手までも記載する。後半は先に掲げたが、前半をも含めて掲載する。

長白羽神《ながしらはのかみ》伊勢国の麻続《をみ》が祖なり。今の俗《よ》に、衣服を白羽と謂《い》ふは、此の縁なり。をして麻を種《う》ゑて、青和幣《あおにきて》古語に、爾伎弖《にきて》といふ。と為さしむ。天日鷲神《あめのひわしのかみ》と津咋見神《つくひみのかみ》とをして穀《かぢ》の木を種植《う》ゑて、白和幣《しらにきて》是は木綿《ゆふ》なり。已上《かみ》の二つの物は、一夜に蕃茂《おひしげ》れり。を作らしむ。（『古語拾遺』）

天日鷲神が西アジアから東アジアに広く分布する王権と猛禽類の関係の系譜にあり、有翼円盤の文字化された神であることは既に詳説したところであり、(注14)素姓は分からないのだが、長白羽神も白鷹を思わせる名の神である。

天孫降臨に際しても『倭姫命世記《やまとひめのみことせいき》』は、

太玉命は青和幣白和幣を捧げ、天牟羅雲命《あめのむらくものみこと》は太玉串《ふとたまぐし》を取り、かくして三十二神が前後に副《そ》って従い、

（『倭姫命世記』）

と、青・白の幣を並立させ、『日本書紀』一書第二は天日鷲神が木綿を作ると記載する。そのような猛禽類に関わる神々が白と青の幣を作るという思想は、先に記した鷲を飾った聖域が語るように、南ロシアやモンゴルとの思想と無関係ではないと思われる。

素戔嗚尊《すさのをのみこと》追放段でも、

亦唾《つはき》を以て白和幣とし、洟《よだり》を以て青和幣として、此を用《も》て解除《はら》へ竟《をは》りて、遂に神逐《かむやらひ》の理を以て逐《はら》ふ。

（『日本書紀』一書第二）

と、白・青は呪術的要素のあることを示している。

更に祈年祭《としごいのまつり》の祝詞にも、

辞別《ことわ》きて、伊勢に坐す天照大御神の大前《おほまへ》に白《もう》さく、皇神《すめがみ》の見霽《みはる》かし坐す四方《よも》の国は、天の壁《かさ》立つ

極み、国の退《そ》き立つ限り、青雲の靄《たなび》く極み、白雲の堕《お》り坐向伏《いむかぶ》す限り、

（『延喜式』巻八祝詞・祈年祭）

と、天の果ての雲を、単に雲とはせずに、青雲と白雲を並立させるのである。

『古事記』『日本書紀』『風土記』等に記されている色名は、青・白・赤・黒の四色である。多くの色名の内で、この四色のみが、アオシ・シロシ・アカシ・クロシという形容詞を持つことからも、その色名の古さが想像される。この四色の組み合わせは、上述のごとく青・白と、考察外にしているが赤・黒の組み合わせがある。『記紀』の崇神天皇が赤・黒の盾を持って墨坂神・大坂神を祭ったという話、あるいは「黒き心」と「赤き心」の対立等から、日本神話における赤・黒、青・白を論じた池田源太氏の論(注15)を、更に深化させて大林氏は、赤・黒は軍事的機能、青・白は主権ないしは祭司の機能に関わると指摘する。(注16)南ロシアやモンゴルの例をも勘案するならば、大林説はある程度認めることが出来るであろう。

四　青のヒスイと天柱

『古語拾遺』に見られるような、日本の青に込められている祭祀または王権イマージュは、ヒスイの青色に基づくところが大きいと考えられる。例えば出雲神話の世界である出雲国では、八千矛神《やちほこのかみ》（大穴牟遅命《おおあなむちのみこと》・大国主神《おおくにぬしのかみ》）を祭る出雲大社の摂社命主社《いのちぬしのやしろ》の大石の下から、銅矛と共に長径三・五

センチの濃い緑色の大型ヒスイが出土している。矛と玉、これが祭祀または王権のシンボルであることは疑いない。

青色のヒスイは神話の世界だけではなく、万葉歌にも登場する。

沼名河《ぬなかは》の　底なる玉　求めて　得し玉かも　拾ひて　得し玉かも　惜《あたら》しき　君が　老ゆらく惜《を》しも
（巻十三・三二四七）

鎌倉末期成立の『釈日本紀』巻六に『越後国風土記』佚文があり、「八坂丹《やさかに》は玉の名なり。玉の青きをいふ。故、青八坂丹の玉といふ」とあって、越後国で青色の玉の採れることを伝えている。越後国にはこの歌に詠まれている沼名河と同名の越後国頸城《くびき》郡沼川郷（『和名抄』）奴奈川神社（『延喜式』）高志国坐神奴奈宜波比売命《こしのくにのくににますかみぬなかはひめのみこと》（『出雲国風土記』）があるので、沼名河は越後国と考えられ、事実、越後と越中の境にある沼名河地域を流れる姫川支流の小滝川から、ヒスイの原石が昭和十四年に発見され、「底なる玉」がヒスイであることは確定した。

ヒスイの魅力はカワセミの羽に似た透明な深く沈む緑色にある。ミドリの語幹はミド。「瑞々しい」のミヅとの関係あるかとも言われている。草木の新芽や色を意味する。ヒスイの緑からも、青春、若々しさ、蘇り、復活、不老不死、不老長寿など、「老」と対立する言葉を連想させる。

古代人にとってタマとタマシイは同一であり、人魂は人玉である。

ハカス共和国首都アバカン市中の聖域に立てられたキンメタスと呼ばれている石柱．先端に太陽が，裏面には天に登るはしごが刻まれている．著者撮影．

人魂のさ青なる君がただ独り逢へりし雨夜の葉《は》非《ひ》左《さ》しそ思ほゆ　（巻十六・三八八九）

ヒスイはまさにさ青なる人魂であった。ヒスイの青玉を抱くことにより老いゆく人の魂を蘇らせることが出来る。蘇り、不老不死、不老長寿を積極的に祈っているのである。青には精神性がある。ここには、他の万葉歌の青のようなただ色彩を表すのではなく、色に呪力を認めているのである。
ヒスイは縄文中期に隆盛を見、弥生以降は浮沈の状況を示しつつも衰退に向かう。奈良朝万葉貴族歌人の歌には詠まれることはない。この歌がかなり古いことをうかがわせる。隆盛をみた縄文時代といえどもヒスイを身に着けることの出来る者は限られている。この長歌は、例えば沼名河族のようなローカルの集団の支配者に関わる歌であり、青の祭祀または王権に及ぼす呪力の存在を示すのである。

南シベリアの青の帯条は、聖樹である白樺または白樺の柱に結び付けてあった。シャーマンが白樺を聖樹として崇めるのは、白樺がシャーマンの霊魂が天へ通う道であるからである。ハカスの首都アバカンの街中にあるシャーマン聖地は、青・白の帯条を垂れ下げた白樺に囲まれ、中心部にはキンメタスと呼ばれる巨大な石柱が立つ。その石柱の先端には太陽が刻まれ、裏面には天へ昇るはしごが刻まれている。天に至る柱と青・白の帯条、私は『万葉集』で「沼名河の　底なる玉」の前に「天橋」の歌の置かれていることを想起する。

天橋《あまはし》も　長くもがも　高山も　高くもがも　月読《つくよみ》の　持《も》てる変若水《をちみづ》　い取り来て　君に奉《まつ》りて
変若《をち》しめむはも
（巻十三・三二四五）

「沼名河の　底なる玉」と同じく蘇りを歌う。青のヒスイの歌と天橋の歌、天柱の先に輝くのは海彼では太陽であり、万葉歌では月であることの異なりはあるが、青と天への通い路という組み合わせは同一である。

　この組み合わせは万葉歌の世界だけではなく、現実に日本列島の巨大木柱のある所には、必ずヒスイが出土している。青森の三内丸山、能登半島の真脇、金沢のチカモリ、新潟県青海《おうみ》町の寺地《てらじ》遺跡等であり、それも海彼の国に面する日本海側に限られている。青と天柱の組み合わせに寄せる東北アジア民族の思いがそこにはある。

五　万葉歌の青と白

　大伴坂上郎女が賢木の枝に付けた「木綿」は、前掲の『古語拾遺』に「白和幣是木綿也」とあることや「淡海《あふみ》の海白木綿花《しらゆふはな》に浪立ち渡る」（巻十三・三二三八）などから、白色であることは分かる。白に並立される青和幣は、『古語拾遺』のように明確な表記は見られないが、

天雲《あまぐも》の　向伏《むかふ》す国の　武士《ますらを》と　いはゆる人は　……　垂乳根《たらちね》の　母の命《みこと》は　斎瓮《いはひべ》を　前に据ゑ置

きて　片手には　木綿《ゆふ》取り持ち　片手には　和細布《にきたへ》奉《まつ》り　平《たひ》らけく　ま幸《さき》くませと　天地《あめつち》の　神《か》祇《み》を乞《こ》ひ祷《の》み　……

大伴三中（巻三・四四三）

と、木綿に対置させている「和細布」が青色か。和細布は荒栲《あらたえ》の対の和栲《にぎたえ》で、精巧に織られた柔らかい布と諸注するように、織りの方法であるから、白も青もあると考えられる。『古語拾遺』の「青和幣古語爾伎弖」と関連がありそうにも思われ、この長歌の和細布は青色ではないかと考えるのである。

万葉歌において、青に並置されている白は、

青山の嶺の白雲朝に日《け》に常に見れどもめづらしわが君

湯原王（巻三・三七七）

以下、全て「白雲」（巻四・五〇九、巻四・六六八、巻六・九四三、巻八・一五二〇、巻十三・三三二九、巻十五・三六〇二）である。唯一の例外が、

英遠《あを》の浦に寄する白波いや増しに立ち重《し》き寄せ来《く》東風《あゆ》をいたみかも　大伴家持（巻十八・四〇九三）

である。「英遠」という地名に青を掛けてあり「白波」と対称のレトリックで、純粋な青・白とはやや趣を異にする。

「白雲」に対する「青」は青山・青波・青雲で、南ロシアやモンゴルのような蒼穹は見られない。日本の空は、雁が音の聞こえ（巻九・一七〇二、巻十・二一三四）、例えそれが「虚空」と表記されていても蒼穹とは程遠く、風花のごとく雪が消える（巻十・二三一七、巻十・二三三三）空であった。

白雲・青空が対になる南ロシアやモンゴル、白雲のみで青空とは対にならない日本、両国の風土の異なりが明確である。したがって「葦原の　瑞穂《みづほ》の国を　天降《あまくだ》り　領《し》らしめしける」（巻十八・四〇九四）、「天照らす　日女《ひるめ》の尊《みこと》　天《あめ》をば　知らしめすと」「天雲の　八重かき別けて　神下し」（巻二・一六七）と天神《てんぐり》を歌うが、それは神話の世界の概念であって、万葉人にとって、東北アジア大陸の人々のような蒼穹に坐すテングリの意識は、極めて希薄であったのである。『古語拾遺』などに見られる青・白の並立が王権や祭祀に関わるという概念などは、ほとんど失せていると考えられるのである。

白雲の　たなびく国の　青雲の　向伏《むかぶ》す国の　天雲の　下なる人は　吾《あ》のみかも　君に恋ふらむ
吾のみかも　君に恋ふれば　天地に　言《ことば》を満《み》てて　恋ふれかも　胸の病みたる　思へかも　心の
痛き　吾《あ》が恋ぞ　日に異《け》に益《まさ》る　……　（巻十三・三三二九）

歌い出しは国土経営の王者の詠を思わせながら、恋歌であり、更にそれを挽歌に転用する。前掲の湯原王歌も恋歌であり、青・白並立は、王権・祭祀から恋に世界を拡散させている。万葉歌の青・白の並立も、青のみの語彙例も、青襟・青雲・青菜・青柳・青山とすべて平凡で、『古語拾遺』にうかがわれるような、青に込められた祭祀または王権のイマージュは消失している。

比較意識の強烈な清少納言『枕草子』は、色彩の対比もしているが、そこに並立的に挙げられている色彩は、白・黒、白・赤、赤・青、赤・黒である。最も明瞭に比較意識の表されている「たとしえなきもの」段に挙げられている色彩も「白きと黒きと」であって、白・青はない。『枕草子』だけではなく、平安時代の文学に表れている並立色彩は青がほとんど見当たらず、白に対して配置されている色彩は、黒か赤（紅）である。青・白の並立が、かなり特殊であることを示すのである。

六　瑞祥の白

霊力を表す抽象的な魂（タマ）の具象化が玉であり、縄文の影を曳引する古代的な世界では、命主社のヒスイや沼名河の長歌が示すように、魂を表す色は青玉であったが、ヒスイが忘却の彼方に去ると、魂は白玉に変わったことは、万葉歌の玉の色がほとんど白であることが示している。

最も尊い魂を表す色が白であれば、白は最高の色彩として位置付けられる。太陽が輝き、太陽の左右に鳥の翼を付けた有翼円盤が王者の頭上に輝く古代エジプトでは、白は太陽の白光を意味し、すべての色を照らすものと理解され、神々の衣服の色とされ、上エジプトの象徴であるネクベト女神は白色の禿鷲の姿であったし、王冠は白冠であった。

古代中国においても、夏后《かこう》氏の時代は黒を尚び、周人が赤を尚んだに対して、殷《いん》の王には大白冠があり、

殷人は白を尚《たっと》ぶ。大事斂《だいじれん》に日中を用ひ、戎事《じゅうじ》に翰《かん》に乗り、牲《せい》に白を用ふ。（『礼記』檀弓上第三）

死者の納棺は白光の射す日中に行い、戦争には白馬（翰）に乗り、犠牲には白牛を用いた。月令の儀式に天子は、

戎路《じうろ》に乗り、白駱《はくらく》を駕し、白旗を載《た》て、白衣を着、白玉を服し、麻と犬とを食らふ。

（『礼記』月令第六）

兵車を白馬（白駱）に引かせ、白旗を立て、白衣を着、白玉を佩びる。その他『礼記』には「殷の大白」「殷は白牡」等の語句が散見する。

ブリヤート族には、白黒シャーマンの区分がある。前者は善精霊に後者は悪精霊に仕える。かつてバルラクという名の白シャーマンがあり、常に白絹の衣服を身に着け白馬に乗っていた。(注17)

白馬を聖獣と見る思想は、「出雲国造神賀詞《いづものくにのみやつこのかんよごと》」に、

白き御馬の前足の爪、後足の爪踏み立つることは、大宮の内外《うちと》の御門《みかど》の柱を、上つ岩根に踏み堅め、下つ石根に踏み凝《こ》らし、

とあるので、日本固有の思想と思われがちであるが、高木敏夫氏が『古語拾遺』の、

御歳神《みとしのかみ》の祟りをなす。宜しく白猪・白馬・白鶏を献じて其の怒りを解くべし。

を挙げて、外国の供犠習俗の反映としていることに私は引かれる。(注18)『古語拾遺』を著した斎部広成《いむべのひろなり》の祖は渡来民族性の濃厚であること、したがって『古語拾遺』には外来習俗のうかがわれることなどは、すでに別著で述べたことであり、(注19)出石誠彦氏も古代中国における白馬を始め多くの白色動物を祥瑞とした例を挙げており、(注20)白馬を神聖視する習俗も、外来性が考えられるであろう。

天神崇拝の契丹《きったん》族は天の色を重んじ、それを黒白で表し、昼は白で夜は黒、黒は怖れる色で、白は愛すべき色とする。(注21)蒙古族は白色を吉祥とし、それゆえに正月を白月、元旦を白節とする。(注22)

トルコ系のウイグル族は、モンゴルの支配権を握り、天山山脈の北側に力を伸ばしていたが、八四〇年頃本国が瓦解したので、天山山脈の東部に主力を移し、トルファン盆地辺りに新たなウイグル国を創った。本来は北方に居住した民族である。シャーマニズムでは、白を最高の色として尊敬するが、そのシャーマニズムを信仰していた彼らにとっては、白雪は特別に敬愛すべき物であり、天神《テングリ》からの贈り物と見、雪を幸福の使者、吉祥の兆候、来年の豊作としていた。祝日として雪節を設け、初雪が降ると雪合戦をして祝った。

瑞雪初めて降らば、互ひに吉祥の雪箋《せん》を投ぐ。一面の銀世界に白雪は皚皚《がいがい》とし、良善をもたらす遊びに、皆笑みを浮かべ喜びの声を挙ぐ。(注23)

雪を吉祥と見る思想は、ウイグル古来のものであり、それはイスラムの思想が入ってきても変わらなかったと言われている。

鄂温克《えべんき》族も雪神（阿克的恩都力《あくだえんどり》）を崇拝し、(注24)西域から黒竜江（アムール河）沿岸にかけて広まる英雄叙事詩『ゲセル』では、主人公ゲセルが誕生した時、雪が降ったと語り伝える。東北アジア民族には古くから、かつ広く白雪崇拝の念が流布していたのである。

『万葉集』に見る白雪賛歌、

新《あらた》しき年の初めに豊の年しるすとならし雪の降れるは　葛井諸会（巻十七・三九二五）

新しき年の初めは弥《いや》年に雪踏み平《なら》し常かくにもが　大伴家持（巻十九・四二三九）

新しき年の初めの初春の今日降る雪のいや重《し》け吉事《よごと》　大伴家持（巻二十・四五一六）

の白雪瑞祥思想は、諸注、万葉歌人が愛読した詩文集の『文選』にある五世紀宋の謝恵連の「雪賦《せっふ》」の一節によるとする。謝恵連は過去の文人である司馬相如《しばしょうじょ》・鄒陽《すうよう》・枚乗《ばいじょう》をフィクションの世界に登場させて詩賦を創らせるが、相如に作らせた賦にその一節はある。相如は『詩経』邶風《はいふう》の「北風」、

小雅の「信南山」、同じく「采薇《さいび》」を挙げ、

尺《しゃく》に盈《み》つれば則ち瑞を豊年に呈《あらは》し、丈に袤《あが》れば則ち沴《わざはひ》を陰徳に表す。

と賦す。

「雪賦」を引用する『芸文類聚《げいもんるいじゅう》』巻二「雪」は、『録異伝』にある漢代に丈余りの雪が積もり、「大いに雪降り人皆餓えたり」を挙げるが、「丈に袤れば則ち沴を陰徳に表す」がこれである。それであるから、殷周革命の時に、丈余の積雪の中を、沴の陰徳を陽徳に改める革命を賀して、四海の神と河伯・雨師が周武王を訪れる『金匱《きんき》』記載の話をも挙げる。

諸注釈書はこの「雪賦」の一節を引用し、それがあたかも漢民族世界の共通思想であるかのように提示するが、白雪瑞祥思想は漢民族普遍の思想ではないように思われる。例えば、『宋書』符瑞志中・下には六十八種の瑞兆種目を挙げるが、そこには白関係としては白兎・白狐等の動物、天象としては甘露・五色雲などを挙げるが、白と天象の結び付いた「白雪」は挙げていない。『宋書』その他の漢文文献を博捜した出石誠彦氏に「漢代の祥瑞思想に関する一二の考察」がある(注25)が、出石氏が整理された漢文資料の祥瑞の中には、どこにも白雪は見られないのである。

白雪瑞祥思想を言う詩を『芸文類聚』に求めると、明らかにそれと思われる詩は、

瑞雪は尭年《ぎょうねん》に墜《お》ち、風に因りて綺銭《きせん》に入る。飛花は庭樹に灑《そそ》ぎ、凝瑛《ぎょうえい》は井泉《せいせん》に結ぶ。

（梁・庾肩吾《ゆけんご》「花雪を詠ずる詩」）

軽雪は風を帯びて斜めに、三農は盈尺《えいせき》を喜び、六出は崇花《すうか》に舞ふ。明朝、闕門《けつもん》の外、応《まさ》に海神の車を見るべし。

（陳・徐陵「雪を詠ずる詩」）

豊隆の灑雪《さいせつ》は、交錯翻紛《ほんぷん》し、膏沢《こうたく》の偃液《えんえき》は、普《あまね》く中田を潤《うるほ》す。粛粛《しゅくしゅく》たる三麦《さんばく》、実に豊年を獲《え》ん。

（晋・孫楚「雪賦」）

等で、謝恵連・庾肩吾・徐陵・孫楚等、南北朝の文人の作のみが浮かび上がってくるのは、偶然ではないように思われる。漢代においては祥瑞思想の範疇には入らなかった白雪が、例えば魏文帝の『典論論文』の「詩賦欲麗」が端的に示すような美的観念を重んじる六朝文芸思想の中に、「麗」として白雪が浮かび上がり、後述北方民族の瑞雪の影響もあって、祥瑞思想となったのであろうか。

六朝に先立つ時代の『詩経』『楚辞』『淮南子』を見ると、そこには厳しい雪のみが描かれてる。

北風其れ涼なり　雪雨《ふ》ること其れ雱《ほう》たり　恵みて我を好まば　手を攜《たづさ》へて同《とも》に行かん　其れ虚なり其れ邪なり　既に亟《すみや》かなり　北風其れ喈《かい》たり　雪雨《ふ》ること其れ霏《ひ》たり　恵みて我を好まば　手を攜へて同に帰せん　其れ虚なり其れ邪なり　既に亟《すみや》かなり（後略）　（『詩経』邶風「北風」）

手を携えて逃げる男女にとって、降り頻る雪は冷たい障害である。小序には、衛の君臣が暴虐で、百姓が手を携えて逃亡したことを言うのだとあるが、雪は暴虐の象徴であった。

　山は峻高《しゅんかう》にして以て日を蔽《おほ》ひ、下は幽晦《いうくわい》にして以て雨多し。霰雪紛《せんせつふん》として其れ垠《かぎり》無く、雲霏霏《ひひ》として宇《のき》に承《つづ》く。吾が生の楽しみ無きを哀しみ、幽独にして山中に処《を》る。（『楚辞』九章・渉江）

吾が生の楽しみ無き状況作りに雪も動員されている。

　炎気の相仍《よ》るを観《み》、煙液《えんえき》の積もる所を窺《うかが》ふ。霜雪《さうせつ》の倶《とも》に下るを悲しみ、潮水の相撃つを聴く。
（『楚辞』九章・悲回風）

南方の陽気と北方の霜雪降る陰気を並置する。

　霜露惨悽《さうろさんせい》にして交々《こもごも》下り、心尚《なほ》其の済《な》らざるを庶《こひねが》ふ。霰雪雰糅《せんせつふんじう》して其れ増加す。乃《すなは》ち知る遭命の将に至らんとするを。
（『楚辞』九弁）

運命の尽きなんとする究極状況に「霰雪雰糅して其れ増加す」で、積雪は瑞兆どころではない。

魂よ帰り来《きた》れ、北方は以て止《とど》まるべからず。増氷《ぞうひょう》は峨峨《がが》として、飛雪は千里なり。帰り来れ、以て久しくすべからず。
（『楚辞』招魂）

窮僻《きゅうへき》の郷に処《を》り、……上漏《も》り下溼《うるほ》ひて、北房を潤浸し、雪霜瀼瀰《すゐび》として、瓜蔣《こしゃう》を浸潭《しんいん》し、広沢の中に逍遥して、
（『淮南子《えなんじ》』原道訓）

僻地の茅屋《ぼうおく》に降り滲み込む雪は「憂悲して志を得ざる」状況の描写である。

衰世に至るに逮《およ》んでは、……則ち陰陽は繆戻《びゅうれい》し、四時は叙を失ひ、雷霆《らいてい》は毀折し、雹霰《はくせん》は虐を降し、氛霧《ふんむ》霜雪は霽《や》まずして、万物憔夭《せうえう》す。
（『淮南子』本経訓）

霏々と降る雪は、末世に至って四時の秩序の失われた証として使われている。

六朝以前の漢民族資料に表れる雪は、陰・黒・悲・衰等のマイナスのイメージの言葉で表現される存在であり、白雪瑞兆思想に程遠いものである。白雪瑞兆思想は、天神を崇拝し、白を崇高な色彩と見る東北アジア北方民族の思想であったのであろうか。

新しき年の初めは弥年に雪踏み平し常かくにもが　（巻十九・四二二九）

右の一首の歌は、正月二日に、守の館《やかた》に集まりて宴せり。時に降る雪殊に多く、積みて

四尺あり。即ち主人大伴宿祢家持、この歌を作れり。

降る雪を腰になづみて参り来し験《しるし》もあるか年の初めに　（巻十九・四二三〇）

右の一首は、三日に、介内蔵忌寸縄麿《すけくらのいみきなはまろ》の館《やかた》にして会集《つど》ひて宴楽《うたげ》せし時に、大伴宿祢家持この歌を作れり。時に、雪を積みて、重巌《ちょうがん》の起《た》てるを彫り成し、奇巧《たくみ》に草樹の花を綵《いろど》り発《つく》る。此を属《み》て掾《じょう》久米朝臣広縄の作れる歌一首、

石竹花《なでしこ》は秋咲くものを君が家の雪の巌《いはほ》に咲けりけるかも　（巻十九・四二三一）

遊行女婦《うかれめ》蒲生娘子《かまふのをとめ》の歌一首、

雪の山斎《しま》巌《いは》に植ゑたる石竹花は千世に咲かぬか君が插頭《かざし》に　（巻十九・四二三二）

その時の雪の状態を、「時に降る雪殊に多く、積みて四尺あり」と書いている。「尺に盈つれば、則ち瑞を豊年に呈す」なのだから、四尺なら大豊作の瑞兆である。越中介の館に集まった彼等は雪山を造り、なでしこの造花を飾って宴会を開いた。

だが、白雪瑞祥思想を持ち込むと、単なる遊びではなくなる。東北アジアの民族には、聖山思想がある。宇宙の中心には天と地を支える聖なる山があるとする。七世紀、中国東北からシベリア辺りに住む異民族が来朝した。靺鞨《まつかつ》、ツングースの人たちである。大和朝廷は、巨大な須弥山を作り、その前でもてなした。須弥、シュミ、スメルは仏教に限らず、古代諸宗教の聖山であった。家持たちは、白雪で聖山を造り、千世の栄を祈願したのだろうか。コンパニオンの歌のように。

七　平和のメッセージ青と白

大伴家持は天平宝字二年（七五八）正月七日の節会のために、

水鳥の鴨羽《かもは》の色の青馬を今日見る人は限りなしといふ　（巻二十・四四九四）

と、歌った。正月七日の節会における青馬の初見である。原文も「青馬」であるから、奈良時代には青馬を見る節会であった。

青馬を見る行事は、中国に求めることが出来る。『年中行事秘抄』引用の『帝皇世紀』には、

高辛《こうしん》氏の子、正月七日恒《つね》に岡に登り、青衣の人に命じて、青馬七匹を列せしむ。

とある。五帝の一人である帝嚳《ていこく》高辛氏の時代に始まるか否かは別として、五行説では春は青、馬は陽、青馬は青陽。その気に触れそれを体内に取り込み、新年に当たって心身の活性化を図る行事として古くから行われていたのである。青馬であることに意味があり、青馬は瑞獣であった。もちろん、この場合の青馬は、青き狼に等しく白と黒の間の色の毛並みの馬である。

この行事が古代中国において大事であったことは、『礼記』に、

春を東郊に迎ふるに、青馬七疋を以てす。

とあることでも分かる。

日本の奈良時代においても、青馬が瑞獣とされ神馬と呼ばれていたことは、対馬や肥後国から「青き身にして白き髦《たてがみ》と尾」を持つ青と白の斑馬を献上したが、それは中国の『符瑞図《ふずいず》』によると神馬であると治部卿が判断したと、『続日本紀』に記していることでも分かる。(注26)治部卿が判断しているのは、奇瑞の類の管轄は治部省であったからである。『延喜式』の治部省式は、神馬の出現を大瑞として六種類の馬を挙げ、その中でたてがみの赤い白馬、たてがみの白い青馬を「沢馬」と称している。神馬は沢や河から出てくると言われていたからである。青馬は白色に黒色・濃褐色の混じった葦毛四つ白の青みがかった馬であり、霊力を持つと信じられていたのである。

平壌郊外にある高句麗の徳興里壁画古墳に、青みがかった白馬が大きく描かれている。(注27)青馬の思想の日本への伝来が、高句麗など朝鮮半島の民俗としてなのか、書籍によってなのかは明確ではない。両方の可能性が考えられる。

民俗風習としての伝来は証するに困難であるが、新野直吉氏は東北地方からの数匹ずつの馬貢上に注目、名馬などの産出しない東北地方から貢上されているのは、ツングース系の国家渤海《ぼっかい》から渡来した数少ない精英種の馬またはその子孫を想定、高句麗壁画の神馬も例に挙げながら、葦毛四つ白の名馬を「驄駴《そうぜん》」というが、東北地方の馬匹の神の相染・蒼前・宗善・相膳等と呼ばれる信仰はその名残だとし、「北から入った信仰である事は明らかである」とする。(注28) 新野説に従うと、青馬を霊獣とする信仰も、東北アジア大陸部の民俗風習としての伝来であろうか。

書籍による伝来は確実に証する事が出来る。治部省長官は『符瑞図』『孝経援神契《こうきょうえんじんけい》（援神契）』『顧《こ》野王符瑞図《やおうふずいず》』等を参考にしているからである。九世紀末に藤原佐世により編集された『日本国見在書目録』に、魏の宋均注『孝経援神契』七巻も、陳の顧野王の『顧野王符瑞図』十巻もその名を見出すことが出来る。

平安時代に正月に行われていた宮廷行事の白馬節会もこの思想を継ぐ。それが十世紀初めの『延喜式』には青馬と白馬の二通りが見え、以後、十世紀中頃村上天皇の頃にかけて青馬と白馬の表記が混用され、

天暦元年正月七日、癸巳、白馬の宴。

とあって以後は、アオウマと称しながらも漢字表記では白馬としたのである。白馬と書くからには、馬も青馬から白馬に変わったのであろう。めでたい正月の行事に瑞祥の白と青が見事にドッキングして、平安の御代のシンボルカラーに定まったのである。

同じ頃書かれた『宇津保物語』は、遣唐使清原俊蔭がペルシアに漂着するという奇想天外な冒険譚で始まる。漂着した俊蔭が、念仏という呪文を唱えると、忽然と青馬が現れ、俊蔭を乗せて飛ぶよう

に走り、栴檀の林の中に俊蔭を降ろすと、かき消すように消え失せるというアラビアンナイトそのままの話が書かれている。(注29)青馬は俊蔭一家が将来栄える瑞兆として出現しているのである。

戦争もなく死刑も行われなかった平安時代は、その文字のごとく「平安」な平和な時代であり、そのシンボルカラーが正月の斑馬に見られる青と白であった。現代の平和のシンボルは国連旗であるが、まさしく青と白の組み合わせである。青の地色の真ん中に、優しくオリーブの葉に包まれた白の地球。この平和のシンボルカラーを、血の象徴である赤で汚すことのないことを祈るのである。

注1　『万葉集』引用は、中西進『万葉集　全訳注原文付』(講談社文庫)を基本とし、私意により改めた部分もある。

2　十四世紀のロシア正教会による改宗強制以下、仏教・ラマ教の進出、革命下での宗教禁止、半世紀に及ぶソヴィエト政権下での少数民族に対する遊牧廃絶キャンペーンと強制的集団農場(コルホーズ)化政策、ロシアになってからの壮大な産業プロジェクトによる蹂躙等々、六百年間にわたるこれらの弾圧にもかかわらず、少数民族の間にシャーマニズムが存続をして現代に至っている。ジェームス・フォーシス著/森本和男訳『シベリアの先住民の歴史　ロシアの北方アジア植民地一五八一―一九九〇』(彩流社・平成十年)

3　久米邦武「神道は祭天の古俗」(『史学会雑誌』第二編第二三―二五号・明治二十四年)

4　鳥居龍藏『人類学上より見たる我が上代の文化(一)』(叢文閣・大正十四年)

5　鳥居龍藏「満蒙其他の思ひ出」(『鳥居龍藏全集』第一二巻・朝日新聞社・昭和五十一年)

6　大林太良「祭司の二つの類型」（『日本の古代13　心の中の宇宙』中央公論社・昭和六十二年）二一八頁。中国においても「東北薩満教的薩満（巫嫗）必須是女性、間有男薩満、也必須装扮成女性模様」（林河『中国巫儺史』四五四頁・広州市花城出版社・二〇〇一年）である。

7　『延喜式』大嘗会条語部。

8　袁舍利「維吾尓族民間文学的薩満文化遺存」（『阿尓泰語系民族叙事文学与薩満文化』内蒙古大学出版社・一九九〇年）

9　山口博『万葉歌のなかの縄文発掘』（小学館・平成十一年）九五―一三〇頁。『東北アジア文化の中の古代日本文学』第二編第二章「鷲の神話―シャーマン天日鷲命―」（おうふう・平成十六年）

10　ゲオルグ・ニオラッツェ著／牧野弘一訳『シベリア諸民族のシャーマン教』（生活社・昭和十八年）四八頁。二九頁には、ハンブルグ人種学博物館所蔵のヴォグール人における布片を懸垂した霊木の写真を掲載する。

11　大林太良「古語拾遺における神話と儀礼」（安田道尚・秋本吉徳校注『古語拾遺　高橋氏文』二四〇頁・現代思潮社・昭和五十一年）

12　加藤九祚『ユーラシア野帳』（恒文社・一九八九年）八九頁。

13　前掲注11の二四一頁。

14　前掲注9。

15　池田源太『伝承文化論攷』（角川書店・昭和三十八年）三九七―四〇一頁。

16　前掲注11。

17　ゲオルグ・ニオラッツェ著／牧野弘一訳『シベリア諸民族のシャーマン教』（生活社・昭和十八年）一二一―一二二頁。

18　高木敏雄『比較神話学』（博文館・明治三十七年）
19　山口博『東北アジア文化の中の古代日本文学』第二編第三章「『古語拾遺』に見る古代幻術」（おうふう・平成十六年）
20　出石誠彦『支那神話伝説の研究』（中央公論社・昭和十八年）六六九―七〇六頁。
21　『中国古代北方文化史』（黒竜江人民出版社・一九九三年）二七六頁。
22　前掲注21の三七九頁。
23　袁舎利「維吾尓族民間文学的薩満文化遺存」（『阿尓泰語系民族叙事文学与薩満文化』内蒙古大学出版社・一九九〇年）
24　前掲注21の八六一頁。
25　前掲注20、出石誠彦『支那神話伝説の研究』（中央公論社・昭和十八年）六六九―七〇六頁。
26　『続日本紀』巻第十三・天平十一年三月二十一日条。同巻第二十九・神護景雲二年九月十一日条。
27　図録『高句麗文化展』（高句麗文化展実行委員会・一九八五年カ）三八頁の三〇図に「流鏑馬」の壁画が掲載されているが、神馬の部分は頭の一部を残してカットされている。これでは神馬は流鏑馬の中の一頭に見えてしまうが、実際に壁画を見て、流鏑馬と神馬の区画は別であり、神馬のみが独立して描かれていることを確認した。
28　新野直吉「北方日本古代文化と秋田美人」（『日本音響学会誌』四三巻二号・昭和六十二年）。同氏「東北に伝来した神々」（谷川健一編『日本の神々　神社と聖地12　東北・北海道』三一三―三一五頁・白水社・昭和五十九年）
29　山口博「宇津保物語　王朝アラビアンナイト」（『心にひびく日本の古典』三七―五九頁・新潮社・平成十四年）

「にほひ」を嗅いだ家持

新谷秀夫

はじめに

天平勝宝二年三月一日の夕暮れにはじまる「越中秀吟」十二首（巻十九・四一三九〜四一五〇）は、大伴家持の越中時代を代表する歌（群）のひとつであることはまちがいない。この連作の冒頭歌はとくに有名で、『萬葉集』の秀歌選などにもよく取り上げられる。

春の苑《その》　紅《くれなゐ》にほふ　桃の花　下照《したで》る道に　出《い》で立つ娘子《をとめ》　（四一三九）

一面紅色に染まった晩春の庭園に「出で立つ」女。その姿におどろいた家持の感動が素直に歌となった。そうこの歌を読解している人も多いことであろう。しかし、中西進氏『大伴家持　第四巻　越路の風光』（角川書店　平7・1）が指摘されたように、

「春の苑」というのはふつうに口をついて出ることばではない。それは、いちいちの体験をもうひとつ抽象したことばであり、「春の苑紅にほふ」という言い方は、ふつうの生活体験を歌ったことばではない。……（中略）……つまり「眺矚春苑桃李花」という漢詩をモチーフとして作りはじめ、その構想は「立女屏風」から借りてきたということになろう。……（中略）……一首（四一三九）は作為的に作ったものであり、現実に作った写生の歌ではないのである。

と当該歌を解するのが正鵠を射た解釈であると筆者は考えている。

しかし、近年刊行されたテキスト本や注釈書における当該歌の現代語訳は大同小異の様相を呈しており、現代語訳を読むだけでは、中西氏のような解釈へと思いはいたらない。

A　春の園の　紅色に咲いている　桃の花の　下まで輝く道に　たたずむ乙女よ　（『新編全集』）

B　春の園の、紅に色づいた桃の花が下に照りはえる道に、立ち出でた娘子よ　（『新大系』）

C　春の園は、まるで一面紅色に照り輝いている、その桃の花の樹の下まで照り映える道に、つと出で立っているおとめよ。　（青木生子氏『全注　巻第十九』）

D　春の園、園一面に紅く照り映えている桃の花、この花の樹の下まで照り輝く道に、つと出で立つ娘子よ。　（伊藤博氏『釋注』）

試みに、当該歌を考えるうえで注視すべき第二句「紅にほふ」を、それぞれがどのように解しているかを列挙してみたい。

a　このニホフは赤く照り輝く意。

b　第二・三句「紅にほふ桃の花」も漢語「紅桃」の翻訳語。

c　紅の色が美しく照り映える意。「紅」はクレノアヰの約。呉の国から渡来した染料。それで染めた紅色は華麗で目立つ。越中時代に家持が好んで用いた歌語で、…（中略）…「にほふ」は、色彩についてそのつやめき立つ、もしくは照り映える趣致を示すのが本質的な意味で、紅、紫、黄、白などのいずれも鮮やかな色の場合にいう。転じて、かおる意味にも用いられたのが僅少ある（17・三九一六など）。「にほふ」の語は、万葉集中七四例あるうち、家持の使用例が約三分の一にも上っていることは、とくに彼において重要な意味をもつ。

d　「紅」はクレ＋ノ＋アヰ（呉の藍）の約で紅花をいうが、ここは鮮やかな赤色の意。17三九六九以下、歌には末四巻に一〇例、うち大伴池主の一例（17三九七三）を除いてすべて家持に限られるのが特色。「にほふ」は色が美しく照り映える意。

いまさらの感は拭えないが、中西氏の解釈を補する指摘となるbを除くと、「照り輝く」もしくは「照り映える」の意として「にほふ」を視覚表現として解していることに気づくであろう。

さて本稿では、この越中秀吟の冒頭歌そのものを問題とするのではなく、cで指摘されているところの、従来は僅少例として片づけられてきた感の強い「かおる」意味で用いられた「にほふ」に注目してみたいと思う。『萬葉集』における「にほふ」の語が視覚的な表現として多用されることはまちがいなく、それが家持に偏ることが「重要な意味をもつ」とするcの指摘は意味深く、それ自体すでに多くの先達によって指摘・検討されてきた（末尾の参考文献を参照）。そのような先行研究をふまえつつ、本稿では、同じ『萬葉集』中で確認しうる嗅覚表現としての「にほふ」もまた家持に集中することに注目したい。そして、このこともまたcが指摘する「重要な意味」をあらわすと思われ、概観的ではあるが、いささか卑見を提示したい。

一　『萬葉集』における「にほふ」と「かをる」

『日本国語大辞典　第二版』では、「にほふ」についてつぎのような概観が記されている。

「に」は丹、「ほ」は秀（目立つもの）の意。もと、色・光彩が本体から発散し、照り映えるのをいう。嗅覚的な意味の用法は、上代には存否の確証がないが、平安時代には広く用いられており、のちには、視覚的な意味の「にほふ」をしのぐようになる。

語史としては過誤なき記述と感ずるが、『時代別国語大辞典　上代編』の【考】に、

ニホフの仮名書き例の多くが「丹穂」の字を使っているところをみると、語源は別としても、丹《ニ》の意を感じて使われていたのであろう。白梅・白つつじ、さらには藤・榛《はり》についてもニホフという例があるところを見ると、多少「赤」の系列より逸脱した色についてもニホフということもあったらしい。本来色彩に関する語であったろうが、さらに、「香」「薫」のような香りに関する文字も使われており（万三八・万四四三・万九七一）、これらは名義抄でもニホフ・カホルなどと訓まれていて、芳香についてのニホフもあったと考えねばならないのではないか。橘やつつじの花に関してニホフといった万葉の四四三・九七一・四一六九なども、あるいは色ではなく香についてなの

かもしれない。

と、やや異なる見解が示されていることに注目すべきであろう。上代語のみを対象とする辞典において「考えねばならないのではないか」や「なのかもしれない」など、やや消極的な形ではあるが嗅覚表現としての「にほふ」の存在が指摘されていることは看過できない。「嗅覚的な意味の用法は、上代には否の確証がない」とする『日本国語大辞典』の指摘はあくまでも概観であり、その本質を正確に指摘しているわけではない。

『萬葉集』において「にほふ」もしくは「にほひ」という語の多くが仮名書きされるなかにあって、

見渡せば　春日《かすが》の野辺《のへ》に　霞立《かすみた》ち　開艶者《さきにほへるは》　桜花かも　（巻十・一八七二）

朝露《あさつゆ》に　染始《にほひそめたる》　秋山に　しぐれな降りそ　あり渡るがね　（巻十・二一七九）

の歌に見える「艶」「染」字などは、「にほふ」の視覚的意味に適合するものであろうが、

……つつじ花《はな》　香《にほへる》　君之《きみが》　にほ鳥《どり》の　なづさひ来《こ》むと……　（巻三・四四三）

……つつじ花　香未通女《にほえをとめ》　桜花《さくらばな》　栄《さか》え娘子《をとめ》……　（巻十三・三三〇五）

あをによし　奈良《なら》の都は　咲く花の　薫如《にほふがごとく》　今盛りなり　（巻三・三二八）

……丹《に》つつじの　将薫時能《にほはむときの》　桜花《さくらばな》　咲きなむ時に……　（巻六・九七一）

という集中四例のみ確認できる「香」「薫」の字は、単純に視覚的表現では片付けられないと感ずる。最後の九七一番歌の用例が「丹つつじの」と連続することから視覚的である可能性はきわめて高いとも感ずるが、『時代別国語大辞典』が指摘するように、これらの用字は「芳香についてのニホフ」を示すものであったと考えるべきではなかろうか。

ところで、「香」「薫」は現在「かおる」と訓読みされる。この「かおる」の古語「かをる」ということばが『萬葉集』に一例のみ確認できる。

……沖《おき》つ藻《も》も　なみたる波に　塩気《しほけ》のみ　香乎礼流国尓《かをれるくにに》……　（巻二・一六二）

この歌に見える「かをる」は「煙や霞が立ちこめること」（『新編全集』頭注）をあらわしており、けっして嗅覚で感ずることを示しているわけではない。だからといって、萬葉時代に嗅覚表現がなかったと断言することはできない。ちなみに八代集において「かをる」ということばがうたわれるようになるのが『金葉和歌集』の時代、つまりは院政期になってからであることをも鑑みると、「かをる」が詠まれないことをもって嗅覚表現がなかったと結論づけることは無謀と感ずる。

梅の花の歌には、香をむねとよむことなれども、萬葉集には、梅の歌いと多かるに、香をよめるは、ただ廿の巻に、

　うめの花香をかぐはしみ、遠けども心もしぬに君をしぞ思ふ

とある一つのみにて、これをおきては、見えず。いにしへはすべて香をめづることはなかりしなり。橘の歌も、萬葉にいと多けれども、それも香をよめるは、十七の巻と十八の巻とに、ただ二首あるのみなり。其外十の巻に、茸《たけ》をよめる歌、

　高円の此峯もせに笠たてて、みちさかりなる秋の香のよさ

とよめるなどより外には、すべて物の香をめでたる歌は見えず、にほひとおほくよめるは、みな色のにほひにて、鼻にかがるる香にはあらず。さて件の巻なる歌は、松茸《まつたけ》をよめるにぞありける。はしに詠レ芳ヲとある、芳の字は、茸を写しひがめたるなり。

（本居宣長『玉勝間』「梅の花の歌に香をよむ事」）

ここで本居宣長が指摘するように、たしかに『萬葉集』において香りをよんだ歌は少ない。たしかに、

高松《たかまつ》の　この峰《みね》も狭《せ》に　笠《かさ》立てて　満《み》ち盛《さか》りたる　秋の香《か》の良《よ》さ　（巻十・二二三三）

の一首のみが「芳《か》を詠む」と具体的に香りをよんだ歌として『萬葉集』に存することはまちがいない。しかし、そのことをもって、「いにしへはすべて香をめづることはなかりしなり」と断言したり、さらに「にほひとおほくよめるは、みな色のにほひにて、鼻にかがるる香にはあらず」とすることはできないと思う。

梅の花　香《か》をかぐはしみ　遠《とほ》けども　心もしのに　君をしそ思《おも》ふ　（巻二十・四五〇〇）

天平宝字二年（七五八）二月に中臣清麻呂の邸宅でおこなわれた宴席で市原王がよんだ歌である。後世梅の香をよむ歌が多くあらわれる先蹤となる用例であるが、「カグハシは香りが良い意に、優れて立派だ、の意味をも込めた」（『新編全集』頭注）ことを鑑みると、梅の芳香の強さを萬葉びとたちがまったく感じていなかったとは言えないであろう。この歌に見える「かぐはし」は、ほかに集中五例確認できる。

ア　香細寸《かぐはしき》　花橘を　玉に貫《ぬ》き　送らむ妹《いも》は　みつれてもあるか　（巻十・一九六七）

イ　……ほととぎす　鳴く五月《さつき》には　初花《はつはな》を　枝《えだ》に手折《たを》りて　娘子《をとめ》らに　つとにも遣《や》りみ　白《しろ》たへの　袖《そで》にも扱入《こき》れ　香具播之美《かぐはしみ》　置きて枯らしみ……　（巻十八・四一一一）

ウ　見まく欲《ほ》り　思《おも》ひしなへに　縵《かづら》かげ　香具波之君乎《かぐはしきみを》　相見つるかも　（巻十八・四一二〇）

エ　ほととぎす　来鳴《きな》く五月《さつき》に　咲きにほふ　花橘《はなたちばな》の　香吉《かぐはしき》　親の御言《みこと》を……　（巻十九・四一六九）

オ　橘《たちばな》の　下《した》吹く風の　可具波志伎《かぐはしき》　筑波《つくは》の山を　恋《こ》ひずあらめかも　（巻二十・四三七一）

これらのうち明らかに芳香の意で使用されているのはアとイだけであろうが、ウやエが「香」という字を使用して「かぐはし」を書きあらわしていることは看過できない。

この点について柴生田稔氏が、

カグハシは段々と実際の香を離れて、香に関係のないものの形容に用いられて来ているが、やはりこれらのカグハシももともと香がよいという意味のものが次第に広く一般的な賞美の場合に用いられただけで、別種の言葉ではないと考えるべきであろう。カグハシは、…（中略）…橘の形容として慣用されていた言葉であったかと推察される。…（中略）…もともと右のカグハシの最後の二例（筆者注　ウ・エを指す）は、ともに大伴家持の用いたものであるから、あるいはその時期（万葉集後期）にはまだ香のよいという原意の濃厚であった言葉を家持が特殊に趣味的に応用したということがあったかも知れない。

（「「かをる」と「にほふ」」『万葉の世界』岩波書店　昭61・6）

と指摘されていることに注目すべきであろう。柴生田氏の指摘にあるように、「かぐはし」を派生的に使用するとき用字によってその原意を残しつつ使用しているのが家持およびその周辺であることは看過できない。おそらくそのような原意がより一般的に共通理解のもとにあったから、オのような「橘の下吹く風のかぐはしき」という表現が成立するのではなかろうか。

同様のことは、梅の香の歌が『萬葉集』に一首しかないという宣長の指摘の再検討を喚起する。

梅の花　咲きて散りなば　我妹子《わぎもこ》を　将来香不来香跡《こむかこじかと》　我《あ》が松《まつ》の木そ　（巻十・一九二二）
梅の花　まづ咲く枝《えだ》を　手折《たを》りてば　つとと名付けて　与副手六香聞《よそへてむかも》　（巻十・二三二六）

たんに萬葉仮名「香」を「か」字にあてたでは片付けるには躊躇する用例である。この二首の背景に、梅は《香》を賞美の対象とするという意識を読み取ることも可能ではなかろうか。次節で後述するが、家持は明確に梅の香を意識していたと考えられ、けっして萬葉びとたちが《香》を愛でることがなかったわけではないのである。

「かをる」が一例、「かぐはし」が六例というように、『萬葉集』において（現代語に近い意での）嗅覚にかかわる表現は非常に少ない。だからと言って、宣長のように萬葉びとが香を賞美していなかったと断言することはできないことを少しく見てきた。かすかながらも嗅覚表現として捉えうる歌および用字例が存することを鑑みると、『萬葉集』における「にほふ」に嗅覚の用例を見てとることもあながち誤りではないと感ずるのである。そこで、あらためて「にほふ」について考えてみたい。

二　嗅覚表現としての「にほふ」

さて、「にほふ」の嗅覚表現として考えうる用例は、じつは橘の花に集中する。このことは、前節で引用した「かぐはし」が橘の形容として使用される場合が多いとする柴生田氏の指摘と合致することは看過できない。おそらく萬葉びとが橘の香をちゃんと嗅覚で感じていたことはまちがいないと思われるのだが、直接的にうたったのが家持のみであることは、重要な意味を有する。

十六年四月五日に、独《ひと》り平城《なら》の故宅《もとついへ》に居《を》りて作る歌六首（うち三首）

橘《たちばな》の　尓保敝流香可聞《にほへるかかも》　ほととぎす　鳴く夜《よ》の雨に　うつろひぬらむ　（巻十七・三九一六）

橘の　尓保敝流苑尓《にほへるそのに》　ほととぎす　鳴くと人告《つ》ぐ　網ささましを　（三九一八）

鶉《うづら》鳴く　古《ふる》しと人は　思へれど　花橘《はなたちばな》の　尓保敷許乃屋度《にほふこのやど》　（三九二〇）

家婦が京《みやこ》に在《いま》す尊母に贈らむために、誂《あとら》へられて作る歌一首　并せて短歌（うち一首）

ほととぎす　来鳴《きな》く五月《さつき》に　咲尓保布《さきにほふ》　花橘《はなたちばな》の　香吉《かぐはしき》　親の御言《みこと》を……　（巻十九・四一六九）

『新編全集』の頭注が、「このニホフは香りを発する意。梅と橘とに用いたニホフはこの意味の場合が多い」（三九一六）・「花橘に用いたニホフは嗅覚を主としていう」（四一六九）と指摘するように、一般的にこれらの用例に見える「にほふ」は嗅覚表現として解されている。

集中、枕詞的用法をふくめて橘をよむ歌は七一首七三例存する。うち四十首が橘の花をうたうことを鑑みると、萬葉びとが濃緑の葉のなかに白く鮮やかに咲く橘の花を賞美していたことはまちがいない。緑と白のコントラストの明確さからすると、橘に使用する「にほふ」が視覚的表現と考えることもあながちあやまりではない。しかしながら、集中橘に使用された「にほふ」は、ここで掲出した四例のみである。いずれも嗅覚表現とする明確な根拠を確認できるわけではないのだが、うち二例に萬葉仮名「香」(三九一六)や「香吉」(四一六九)ということばが認められることは看過できないであろう。そして、この点に着目したのが『新編全集』の頭注の記述と考えられるのである。

このことは、つぎのような家持歌をもって傍証しうるのではなかろうか。

……はだすすき　穂に出づる秋の　萩の花　尓保敝流屋戸乎《にほへるやどを》……　(巻十七・三九五七)

「長逝《ちやうせい》せる弟《おとひと》を哀傷する歌」と題する長歌の一部であるが、この部分に家持は自注して、

言ふこころは、この人ひととなり、花草花樹を好愛《め》でて、多く寝院《しんゐん》の庭《には》に植ゑたり。故《ゆゑ》に「花《はな》薫《にほへる》庭《には》」といふ

と記していることを鑑みると、歌にある「にほへるやど」が「花薫庭」に対応することは明白である。

同様に、

春の花　今は盛りに　仁保布良牟《にほふらむ》　折《を》りてかざさむ　手力《たぢから》もがも　（巻十七・三九六五）

池主と家持の贈答歌群のなかの一首であるが、この歌の前文（書簡文）にある、

而《しか》れども由《なほ》し身体疼羸《どうるい》、筋力怯軟《きんりきけふぜん》なり。…（中略）…方今《いまし》、春朝《しゅんてう》に春花《しゅんくわ》は、馥《にほ》ひを春苑《しゅんゑん》に流し、春暮に春鶯《しゅんあう》は、声《こゑ》を春林に囀《さひづ》る。

をそのまま翻訳したのではないかと思われる歌となっている。

小島憲之氏や高橋庸一郎氏がすでに指摘（末尾の参考文献を参照）されているように、『萬葉集』と同時代の『懐風藻』には香りをよんだ詩が認められる。そのことを鑑みると、これらの歌にみえる表現は、漢詩文の世界を和歌に取り入れようとした家持の試みのひとつとして捉えうるのではなかろうか。

「はじめに」で引用した青木生子氏『全注』は、「にほふ」の用例が家持に偏在することについて

「とくに彼において重要な意味をもつ」と指摘されている。これは視覚的表現としての「にほふ」についての指摘ではある。しかしながら、同じ「にほふ」を嗅覚表現として使用したのも、この節で掲出した家持の四例のみであることは看過できない事実である。

前節でいささか検討してみた「かぐはし」ということばが家持（およびその周辺）に偏在することと相まって、萬葉びとのなかで家持だけがとくに嗅覚をうたったと言っても過言ではないと感ずる。

梅の花　香《か》をかぐはしみ　遠《とほ》けども　心もしのに　君をしそ思《おも》ふ　（巻二十・四五〇〇）

天平宝字二年（七五八）二月に中臣清麻呂の邸宅でおこなわれた宴席で市原王がよんだ歌であるが、この席に家持も参加していた。家持そのものは梅の香をよまずに、ひたすらに橘の香をうたった。

この点について上野理氏（「か（香）」『万葉集事典（別冊國文學）』）は、

「か」が「気《け》」や漢語の「気」と関連をもった言葉であったことがわかる。…（中略）…万葉集中の「かぐはし」の六例中五例が橘に集中するのも、その実が「ときじくのかくの木の実」の伝承を有する理由によろう。茸の香も、その特異な生態や形態から、神秘的な清浄さを知覚したのであろう。…（中略）…漢詩文の影響はさらに深まるが、耽美的で享楽的な風潮や聞香の流行をうけて、神聖で清浄な、いわば神の世界に属した芳香は人間の嗅覚を楽しませるものとなり、詩歌に表現される美の対象となり、その世界を広げることとなったのである。と指摘されている。神の世界に属したか否かは別として、「香」をうたうことの特異性はまちがいない。それが「橘」に集中するのを「ときじくのかくの木の実」の伝承と結びつけるのも首肯できるが、筆者はむしろ、上野氏の引用文後半の記述に着目したい。引用部分の記述は平安期以降についてのものであるが、芳香が人間の嗅覚を楽しませるものとなった背景に漢詩文の影響をみることに誤りはないであろう。そして、その先蹤に家持が位置するのではないかと考えたい。

『懐風藻』において、梅・桃・菊・蘭の花の香を詠じながら、その香を人格の高潔さの讃美と関連づける用例が多いことを鑑みると、さきの市原王の歌はその延長線上にあるものとなろう。それに対して家持は、純粋に橘の香をうたう。家持は、漢詩文の影響下にあらたに嗅覚をもってうたう手法を学んだのはまちがいない。橘に対する家持の趣向の偏りも看過できないが、「にほひ」を嗅覚表現として使用して香りをうたうことを文芸にまで高めた家持の役割は看過できないと感ずる。その点でも、「にほふ」という語をめぐる家持の役割は、青木氏が指摘するように「重要な意味をもつ」ものであったと考えなければならないであろう。

この点について鉄野昌弘氏（「にほふ」『万葉集事典（別冊國文學）』）が的確なまとめをおこなっておられるので、ここに引用する。

語としてのニホフはもともと物からの発散を感覚を越えて広く表すものであって、例の偏りは、香を美的対象としてとらえることが、漢籍の影響を受けつつ万葉末期にようやく始まったためにすぎないとも考えられよう。……（中略）……詩に学びつつ、景をとらえる感覚を洗練し、それによって詩的抒情を歌に持ち込もうとする家持にとって、二五例を数えるニホフは、光や香を純粋な形で取り出すキーワードだったのである。

まさに家持にとって「にほふ」という語は、歌作における重要なキーワードであったにちがいない。そして、その結果として「にほふ」の語史を考えるうえでも「重要な意味をもつ」役割を果たすこととなったのであろう。本来視覚的な語であった「にほふ」を嗅覚に転用した家持こそ、和歌という文芸に嗅覚をもって対象を捉える表現を持ち込んだまさに先蹤の役割を果たした人物なのである。

三　「引馬野ににほふ榛原」と「咲く花のにほふがごとく」

一節で引用した、つぎの用例にみえる「にほふ」がすべて嗅覚表現であるとするにはいささか問題も存しよう。

……つつじ花《はな》　香君之《にほへるきみが》　にほ鳥《どり》の　なづさひ来《こ》むと……　（巻三・四四三）

……つつじ花　香未通女《にほえをとめ》　桜花《さくらばな》　栄《さか》え娘子《をとめ》……　（巻十三・三三〇五）

あをによし　奈良《なら》の都は　咲く花の　薫如《にほふがごとく》　今盛りなり　（巻三・三二八）

……丹《に》つつじの　将薫時能《にほはむときの》　桜花《さくらばな》　咲きなむ時に……　（巻六・九七一）

しかしながら、これらの用字法の背景に「にほふ」に嗅覚表現が意識されつつある状況を読み取ることもあながち誤りではあるまい。二節で掲出した「かぐはし」の場合と同様、「にほふ」の語義を明確に意識している結果の用字法として捉えるべきではないかと感ずる。

この点について山崎福之氏が、「文脈的理解」をキーワードにして興味深い指摘（末尾の参考文献を参照）をなさっている。

引馬野《ひくまの》に　仁保布榛原《にほふはりはら》　入り乱れ　衣尓保波勢《ころもにほはせ》　多鼻能知師尓《たびのしるしに》　（巻一・五七）

大宝二年（七〇二）に持統上皇が三河国に行幸した折の長奥麻呂の歌である。この歌に二例見える「にほふ」「にほはす」は、榛の木染めの色彩感をあらわすもので、榛原に入り乱れるうちに自然と色が染みついてくることをうたっているものと考えられ、二例はいずれも視覚的表現として捉えるべきものと感ずる。しかしながら、結句「多鼻能知師尓」の表記に着目した山崎氏は、「にほふ」が嗅覚表現としても捉えられていた状況にあることをこの歌に読み取られた。

『萬葉集』における「旅」の語の萬葉仮名表記は、一般的に「多日」「多比」である場合が多い。そのなかで、「多鼻」と表記する特異性は看過できない。山崎氏は、「多鼻能知」の部分を「多くの鼻が能く知る」という文脈で把握できる表現であることに着目したのである。奥麻呂の巻十六の歌（三八二四～三八三一）に認められるように、きわめて技巧的即興性にすぐれた歌をよむ点をも鑑みると、この説は魅力的なものであろう。

奥麻呂は、例外的な音仮名「鼻」を使用することで、「にほふ」が赤色に映える視覚的な美しさをあらわすばかりではなく、この時期すでに嗅覚をも示しうるものであることを明確化しようとした歌人であったと山崎氏は考えられた。これが認められるならば、大宝二年は萬葉第二期にあたるので、家持よりもさらに前に、すでに「にほふ」を嗅覚として意識した歌人が存したことになる。

たしかに魅力的な説ではあるが、これをもって「にほふ」を嗅覚表現として使用した先蹤を家持から剝奪することはできないと感ずる。歌の作者がそのまま『萬葉集』で確認できる表記を施した人物であると合致させるには、まだまだ検討を要する問題も存する。筆者としてはむしろ、「にほふ」「かぐはし」などの用例が家持およびその周辺に偏ることを鑑みて、このような文脈的理解を生む表記を施した者が奥麻呂であったとは考えるにはいささか疑問を感ずる。いまは、「にほふ」が嗅覚表現に転用されていく過程を証する表記としてのみ捉えておきたい。

あをによし　奈良《なら》の都は　咲く花の　薫如《にほふがごとく》　今盛りなり　（巻三・三二八）

さきにも引用した小野老の有名な歌であるが、『新編全集』が頭注で「ニホフは本来赤い色が外に発散する意。後には嗅覚にも転用する。「薫」の字を用いたのもその気持を含めるからであろう」と解していることも着目すべきであろう。近年のテキスト・注釈書などは、

A　「薫ふが如く」の「にほふ」に「薫」の字を当てているところから、「にほふ」の語が嗅覚的意味をも併せ持つに至っていたことを知る。…（中略）…万葉集に、花について「かをる」と言った例はない。

（『新大系』）

B　普通はニ（赤い色）ホ（穂で、外に出て人目につくこと）フは活用語尾で、赤い色が外に発散する意。ここでは「薫」の字を用いているので、嗅覚の芳香をこめているとみられる。

（西宮一民氏『全注　巻第三』）

C　色香が照り映える意。ただし、原文「薫」によれば、ここは嗅覚の芳香をもこめているらしい。

（伊藤博氏『釋注』）

などといずれも大同小異の解釈を施している。この解釈のもとに、それぞれがどのように現代語訳しているか一瞥してみたい。

・（あをによし）　奈良の都は　咲く花が　爛漫たるように　今真っ盛りでした

a　（あをによし）奈良の都は咲く花の美しく薫るように、今がまっ盛りである。

b　奈良の都は、咲く花の色香が匂い映え香るように、今まっ盛りだ。

c　奈良の都は、咲き誇る花の色香が匂い映えるように、今、ちょうどまっ盛りだ。

「にほふ」に視覚的な意味と嗅覚的な意味の両方があることを苦労して表現した訳が多い。この花を藤の花だとする説などもあるが、従来、桜か梅かなどとさまざまに議論されてきた。小野寛氏が指摘されている（「万葉集抄購読（九十一）」『四季』16―6　平元・11）ように、例えば集中に「咲く花」の例は他に十三例あるが、百合の花が一例、四季折々の花をいうのが一例で、その他十一例は何の花を歌っているのか分らない。ただ「花」と言わず「咲く花」というのは、「咲く」ことに意味があって、「花」は限定されないのであろう。

と解するのが正鵠を射たものであろう。ただ、もしこの歌の用字「薫」に意義が存するならば、たんに「咲く花」のなかでも芳香豊かな花であった可能性はきわめて高いと感ずる。あくまでも推測に過ぎないが、後世芳香を賞美する花といえばやはり梅であることを鑑みて、ここで歌われた「咲く花の」にほひは梅の香であったと考えたいが確証はない。

ただ、この歌の表記が小野老の手になるものであるとするならば、家持よりもやや時代的にさかのぼることとなる。しかしながら、あくまでも表記において嗅覚的なニュアンスを感ずるだけであって、たとえば、

橘《たちばな》の　尓保敝流《にほへる》香可聞《かかも》　ほととぎす　鳴く夜《よ》の雨に　うつろひぬらむ　（巻十七・三九一六）

ほととぎす　来鳴《きな》く五月《さつき》に　咲尓保布《さきにほふ》　花橘《はなたちばな》の　香吉《かぐはしき》　親の御言《みこと》を……　（巻十九・四一六九）

などの家持歌のように、「橘のにほへる香」「咲きにほふ花橘のかぐわしき」などといった直接的な嗅覚表現にはかなわないであろう。

あくまでも、『萬葉集』において嗅覚表現をもって花を捉えたのは家持が先蹤であり、「にほふ」と

いう語を転用であるにしても、あらたな意義をもって使用したことはやはり重要な意味を持っていると言っても過言ではなかろう。漢詩文の影響のなかで、あらたに嗅覚をもって歌によむ美的対象の幅を広げたという点での家持の役割は、やはり無視できないことなのである。

さいごに

かく、あやしきまで人のとがむる香に（薫が）しみたまへるを、兵部卿宮なん他事よりもいどましく思して、それは、わざとよろづのすぐれたるうつしをしめたまひ、朝夕のことわざに合はせいとなみ、…（中略・兵部卿宮が前栽に四季折々の芳香の花を植えて愛でていたことなどが記される）…例の、世人は、匂ふ兵部卿、薫る中将と聞きにくく言ひつづけて、……

（『源氏物語』兵部卿宮の巻）

薫と匂宮の特徴差が記されている場面である。薫は「香にしみたまへる」さまにあった、つまりからだの内側から芳香がにじみ出ていたのに対して、匂宮は張り合う気持ちから、「すぐれたるうつしをしめ」ていた、つまり人工的な香を焚きしめていたというのである。この場面はそのまま、「にほひ」と「かをり」の差をあらわす場面として理解できるのではなかろうか。

広く一般的に嗅覚で判断できるものが「にほひ」であるのに対して、からだから香を発散していたなどというように使われている「かをり」はこの世では希有なこととして描かれる。現代において

「におう」は悪臭にもいうが、「かおる」は好ましい香に限られる点も看過できない。「かをり」はあくまでも特異な嗅覚表現として考えられていた可能性が高いのではなかろうか。さきにも触れたが、「かをる」が歌に使われるようになるのが『金葉和歌集』を待たなければならないことも裏付けとなろう。

漢詩文の影響はさらに深まるが、耽美的で享楽的な風潮や聞香の流行をうけて、神聖で清浄な、いわば神の世界に属した芳香は人間の嗅覚を楽しませるものとなり、詩歌に表現される美の対象となり、その世界を広げることとなったのである。

この、二節でも引用した上野理氏の「か（香）」をめぐる解説のなかで、「神聖で清浄な、いわば神の世界に属した芳香」こそが「かをり」であったのかもしれない。

家持が橘の香りを「にほひ」で表現したのは、この点を深く認識していたからではなかろうか。梅や橘の花の香は、家持の生きた時代にはもはや「神の世界に属した」ものではなかった。漢詩文の影響を受けた家持は、そのような神の世界から脱却した芳香を和歌の素材としてあらたに位置づけた重要な役割を果たした人物なのである。

本稿は、いま筆者が研究対象としている家持の先蹤性の素描のひとつであり、かすかな根拠のみに立脚したはなはだ拙い内容である。このような小論を公表する無礼をお許しいただき、ご教示・ご叱正をお願いする次第である。

参考文献

・朱捷氏『においとひびき―日本と中国の美意識をたずねて』（白水社　平13・9）
・高橋庸一郎氏『匂いの文化史的研究―日本と中国の文学に見る―』（和泉書院　平14・3）
・北住敏夫氏『『萬葉集』における「にほひ」の美」（『万葉の世界　増補版』角川書店刊　昭25・1　初出は昭16・10）
・森本治吉氏「「にほふ」語一族」（『万葉研究（万葉三水会）』7　昭29・10）
・武智雅一氏「萬葉集の「にほふ」について」（『愛媛国文研究』6　昭32・3）
・柴生田稔氏「「かをる」と「にほふ」」（『万葉の世界』岩波書店刊　昭61・6　初出は昭34・3）
・川上富吉氏「にほふ美意識考―大伴家持小論―」（『中央大学国文』8　昭40・3）
・伊原昭氏「にほふ―大伴家持における―」（『古代文学』8　昭43・12）
・伊原昭氏「「にほふ」と「うつろふ」と―大伴家持における―」（『国語と国文学』46―12　昭44・12）
・坂橋隆司氏「「にほひ」と「かをり」と―その同義部分の起点を求めて―」（『学院大学栃木短期大学紀要』5　昭45・12）
・長友武氏「「にほふ」という言葉の美意識」（『琉球大学教育学部紀要』19―1　昭51・3）
・金田孝子氏「「にほふ」―その語義の変遷―」（『国語国文薩摩路』22　昭52・3）
・河内章氏「万葉集「にほふ」の語意と用法とについて」（『愛知大学国文学』24・25　昭60・3）
・浦部重雄氏「もう一つの「匂ひ」」（『解釈』31―5　昭60・5）
・小島憲之氏「梅が香―上代の詩と歌―」（『人文研究（大阪市立大学）』13―5　昭37・6）

・小野寛氏「万葉集抄講読（九十一）―奈良の京は咲く花のにほふが如く―」（『四季』16―6　平元・11）
・山崎福之氏「万葉集における漢語と表記―文字表現をめぐって―」（『万葉集と漢文学（和漢比較文学叢書　第九巻）』汲古書院　平5・1）
・橋本達雄氏「橘のにほへる香」（『まひる野』49―9　平6・9）
・寺川眞知夫氏「『万葉集』の橘―その表現の展開―」（『同志社女子大学日本語日本文学』7　平7・10）

使用テキスト
萬葉集・源氏物語　↓　小学館刊『新編日本古典文学全集』
玉勝間　↓　筑摩書房刊『本居宣長全集』
※なお、適宜引用の表記を改めたところがある。

正倉院の染め色

尾形充彦

はじめに

正倉院の染め色について、染織《せんしょく》染料《せんりょう》の科学的な研究成果を紹介し、文献上の色名について触れると共に、正倉院に伝わる染織品の染め色の現状や破損・褪色状況などについて概説する。さらに、古代染色の歴史的変遷についても探ってみたい。

奈良朝以前の染色の歴史的変遷については、諸先学の文献史料と実物資料の両方を駆使した様々な研究があり、それらを個々に紹介することは容易ではない。むしろ、諸先学の研究に直接触れていただく方が分かり易く正確である。さらに、本稿において古代の染色についての今日までの研究の到達点を示せるとは考えていないし、正倉院の染め色の全貌を明らかに出来るとは思っていない。ただ、近年になって研究資料の増加がみられ、様々な文献史料の研究が進むことにより注記の充実した活字本の出版が相次ぎ、研究状況が変化しているという実感は感じられる。したがって、そのような最近の状況と今後の展望を述べることもあながち無意味なこととは言えないであろう。加えて、正倉院古裂《こぎれ》の染め色に日々実際に触れている私個人の印象も述べることにした。

ところで、『万葉集』にみえる染め色と正倉院に伝来する染織品の染め色との深い関わりについては、故上村六郎博士の『万葉染色考』（昭和六年）や『万葉染色の研究』（昭和十八年）や『上代文学に現れたる色名・色彩並びに染色の研究』（昭和三十二年）などを通して、広く一般に普及していると思われる。しかし、『万葉集』に見える染め色と正倉院の染め色とを古代（または上代）の染め色という一つの大きな括りの中に入れてほとんど同一視してしまいがちではないだろうか。そのような見方に対する警鐘を込めて、「三 文献史料からみた古代の染色染料について」という章を記した。『色の万葉集』という本書の表題のもとに正倉院の染色染料についてのみ書くことには違和感があったが、この章によって『万葉集』と本稿とに多少の関わりを付けることが出来た。

一 正倉院の染色染料の化学分析調査

歴史上初めて我が国の上代裂《じょうだいぎれ》（法隆寺伝来裂）の染色染料の化学分析調査を行ったのは、故上村六郎博士である。博士は自ら「染色文化の研究」と称した文献と化学分析実験との両面から染色の歴史を探ろうとする研究分野の草分けであり、昭和の初期に既に種々の植物染料の化学分析を行っていたと言われる（上村博士によれば、博士は鶴巻鶴一博士の門下生の一人として京都高等工芸学校の染色学科に学び、京都帝国大学工学部工業化学科に進むが、大正八年頃から既に文献と実験の両方から進める天然染料の実験的研究を開始した。また、山崎斌氏は、昭和五年頃から天然染料による染色を始めた)。その後の博士の膨大な研究の多くは『上村六郎染色著作集 一～六』(昭和五十四～五十六年、思文閣出版)によって知ることが出来る。中でも、昭和二十八年(一九五三)以来十数年間にわたって正倉院の染織品調査を委嘱され(正倉院古裂第一次調査)、正倉院事務所から提供された古裂片から染料を抽出して化学分析調査を行ったことは(大阪教育大学名誉教授 高木 豊博士と共同調査)、特筆されるべきである。このような調査は今日では「破壊調査」と称されるもので、通常はかけがえのない文化財に対しては行うべきではないとして避けられる。そのため、正倉院古裂の染料の化学分析調査以外に文化財(染織品)の染料の化学分析調査が行われたケースは報告されていない(後述の藤ノ木古墳出土染織品に対しては破壊を伴う化学分析が行われたが、それらは原形を留めない出土品であり、私の知る範囲内では伝世裂が化学分析に供された例はない)。にもかかわらず正倉院古裂の染料の抽出試験が断行された理由としては、次のようなことが考えられる。第一の理由として、正倉院古裂の数量が莫大なもので、一～二センチ四方の大きさに千切れた片々が未整理状態で数十万片以上もあることである(塵芥《じんかい》と称される古裂の塊が今も未整理状態のまま唐櫃《からびつ》数杯分存在するが、そこに古裂断片が何片含まれているか不明である)。ただし、それだから少々の無駄使いは許されるということではない。上村・高木両博士の分析した古裂片は、染料を抽出した後にすべて正倉院事務所に返還されている。それらを見るといずれも一～二センチ四方にも満たない小断片ばかりで、日頃から莫大な正倉院裂に接している者としては、一千二百数十年前の染料成分が分解・変質している資料であるから、染料分析が容易なもう少し大きい裂地片を提供しても良かったのではないかという思いをいだくこともある。そして、当時の文化財に対する深い配慮が感じられ、居住まいを正させられるのである。おそらく、そのような小断片からでも十分に染料成分を抽出して分析が可能であるという実績と技術が認められていたためであろうが、破壊調査は慎重の上にも慎重を重ね最小限度の資料しか用いてはならないという原則が守られていることを感じさせられる。それに加えて、当時既に一～二センチ四方のもとの裂地から分離した小断片であっても、糸の太さや撚り、織り組織などからどのような裂地の断片かが判明するまで調査が進んでいたことも小断片の染料の抽出試験を行う意義を高めたと思われる（正倉院古裂第一次調査に先だって、文部省科学研究費交付金を受けて「正倉院裂の基礎的研究」〈昭和二十五年～二十七年〉が行われている）。第二の理由として、私は上村博士の個人的信用であったであろうと思う。当時既に染色文化史研究の分野の第一人者であり今日でも泰斗と呼ぶに相応しい研究者であるから信用されて当然であり、わざわざ調査が断行された理由の一つに挙げる必要もないのであるが、この小文を成すにあたって『上村六郎染色著作集一～六』を読み返してみて、そのような感慨を覚えたので敢えてここに記すことにした次第である。

　かくして正倉院古裂の染料抽出試験は行われ、『書陵部紀要』に「上代裂の染色に関する化学的研究」としてその結果が報告された（『書陵部紀要第十一号』〈昭和三十四年十月〉に第一回目の報告が発表され、紀要十四、十九、二十一号と都合四度に分けて発表された。ただし、紀要二十一号には、単色の平絹以外の資料〈錦・絣《かすり》・夾纈《きょうけち》・纐纈《こうけち》・臈纈《ろうけち》・糸房等々〉を対象にして高木　豊博士が単独で行った化学分析研究調査結果が報告された)。この破壊試験を伴う研究は軽々に行うことが出来るものではなく、その後はまだ一度も行われていない。初めての化学分析調査であり、容易に結論に至らない試行錯誤的な部分もあるが、精緻で系統的且つ合理的である。染料判定は、色彩とその蛍光のみから行われることは危険であり限界があると考えられ、化学分析実験が併用されることが必要であると結論付けられた。当時と比較すると今日では科学分析機器がはるかに進歩して桁違いに精度の高い実験が可能である。そのため、現代の最先端機器を用いて実験すればかつて分析不可能とされた化学物質(分解され易い染料成分に加えて媒染剤《ばいせんざい》の成分物質等々)が同定出来る可能性があり、新たな情報をもとにして新見解が樹立されることが期待される。しかし、実験の前提として、旧来の実験結果を踏まえて新たにどのような物質が分析同定される可能性があるのかを事前に吟味する必要があることは言うまでもない(使用染料の予測は重要な意味を持つと言われる)。

なお、今日まで先端機器を使用した化学分析に着手していない以上、昭和二十八年から十数年間にわたって行われた一連の正倉院染色染料分析調査研究は、正倉院古裂の染料抽出を伴う最初にして最後の最先端の化学分析実験である。その内容を概説すると、次のようである。

【実験方法】

実験資料から染色成分を完全に抽出するために、二%硫酸とメタノールとを一対四に混合した溶媒《ようばい》の中に入れて煮沸し、溶媒を取り替えながら反復抽出する。色素溶出液を蒸留してメタノールを除き、色素成分の結晶を含む残液に対して種々の溶液で分別抽出を行い、幾つかの呈色反応を見たり、ペーパークロマトグラフ法によって分析して、色素成分を同定する（古裂の色に応じて予想される色素成分が異なり、予想される色素の種類に応じて用いる溶液や同定に至るまでの判定方法が異なる。ここでは判定方法の詳細を紹介しない）。なお、濾紙クロマトグラフ上の斑点の色素に紫外線を照射して、発生する蛍光による判定も行った（蛍光の色と強さが色素成分によって種々異なる）。

【実験資料】

『書陵部紀要第十一、十四、十九号』に報告されたものは、赤・紫・黄・緑・縹色系の平絹（絁《あしぎぬ》）である。『書陵部紀要第二十一号』に報告されたものは、二色綾・絣・暈繝錦《うんげんにしき》（綺《かんはた》）・錦（緯錦《ぬきにしき》）・縫糸・糸房・組紐・夾纈絁・臈纈絁・纐纈絁である。

単色の平絹（絁）は小断片をそのまま用いた。緯錦は緯糸を各色別に解して、僅か数ミリグラム（糸約一センチ）を資料とした。絣と二色綾は糸を解せないので特定の色糸の多い部分をその色の資料とした。夾纈絁・纐纈絁・臈纈絁は文様と地の色別に分けるまでには至らなかった。糸房はそのまま用いた。

【実験結果】

様々な染色資料の染料分析化学実験の結果を二つの表に示した。

諸色平絹の染料同定結果一覧表

番号	資料名	同定染料名	備考
資料Ⅰ	緋色絁	日《に》本《ほん》　茜《あかね》	
資料Ⅱ	帯紫赤色絁	日本茜	不明色素有り。茜の分解物か交染に起因するものか不明
資料Ⅲ	やや赤味の紫絁	紫　草《むらさきそう》（主染料）と日本茜の交染	
資料Ⅳ	暗赤色絁	日本茜	
資料Ⅴ	黒紫絁	紫草	
資料Ⅵ	明褐絁	フラボノイド系染料（主染料）と日本茜の交染	
資料Ⅶ	黄絁	黄蘗《きはだ》（ベルベリン系染料）	
資料Ⅷ	黄絁	フラボノイド系染料	
資料Ⅸ	赤黄絁	フラボノイド系染料（主染料）と日本茜の交染	
資料Ⅹ	帯緑黄絁	黄檗（主染料）と蓼藍《たであい》の交染	
資料Ⅺ	濃緑絁	フラボノイド系染料（おそらく刈安）と蓼藍の交染	

資料XII	濃縹絁	蓼藍

絹・絣・糸総・夾纈・臈纈・纐纈の染料同定結果一覧表

番号	資料名	資料部位	同定染料名	備考
1	二色綾（織色綾）	黄糸（経糸）	黄檗	
〃	同前	淡縹糸（緯糸）	蓼藍	
2	赤地絣錦（No.23）	赤地部分	日本茜	
〃	同前	黄地部分	黄檗	
〃	同前	黒紫部分	紫草	
3	暈繝錦（綺か）	淡赤糸（経糸）	日本茜	刈安《かりやす》か櫨《はぜ》を交染した可能性あり
〃	同前	緋糸（緯糸）	日本茜	
〃	同前	黄糸（緯糸）	不明	ベルベリン以外のアルカロイド色素が存在
〃	同前	緑糸（緯糸）	蓼藍と刈安の交染	

〃	同前	縹糸(緯糸)	蓼藍	
4	花鳥文長斑錦(No.120)	黄緑糸(地緯)	蓼藍と黄蘗の交染	
〃	同前	茶糸(地緯)	フラボノイド系染料	
〃	同前	黄糸(地緯)	フラボノイド系染料	
〃	同前	淡縹糸(絵緯)	蓼藍と刈安の交染	
5	亀甲花文錦(No.20B)	紫糸(緯糸)	不明	蘇《す》芳《おう》の可能性が高いが、同定には至っていない
〃	同前	黄(淡褐)糸(緯糸)	刈安	
6	前記5の錦に付く緋縫糸	全体	日本茜	
7	紫地狩猟連珠文錦(No.41)	紫糸(緯糸)	紫草	
〃	同前	黄糸(緯糸)	フラボノイド系染料(多分刈安)と日本茜の交染	
8	赤紫地唐花獅子文錦(No.105)	赤紫糸(緯糸)	日本茜	
〃	同前	黄糸(緯糸)	日本茜	あるいは茜と刈安の交染

9	緑地唐花獅子文錦（No.105）	緑糸（緯糸）	蓼藍と刈安の交染	
〃	同前	黄糸（緯糸）	刈安	
10	七宝錦（No.27）	紫糸（緯糸）	紫草	
〃	同前	黄糸（緯糸）	黄檗	
〃	同前	黄緑糸（緯糸）	黄檗	
〃	同前	浅縹糸（緯糸）	蓼藍	
11	紫地小唐花文錦（No.49）	紫糸（緯糸）	紫草	
〃	同前	黄糸（緯糸）	刈安と黄檗の交染	
〃	同前	浅緑糸（緯糸）	蓼藍と黄檗の交染	おそらく刈安の下染めをしている
〃	同前	浅藍糸（緯糸）	蓼藍と黄檗の交染	
〃	同前	緋糸（緯糸）	日本茜	
12	緋糸房	全体	日本茜	

13	黄橙糸房	全体	刈安と日本茜の交染	
14	緑糸房	全体	フラボノイド系染料（多分刈安）と蓼藍の交染	
15	浅緋組紐	全体	日本茜	
16	濃黄有文綾	全体	刈安と黄檗の交染	
17	緑地黄目交纐纈絁	黄色部分	刈安と黄檗の交染	
〃	同前	青色部分	蓼藍	
18	紫地目交纐纈絁	紫色部分	紫草	
〃	同前	黄色部分	刈安	
19	浅緋纐纈絁	全体	日本茜	
20	緋臈纈絁	緋色部分	日本茜	
〃	同前	黄色部分	不明	
21	滅紫臈纈絁	全体	紫草	

22	花鳥霞襷文臈纈絁	全体	蓼藍と日本茜と刈安を使用	刈安以外に櫨の可能性あり
23	紫地花鳥文臈纈絁	全体	紫草と日本茜と刈安を使用	刈安以外に櫨の可能性あり
24	青緑地十二稜文夾纈絁	黄文部分	黄檗	
〃	同　前	淡緑文部分	蓼藍と刈安と黄檗を使用	
〃	同　前	青緑地部分	蓼藍と刈安と黄檗の交染	
25	赤橡地十二稜文夾纈絁	全体	日本茜とフラボノイド系染料の交染	

（注）資料名の後の番号は「正倉院の錦」（太田英蔵他『書陵部紀要　第13号』（昭和37年））の番号と共通である。

高木　豊博士は、化学分析実験を終えた最終結論として以下のようなことを述べている。

(1)茜は、経年変化による変褪色の程度が小さい。

(2)外観の色彩から紅花《べにばな》染めを思わせるものでも、化学分析の結果全て茜であった。そもそも、紅花が染色当時の色彩を留めているものとは考えられないことを実感した。

(3)フラボノイド系染料（刈安《かりやす》・櫨《はぜ》・楊梅《やまもも》等）を完全に同定することは困難であった。
(4)経年変化後の分解物からもとの色素を推定出来るようになることが期待される。
(5)染料によって同定確認に難易の差がある。原因としては、技術的な問題と経年変化による色素分解の問題とが絡み合っている。
(6)染色条件や経年変化を追跡することは、今後の研究課題の一つになるであろう。

我が国の上代裂の染色に関する科学的研究は、染料成分の化学分析実験を伴わないものであれば、上記の他にも行われている。その中で次の二例を紹介する。

染色研究家の前田雨城氏は、昭和五十～五十一年に東京国立博物館法隆寺宝物館収蔵の法隆寺献納宝物裂（広東大幡）の色彩調査研究を行った。これは観察調査であり、染料成分の化学分析実験を伴わないが、褪色の程度などを丹念に探っている（前田雨城『ものと人間の文化史三十八　色・染と色彩』（法政大学出版局、昭和五十五年））。

神庭信幸氏は、国立歴史民俗博物館収蔵の「上代裂帳」に収められている正倉院裂並びに法隆寺裂二十点の染め色ついて、色彩の分光《ぶんこう》スペクトル測定を行い、分光曲線の相互比較やＸＹＺ表色系で表示した場合の色度図《しきどず》上の位置の比較などを通して、古裂に残る色彩の系統色名による分類を試みた。上代裂に残る色彩に古代の人々の色彩感覚を辿る上で重要な手がかりがあるとみて、そのためには、上代裂に残る色彩を現代の系統色名に対応させることによって古代の色名とそれが指し示す色彩との関係をより明確にすることが必要と考えたからである。その結果、現存する上代裂の色彩の変褪色（経年変化による染料と繊維の劣化が原因）の問題について、今後多くの検討を要するという結論を述べている（「上代裂に見られる色彩の系統色名」（『国立歴史民俗博物館研究報告　第六十二集』（平成七年））。

二　近年増加した古代の染色資料

これまでは、我が国の奈良時代（天平時代）（七一〇〜七九四）以前の古代染織品の実物資料は、天平時代の正倉院裂と飛鳥時代（六世紀末〜六四五）及び白鳳時代（六四五〜七一〇）の法隆寺裂以外にほとんど存在しないと考えられてきた（ここでは詳述しないが唐招提寺、叡福寺、勧修寺などに数点ずつ伝存することは古くから知られている）。飛鳥・白鳳時代以前（弥生時代〜古墳時代）の発掘出土裂についても、大刀《たち》や甲兜《こうがい》に銹着《しょうちゃく》して黒や茶褐色に変色した微細な断片以外にほとんど存在しないと考えられてきた。ところが、東京国立博物館法隆寺宝物館収蔵の法隆寺献納宝物裂と正倉院頒布裂（明治九年に大久保利通内務卿の決済により正倉院古裂の一部が全国諸博物館に頒布されたことが知られており、今日巷間に出回る正倉院古裂はその時頒布されたものの一部と言われる）の整理と修理とが東京国立博物館の澤田むつ代によって昭和五十六年以来連綿と行われた結果、今では法隆寺裂のほとんど全てが白鳳時代の、しかも法隆寺再建の頃から天平時代にかけてのものであることがほぼ明らかになった（澤田むつ代『上代裂集成』（中央公論美術出版、平成十三年）の記載内容から私が判断したことであるが、その見解の一部を「正倉院裂の研究」(『佛教芸術　第二五九号』(毎日新聞社、平成十三年))の中で示した)。

かつて未整理であった頃の法隆寺裂は、干支による紀年銘があるものが僅かに存在するのみで、大多数のものの由緒が不明であり、それだけに法隆寺が創建された七世紀初頭の飛鳥時代の染織品も含まれている可能性があると考えられていた。いわゆる繡帳銘文《しゅうちょうめいぶん》により推古三十年(六二二)の製作と考えられている天寿国繡帳《てんじゅこくしゅうちょう》(現在では旧繡帳と称される飛鳥から白鳳時代に製作された部分と鎌倉時代に模造された新繡帳と称される部分とがバラバラに集めて合成された形で伝わっている)と並ぶ時代のものから、さらに時代を遡るものも存在すると漠然と考えられていた。そのため、それらの染色技法は遣隋使(推古八年〈六〇〇〉から推古二十二年まで計六回派遣されたとされる)のもたらしたと考えられる中国六朝期の、当時最先端の染法をまだ充分に取り入れていないもので、五世紀中頃以降中国や朝鮮半島から集団的に移住した帰化人達の染法の域を出ないものと考えられた。法隆寺裂に見られる錦は赤、白、緑の三色を用いた蜀江錦が多く、幡の縁や脚に用いられている平絹の赤系統の色味が黄味の強い朱色や黄橙色というべきものであることは、古い染法を用いている証拠のように捉えられる傾向があった。しかし、法隆寺裂の多くが法隆寺再建の頃から天平時代にかけてのものとすれば、異なる見解を取らねばならない。その概略を以下に述べる。

仏教伝来(五三八)から法隆寺創建(六〇七)、さらには推古朝(五九三〜六二八)から舒明朝にかけては、かつて渡来人達がもたらした旧来の染色方法が踏襲された。たとえ遣隋使の派遣により優れた技術がもたらされても、染色を生業とする渡来人の子孫達が自らの優越性や特殊性を守るために新しい染法をボイコットしたとする見解もある。しかし、法隆寺再建の頃（八世紀の初頭）を過ぎると国を挙げて律令国家の建設を目指すようになり、遣唐使（第一回は舒明二年（六三〇）に出発して舒明四年に帰国している。その後不定期に第二回（六五三〜六五四）、第三回（六五四〜六五五）、第四回（六五九〜六六一）、第五回（六六五〜六六七）、第六回（六六九〜不明）、第七回（七〇二〜七〇四）、第八回（七一七〜七一八）、第九回（七三三〜七三六）、第十回（七五二〜七五四）等々と派遣された）によってもたらされた最新の優れた染法は、染色を行う者に強制的に採用させられたと考えられる。技術革新が行われたとみなす根拠の一つは、律令制の服制により様々な色の衣服を作る必要があり、染色は重要な国家事業の一つであったと考えられることである。

では、八世紀初頭の法隆寺裂に見られる黄味の強い朱色や黄橙色についてであるが、その当時まだ茜の最新の染色技術を充分に生かすだけの技量が無かったと見なせるのではないだろうか。そして、正倉院に残る諸国の調緋絁を見れば、それから三十〜四十年後には地方諸国でも平絹（絁）を濃い鮮やかな赤に染色することが可能であったことが分かる。新しい染法は国家の指導のもとに急速に普及させられたのであろう。この辺りの見解については、今後充分に吟味して検討を加える必要があるので、これ以上述べることは控えたい。

ところで、推古三十年から遅くとも舒明朝（六二九〜六四一）の初期には完成していたと考えられる天寿国繡帳（旧繡帳の部分）の製作時期について、従来、繡帳銘文の解釈の仕方から、その記載の通りとすることは出来ないとして、時期を下げる説は存在した。しかし最近、図像の解釈の仕方から天武朝（六七三〜六八六）や持統朝（六八七〜六九七）にまで下がるとする有力な新見解が発表された。その正否は今後の検討を待たねばならない。

以上のように、主要なものの整理が完了して全体について一定の見解を持てるようになった法隆寺裂のような染色資料は、新資料の一種と見なせる。それとは違って、今まで知られていなかったまったく新しい資料には次のようなものがある。

奈良県生駒郡斑鳩町の藤ノ木古墳の発掘調査は昭和六十年（一九八五）七月から年内一杯にわたって行われた（第一次調査）。その後、内視鏡による石棺内の調査（第二次調査）を経て石棺を開けて内部の品々を取り出す調査（第三次調査）が昭和六十三年九月から十二月にかけて行われた。その結果、藤ノ木古墳は法隆寺が建立される少し前に築造された六世紀末頃の後期古墳であることが判明した。石棺の中には半分くらい水が溜り有機物が浮遊していた。それらは、経錦《たてにしき》（平地経錦《ひらじけいきん》）、綾（平《ひら》地経三枚綾《じたてさんまいあや》）、平絹（筬目《おさめ》のある透目のものが多くみられる）、刺繍、組紐（三ツ組、二間組《にけんぐみ》、角八ツ組等々）、糸房、麻布などである。その他、石棺の底に沈んでいた大刀や鏡に同様の染織品が付着していた。それらの有機物は、石棺内に水が満ちていたために約一千四百年の歳月を経ても朽ち果てることなく今日まで伝わったと考えられている（発掘時には石棺内の水は半減していた）。我が国でこれだけ多量の染織品が古墳から出土するのは初めてのことであった。

出土した染織品は、何れも押せば潰れて粉状化する藁縄の燃え滓のような状態にまで朽損が進んでいた。茶褐色に褪色しているものが多かったが、染色染料成分の窺えるものも存在した（銅イオンが付着して緑色を呈していると考えられるものもあった）。それらに対して、FTIR（フーリエ変換赤外分光光度計）による非破壊分析試験と染料の抽出を伴う高速液体クロマトグラフによる染料分析試験（破壊分析）が行われた（角山幸洋「XⅢ繊維　織物・組紐」（『斑鳩　藤ノ木古墳　第二・三次調査報告書　分析と技術篇』（斑鳩町・斑鳩町教育委員会、平成七年））参照）。

佐賀県神埼郡神埼町の日本最大の弥生時代の環濠《かんごう》集落遺跡である吉野《よしの》ケ《が》里《り》遺跡の調査結果が発表されたのは平成元年（一九八九）である。吉野ケ里遺跡は弥生時代から中世までの遺構《いこう》が展開する複合遺跡と言われるもので、吉野ケ里遺跡出土の染織品と称しても何を指しているのか分かり難いが、本稿において注目されるのは甕棺墓《かめかんぼ》の甕棺の底から発見されたと言われる約二千年前の平絹の断片である。薄茶、橙、赤、緑、青、黒、紫、赤紫などの色をした織り密度の粗い小さな片々が発見された。それらは染色された絹布の断片であり、佐賀県教育委員会は平成三年（一九九一）一月に初めて染色研究家の前田雨城氏に染色調査を委嘱した。調査は、前田雨城氏が開発した三次元蛍光スペクトルによる分析法により行われ、同年四月に報告された。この分析法は非破壊調査であり、吉野ケ里遺跡出土の染織品のように少量の貴重な文化財の分析調査に威力を発揮するものと期待される。ただし、標準資料と被検査資料の示す三次元蛍光スペクトル曲線を並べた等高線図の示す立体形の相互比較により使用されている染料成分の同定を行うものであるから、全く未知の染料成分の分析はおそらく困難であろう。高木　豊博士の化学分析実験により日本茜の主たる染色成分がムンジスチンであることが同定されたが、今の段階では同様のことを期待出来ないのではないだろうか。多数の標準資料の情報に基づいて分析過程がコンピューターシステム化され、被検査資料の様々な条件における蛍光スペクトルの情報が得られれば容易に結果が導き出されるようになり、非破壊の画期的な方法としてあらゆる染色文化財の染料成分分析・同定に活用されるようになるかもしれない。

吉野ケ里遺跡出土染織品の染料成分の分析結果として、薄茶、橙、赤の絹布片は大茜（前田氏によるとオオアカネは日本茜の変種で突然変異によりあらわれたとされる）、緑、青、黒、紫、赤紫の絹布片は貝紫《かいむらさき》により染色されているとされた（前田雨城「発表記録・吉野ケ里の貝紫と茜」（『国立歴史民俗博物館研究報告　第六十二集』〈国立歴史民俗博物館、平成七年〉や前田雨城・下山　進・野田裕子「吉野ケ里遺跡出土染織遺物の染色鑑定科学調査について」（『佐賀県吉野ケ里遺跡発掘報告書』〈佐賀県教育委員会、平成六年〉参照）。

その他、平成七～八年（一九九五～六）に奈良県天理市成願寺町の下池山《しもいけやま》古墳の発掘調査が行われ、内行花文鏡に付着した染色資料（鏡袋と言われる）が出土したことが知られる。下池山古墳は古墳時代初期（三世紀末頃）に築造されたと考えられることから、幅の太細を取り混ぜた青・黄緑・茶色の縞柄の平絹は、倭文織《しずりおり》（倭文布）と称される我が国古来の縞織物の一種かと言われている（倭文織や倭文布は、『日本書紀』、『万葉集』等に記されていて、一般に素材は楮《こうぞ》や麻である）。縞柄の染料の科学分析は行われたかもしれないが、私はその正式な報告書を見ていないので分からない。

中国における漢代から六朝を経て唐代に至る染織遺物の新しい発掘出土例は多い。その中でも、湖南省博物館と中国科学院考古研究所による湖南省長沙《ちょうさ》市郊外にある前漢初期の馬王堆《まおうたい》一号漢墓の発見と発掘調査（一九七二）は、出土した古代の染織品の調査に関してエポックメーキング的な意味があった。史上希に見る大量の染織品が出土したことから、初めて中国の多くの染織研究者が協力して調査研究が進められたと言われる。染色染料の分析調査も紫外吸収スペクトル、ペーパークロマトグラフ、高速液体クロマトグラフの手法により、藍、茜、支子《くちなし》等を同定している（『長沙馬王堆一号漢墓　出土紡織品的研究』〈上海市紡織科学研究院・上海市絲綢工芸公司編、文教出版社、一九八〇〉参照）。

中国における近年の染織品の発掘出土例中、次のようなものが良く知られている。

青海省《せいかいしょう》文物考古研究所により青海省都蘭県《とらんけん》の熱水《ねっすい》古墓群が発掘調査されて（一九八二〜八五）、北朝末から盛唐（六〜八C）期の錦、綾、羅、平絹、綴れなどが発見された（許新国、趙豊「都蘭出土絲織品初探」（『中国歴史博物館』一九九一年第一五、一六期））。それらの中に銘文からペルシャ製と言われる錦が含まれていることは注目される。

陝西《しんきょう》省考古研究所により、強風で倒壊した陝西省扶風県法門寺《ほうもんじ》の五重塔の下から見つかった地下倉庫が発掘調査されて（一九八七）、晩唐（九世紀後半頃）の数千点に上る金銀器や数百点に及ぶ錦、綾、羅、平絹、刺繍などが発見された（『文物』一九八八年第十期）。

新疆《しんきょう》文物考古研究所により新疆ウイグル自治区尉犁県因半《いりけんいんばん》墓地の漢晋時代の古墓九座が発掘調査されて（一九八九）、四座の古墓から、錦、綾、平絹製の衣服、衾《ふすま》（夜具）、枕、袋などが発見された（『文物』一九九四年第十期）。

日中共同尼雅《にや》遺跡学術調査隊により新疆ウイグル自治区民豊県《みんぽうけん》尼雅遺跡が発掘調査されて（一九九四～七）、前漢から後漢にわたる遺跡の古墓から、錦、綾、平絹製の衣服、衾（夜具）、顔覆い、枕、香袋、袋類、帽子などが発見された（『日中共同尼雅遺跡学術調査報告書 第二巻』一九九九、『文物』二〇〇〇年第一期）。

このような染色実物資料は、今後とも次々に増加することが期待される。そして、今はまだ不明な箇所が多く隙間だらけの印象のある古代染色の歴史も、やがて明らかにされるであろう。

三　文献史料からみた古代の染色染料について

古代染色に関する我が国の文献史料は、『古事記』『日本書紀』『続日本紀』『万葉集』『古語拾遺』『風土記』『懐風藻』『大宝律令（養老律令）』『正倉院古文書』『東大寺献物帳』等々を数え、個々に記された染色関係の内容（色名・染料名・染法その他）を逐一調べ上げるのは容易なことではない。さらに、我が国の古代染色の理解を深めるためには、中国、インド、ギリシャ、ローマなど海外の古代文献を調査研究することも望まれるが、網羅的に掌握することは容易ではない。

幸い故上村六郎博士は、広く内外の文献史料に見える色彩と染色関係事項の調査研究報告を発表している。『万葉集』に見える色彩と染色は、『万葉染色考』（昭和六年）や『万葉染色の研究』（昭和十八年）にまとめられている。その他の我が国の文献史料に見える色彩と染色は、『上代文学に現れたる色名・色彩並びに染色の研究』（昭和三十二年）にまとめられている。内外の文献に見える色彩と染色を広く紹介したのは『東方染色文化の研究』（昭和八年）である。

今それらの概略を紹介することも容易ではないので、本稿では『万葉集』に見える色彩と染色について、その一端を紹介する。

上村博士の「正倉院日和」という題名の随筆には、昭和十年十一月八日の曝涼中の正倉院特別拝観におけるエピソードが語られている。博士にとって拝観日に訪れた久し振りの好天は絶好の正倉院日和と思えたが、同行の万葉学者佐佐木信綱博士は有り難い万葉日和と称したという。正倉院拝観後、上村博士と佐佐木博士に斎藤茂吉博士を加えた三人は、万葉植物園（現在の春日大社神苑《しんえん》）並びに万葉古蹟を巡って日がな一日を過ごしたとある。

上村博士の論考「万葉の色彩と染色」（『万葉集大成　第八巻　民俗篇』〈平凡社、昭和二十八年〉は、『万葉染色の研究』に発表された研究を新たに集大成するために、その大要をまとめて、集大成の序説としたものであるという。そこには正倉院の染織品が紹介されたり正倉院古文書が引用されていて、正倉院と『万葉集』との深い関わりを感じさせられる。

正倉院宝物と『万葉集』の深い結びつきについては、角田文衛博士の論考「万葉集と正倉院」（『万葉集大成　第十一巻　特殊研究篇』〈平凡社、昭和三十年〉）に述べられている通り、両者は天平文化を代表する存在であり『万葉集』を理解する上で正倉院宝物を活用することが出来ると言われる程である。

ただし、正倉院宝物と『万葉集』との関係を考える際には、その対象年代に留意しなければならないだろう。すなわち、正倉院宝物の大半は八世紀の中頃を過ぎた天平時代爛熟期のものである。『万葉集』は前後約三世紀にわたると言われるが、萌芽時代（雄略天皇などの頃から推古天皇時代まで）、第一期（舒明天皇時代〈六二九〜〉から壬申の乱〈六七二〉まで）、第二期（壬申の乱より後から平城京遷都〈七一〇〉まで）、第三期（平城京遷都より後から天平五年〈七三三〉まで）、第四期（天平六年から天平宝字三年〈七五九〉まで）に分けて見るのが一般的である。したがって、正倉院宝物は『万葉集』第四期のものが多くを占めている。今日伝存する正倉院染織に奈良時代の染め色がさほど褪色せずに残っていると仮定しても、そこに『万葉集』第一期の歌に詠まれた染め色を見ることには慎重にならざるをえない。仏教伝来（五三八）の頃から天平宝字三年までの染法や染め色の変遷についての理解を深めて初めて、正倉院古裂の実物の染め色によって『万葉集』の染色を読み解くことが可能になるといえよう。

　故上村六郎博士は『万葉染色の研究』（昭和十八年）の中で、上代染色を三つの時代に区分して考えることを常としてきたと述べている。第一期は、中国や朝鮮半島から染色技術を持った人達が集団的に渡来する以前の原始染色時代。第二期は、五世紀中頃から中国や朝鮮半島から帰化人達が集団的に渡来して浸染《しんせん》を伝えた初期浸染時代。第三期は、仏教伝来（五三八）と共に押し寄せた染法により刺激を受けた浸染完成時代。しかし、そこに古墳時代以前の発掘出土裂や法隆寺裂の染め色についての見解（前章〈二一 近年増加した古代の染色資料〉でその一部を示した）や遣隋使・遣唐使のもたらし

東大寺南大門の門前の賑わい

正倉院に至る砂利道の入り口

春日大社「神苑」(平成９年春に「万葉植物園」から改名された）の入り口

「神苑」の中の万葉園の一角

たであろう新技術の検討を加えると、仏教伝来の頃から天平時代中頃までの約二百年間に我が国で行われた染色技法の変遷とひいては染め色の変遷とがあったとみることが出来るだろう。その変遷については、稿を改めて検討したい。

『万葉染色の研究』には染色に関する歌（もしくは顔料に関する歌）として三百十九首が明らかにされている。そこには茜、紅、紫草、韓藍《からい》、山藍、榛《はり》、橡《つるばみ》の他に、青旗《あおはた》、丹生《にう》、真赤土《まはに》、朱、黄土《はにう》、鴨頭草《つきくさ》、杜若《かきつばた》、柴《しば》等々が詠み込まれている。本稿では逐一検討しないが、茜を詠み込んだ歌として明らかにされているものを挙げて、万葉染色について検討してみたい。

あかねさす紫野行き標野行き野守は見ずや君が袖振る（巻一・二〇）
　作者　額田王　　年代　天智天皇七年（六六七）

あかねさす日は照らせれどぬばたまの夜渡る月の隠らく惜しも（巻二・一六九）
　作者　柿本人麿　　年代　持統天皇三年（六八九）

……白栲の麻衣着埴安の御門の原に茜さす日のことごと……（巻二・一九九）
　作者　柿本人麿　　年代　持統天皇十年（六九六）

大伴の見つとは言わじあかねさし照れる月夜に直に逢へりとも（巻四・五六五）
　作者　加茂女王　　年代　不詳（奈良時代初期か）

あかねさす日並べなくにわが恋は吉野の川の霧に立ちつつ（巻六・九一六）

作者　不明　　年代　養老七年（七二三）天皇吉野離宮行幸時誰かが詠むか

長谷の斎槻が下にわが隠せる妻あかねさし照れる月夜に人見てむかも（巻十一・二三五三）

作者　不明　　年代　不詳（この歌は、柿本人麿の歌集にある）

あかねさす日の暮れぬれば爲方を無み千遍嘆きて恋ひつつそ居る（巻十二・二九〇一）

作者　不明　　年代　不詳（巻十二には飛鳥から奈良前期の歌があるという）

……あかねさす昼はしみらにぬばたまの夜はすがらに……（巻十三・三二七〇）

作者　不明　　年代　不詳（巻十三には奈良時代初期の歌も含まれるという）

……あかねさす昼はしみらにぬばたまの夜はすがらに……（巻十三・三二九七）

作者　不明　　年代　不詳（巻十三には奈良時代初期の歌も含まれるという）

あかねさす昼は物思ひぬばたまの夜はすがらに哭のみし泣かゆ（巻十五・三七三二）

作者　中臣朝臣宅守　　年代　天平十一年（七三九）

飯喫めど甘くもあらず寝ぬれども安くもあらず茜さす君が情し忘れかねつも（巻十六・三八五七）

作者　佐爲王の近習の婢　　年代　不詳（奈良時代の初め頃か）

……珠貫くまでに茜さす昼はしめらにあしひきの八峰飛び越え……（巻十九・四一六六）

作者　大伴家持　　年代　天平勝宝二〜五年（七五〇〜七五三）

あかねさす昼は田賜《たた》びてぬばたまの夜の暇に摘める芹子これ（巻二十・四四五五）

作者　葛城王　　年代　天平元年（七二九）

『万葉集』ではこれら十三首に「あかねさす」の語が枕詞として用いられている（染色染料の茜単独の用例は無い）。各歌の製作年代を検討する前に、「あかねさす」と染色染料の茜との関連性について考えてみたい。

十三首を見ると、あかねさすは、日（太陽、日中）と昼（明るい昼間）の枕詞の用例が九首、照る月の枕詞の用例が二首である。他の二首は、紫野（染料植物の紫草の栽培園）の紫と茜の、どちらも染料の色を意味している関連性による枕詞（巻一・二〇）と紅顔（婦人の麗しい容貌）の赤とかけた茜の色の関連性から来る枕詞（巻十六・三八五七）とである。したがって、「あかねさすは明るい光が差す（明ね差す）という意味から来るもので、染料の茜とは直接関連しない」と一概に言えないことがわかる。「あかねさす紫野」は染料植物との関連から来るものであり、「茜さす君」は鮮やかな赤色の色のつながりから来るものと解釈出来るからである。おそらく、朝日や夕日に照り映える茜雲のあかねは、染料植物の茜の染め色にもとずく名称であろう。同様にあかねさす日や昼のあかねも茜の染め色にもとずくと言えよう。

例えば「紅」については、『万葉集』に紅の深染めの衣、紅の八塩（繰り返し染めた）の衣、紅の赤裳裾、紅の色などと、染料植物の紅花または紅花の染め色を直接表現した歌が二十二首ある。「紫」は、紫草衣に染め、紫の帯、紫の大綾（文様の大きな綾）の衣などと、植物染料の紫草または紫草の染め色を直接表現した歌が十五首ある。それらと比較すると、『万葉集』においては、あかねさすという言葉と染料の茜との関連性がやや薄い感が否めないが、茜の染め色をもってあかねさすという枕詞が生まれたとみなせば、それは染料とその染め色そのものを指していると言えよう。

古代の赤色について一言すれば、『古事記』『日本書紀』『続日本紀』『万葉集』『大宝律令（養老律令）』『正倉院古文書』『東大寺献物帳』等々に赤、紅、緋《ひ》、纁《そい》、蘇芳《すおう》、赤白橡《あかしろつるばみ》、朱、丹等々の記載がある。紅（くれない）は呉の藍の意味で、中国渡来の紅花または紅花の染め色の鮮明な赤色のことと言われる。緋は茜による染め色で、濃く明るい朱色（黄味を帯びた濃い鮮やかな赤色）のことと言われる。纁（そひ・くん・うすあか）は茜による染め色で（茜のみか紫草との交染か不明）、薄い赤色でやや暗い（朱纁《しゅくん》は黒味を帯びた赤色の意味である）色のことと言われる。それらのことは、『日本色名大鑑』（上村六郎・山崎勝弘、昭和十八年、甲鳥書林）や『上代文学に現れたる色名・色彩並びに染色の研究』（上村六郎、昭和三十二年）または『昭和版　延喜染鑑』（上村六郎、昭和六十一年、岩波書店）等に詳しい。

では、あかねさすと詠われた上代の茜の染め色は、いったいどのような色であろうか。故上村六郎博士は、文献史料の検討を重ねて、染色実験を繰り返した上で、上代の茜の染め色は熟した柿のような赤橙色というべき色と結論付けた。私もその通りであろうと思う。ただし、法隆寺裂と正倉院裂を見る限り、上代の茜の染め色は、黄味の強い黄橙色から、少々黄味が感じられる濃い鮮やかな赤色（紅色と称される鮮明な赤と比較するとようやく黄味が感じられる程度に赤味が強い色）や暗赤色まで種々のものが存在する。しかも、法隆寺裂の赤は、正倉院裂の赤と比較すると橙色や朱色の系統寄りのもの、すなわち黄味が強いという見解がある。一定の基準の下に客観性のある科学的な色彩の比較実験が行われていないので、法隆寺裂と正倉院裂の色彩を軽々に比べることはできないが、見た目の感じに違いのあることは確かである。そこに流行や好みの問題も考慮する必要があるが、それだけで色の違いが生じているのではあるまい。それぞれの時代の染色技法の違いを反映していると考えられる。正倉院裂の中には橙色のものから赤味の強いものまで存在するが法隆寺裂はいずれも朱色がかっている傾向があると言われることからみて、正倉院裂の時代になってようやく強い赤を発色させる技術が渡来して普及したとみることが出来るのではないだろうか。

『万葉集』の十三首の歌にあるあかねさすの茜の色にも染色技述に応じた違いがあると考えられる。そして、『万葉集』を古代染色の重要な文献史料の一つとみる立場から（故上村六郎博士が初めて提唱した立場）、それぞれの歌の茜の色について検討することには意義があると考えられる。前章でも述べた通り、染色技法の時代変遷については充分に吟味する必要があり、現状の変・褪色の問題なども考慮しなくてはならないことを思えば、今結論を述べることは出来ないが、次のような見方は出来るであろう。

すなわち、あかねさすと詠われた歌の年代は、天智天皇七年（六六七）から天平勝宝年代の初期（七五〇頃）に及んでいる。その期間は、染色技術の渡来ということから言えば三つに区分することが出来る。すなわち、㈠古墳時代の文化からようやく脱した七世紀後半、㈡法隆寺再建から奈良時代の初期、㈢奈良時代中・盛期の大仏開眼会の前後（八世紀中頃）である。そして、それぞれの時期に特徴のある染色技法が活用されたとみられ、茜の染め色に違いがあったとみることが出来るのではないだろうか。

色名について石田茂作博士は「奈良時代の染色技術」(『佛教考古学論攷　六　雑集編』〈思文閣出版、昭和五十二年〉)の中で、正倉院古裂に実際に用いられている色として、

○赤系統は、赤、紅、蘇芳、緋
○青系統は、藍、紺、碧《へき》、縹《はなだ》、浅縹
○黄系統は、黄、萌黄《もえぎ》
○緑系統は、緑、深緑、浅緑
○紫系統は、紫、赤紫、深紫、黒紫
○茶系統は、茶、白茶、深茶
○その他は、黒、樹皮色、金色、銀色

を仮定して、それらに『正倉院古文書』に見える色名と考えられるものを対比させている。さらに、『正倉院古文書』に見えることから奈良時代に用いられたと考えられる染料として、紅花、支子、黄檗、藍、刈安、紫草、茜、搗橡《かちつるばみ》、櫨、蘇芳を挙げて、『延喜式』縫殿寮式の雑染用度にある色名と染料名の関係に基づいて、それら、すなわち『正倉院古文書』に見える色名と奈良時代に用いられた染料とを対比させている。

石田博士の方式により、「現代の色名」と「奈良時代の色名」と「奈良時代の染料名」とが関連付けられたといえよう。前章(一　正倉院の染色染料の化学分析調査)で紹介した神庭信幸氏の研究

（「上代裂に見られる色彩の系統色名」）は、伝存する古裂の色を測定機器（分光光度計）で測定して現代の色名を付けた点が異なるが、同様の主旨の研究と言えるものである。なお、神庭氏の研究では、古裂の変・褪色によりその色彩の復元が困難であることなど、新たな問題提起が行われた。

『正倉院古文書』に見える色名については、関根真隆博士編『正倉院文書事項索引』（吉川弘文館、平成十三年）に詳細に書き出されているので参照することが出来る。

ところで、故上村六郎博士は『万葉染色の研究』における引用はすべて『新訓万葉集』（佐佐木信綱編、岩波文庫）に依ったと記している。それは『定本万葉集』（佐佐木信綱・武田祐吉編、岩波書店）がまだ刊行途中で全巻完結していなかったからだとしている。本稿では『万葉集』の僅か一部分を調べたに過ぎないが、『日本古典文学大系　万葉集一～四』（高木市之助・五味智英・大野晋校注、岩波書店、昭和三十二～七年）と『新編　日本古典文学全集六～九　万葉集』（小島憲之・木下正俊・東野治之校注、小学館、平成六～八年）とを参考にした。このように『万葉集』一つを取っても既に様々な全注全集が公刊されており、現存する全ての古写本の実態を一望出来る専門研究に欠かせない『校本万葉集』も昭和五十四～五十七年、平成六年と増補・改訂が行われている。そして、『古事記』『日本書紀』『続日本紀』『風土記』『懐風藻』『大宝律令（養老律令）』等々の全てにおいて、今日では上村博士が研究を進めた時代とは比較にならない程注記の充実した活字本の出版が相次いでいる。古代染色文化史の研究を発展させる環境が整いつつあると言えよう。

四　植物染料を用いた染色

文献史料を充分に検討して、古代の染色資料の化学分析調査結果を吟味して、現代の材料を用いて様々な染色実験を行い、古代の染め色を推定するという古代染色研究のスタンスは、故上村六郎博士が提唱して以来今日まで同じと言える。では、現代の材料を用いた染色実験にはどのようなものがあり、その結果をどのように解釈すべきであろうか。

植物染料や天然染料と称される紅花、茜、蘇芳、藍（蓼藍《たであい》）、刈安、黄蘗、支子、黄蓮《おうれん》、鬱金《うこん》、紫草（紫根《しこん》）、橡《つるばみ》（櫟《くぬぎ》実）、櫨《はぜ》、丁子（香染《こうぞめ》）、榛《はり》（樹皮及実〈矢車《やしゃ》〉）、柴《しば》、胡桃、山桃（楊梅《やまもも》）、檳榔《びんろう》子《じ》、付子《ふし》（五倍子《ごばいし》）、臙脂《えんじ》等を染料として絹布を染めることは、実は容易ではない（以下の説明に植物の花や葉や根の搾り汁を摺り付ける摺り染めに関するものを除く）。単に色が付くという程のことであれば、染料を煮出して絹布を浸ければ良いように思えるが、そのような天然染料は支子や鬱金を除けば存在しない。媒染剤（古代には主として灰汁と鉄漿《てっしょう》と明礬《みょうばん》とが用いられたと考えられている）を用いなければ発色定着しない染料がほとんどである。紅花に含まれる紅色色素（カーサミン）に絹布を浸ければ直接染着するが、黄色色素（サフロール）と紅色色素とが混在している紅花の絞り汁の中から効率良く紅色色素を取り出すためには経験的に知られる様々な作業が必要である。蓼藍に含まれる青色色素（インジゴ）を絹布に染着させるためには、発酵させて還元《かんげん》しアルカリ性にして水溶性にした物質に絹布を浸けて空中で酸化させる方法によらねばならない（これは発酵《はっこう》建《だ》てで、還元剤等を用いて還元してアルカリ水に溶解させる方法もあるが古代には用いられなかったであろう)。さらに、染料を煮出す際に用いる水の性質や温度、煮る時間や媒染剤の加え方等々に様々な工夫を凝らさなければ濃い色や綺麗な色、あるいは望む色に染まらないのである(長期間かけて蓄積された染色のノーハウは、しばしば口伝として伝わっているが、奈良時代の口伝にあたるものは伝わっていない)。日頃染色実験を行っていない私は、植物染料による染色の困難さについての実感が乏しいが、同種の染料でも採取された年月や場所によって全く染まる色が違うとか、水質によって染め色が違ってくるので良い水の出る所でなければならないとか、鉄やアルミの容器を用いて染色すると金属イオンが染め色に影響する可能性があるというようなことを読んだり聞いたりすることによって、今ではその微妙さを感じるようになり始めている。従来通りに染めているのにまだらになって上手く染まらないこともあり、原因不明のまま染液作りからやり直すこともあるという。『延喜式《えんぎしき》』縫殿寮式《ぬいどのりょうしき》の雑染用度《ざっせんようど》にある黄櫨《きはぜ》、黄丹《おうに》、深緋《ふかひ》、赤白橡《あかしろつるばみ》、青白橡《あおしろつるばみ》、緑などを初めとする様々な交染の場合にはさらに一層複雑である。したがって、植物染料(付子や臙脂《えんじ》を加えれば天然染料というべきである)を用いた染色方法を解説し詳細なノーハウに至るまで紹介している文献は趣味の本から専門書に至るまで多数存在する。しかし、それらは古代の染め色を復元することを目的としている文献ばかりではない。本稿において様々な文献に記された染色方法を逐一紹介することには意義があると思われるが、ここでは古代の染め色を復元する目的で行われた染色実験の中で興味をひかれた茜染めに関するエピソードを紹介するに止める。

茜の染色成分がアリザリンであると考えられて、西洋茜（インド茜）と日本茜との区別が行われていなかった昭和の初め頃に、西洋茜は弱酸性の明礬の水溶液で深紅に近い赤に染まり日本茜はアルカリ性の灰汁で黄みのある赤に染まる（明礬媒染では黄橙色に染まる）という違いに初めて着目したのが故上村六郎博士である。しばらく後に高木　豊博士は、西洋茜の染色成分がアリザリンとプルプリンとで主成分はアリザリンであり、日本茜の染色成分がプルプリンとムンジスチンとで主成分はムンジスチンであることを明らかにした（ムンジスチンの同定に成功した）。両博士は、先に述べたように正倉院事務所に委嘱されて正倉院古裂の染料を抽出して化学分析調査を行い、赤い古裂の染色染料が日本茜であることを実証している。そのような経過を経て、古代の茜染めが日本茜の根の煮汁を用いて灰汁を媒染剤としていることが一般的に知られるようになった。灰汁は『延喜式』によると椿の枝や葉を燃やした灰から作られたものが用いられ、『倭名類聚鈔』によると柃《ひさかき》の灰も用いられた。

上村博士は『延喜式』縫殿寮式の雑染用度の浅緋の項に記載された材料を用いた染色実験を繰り返して（雑染用度には材料の記載があるのみで染色方法や細かい技法は一切記載されていない）、材料の中の米の使用目的がわからないとしながらも、上代の茜の染め色は熟した柿のような赤橙色というべき色であったと結論付けている。これまでに博士が古代の茜の染め色として発表されたものには、濃い鮮やかな赤色のものは見られないようである。そして著書『昭和版　延喜染鑑』（昭和六十一年、岩波書店）（八代将軍徳川吉宗は『延喜式』縫殿寮式の雑染用度にある染法を勘案して染色させた布帛を実物資料として添付した『式内染鑑《しきないそめかがみ》』を享保十四年（一七二九）に作らせた。今だ原本は発見されていないが、写本や増補版とされる色の種類を増加した写本が幾つか伝わっている。それらの中に『延喜染鑑《えんぎそめかがみ》』という名称を付けられたものがあり、本書の名称の由来と考えられる）の中で『農業全書』（宮崎安貞著、元禄十年（一六九七）刊）にある茜染めの方法を紹介している。それは概略次のようなものである。

㈠灰汁の原料は柃の灰とする。灰は通常の一・六倍の分量を用いて灰汁は通常の量（染色する裂地の重さの約二十倍とされる）を作り、灰汁処理（すなわち灰汁に浸けては乾かすことで、博士は場合によっては灰汁を刷毛で塗っては乾かした可能性を示唆している）を裂地の種類に応じて五十五回とか六十五回繰り返す。

㈡茜の根を水に浸けてふやかして、汚れを洗い落としてから煮出す（掘り出した年月に応じて一昼夜、二昼夜と水に浸ける日数を増やす）。

㈢水の量は、茜約五・七kgに対し水約十四・四kgの割合とする。茜を煮出す際に酢を加えること（水約三・六kgに一盃とあり、酢と一所にぬるでの木を入れて煮るとある）。加える酢には楮紙《こうぞがみ》に包んだ熱い飯を入れて塩気を取り去る前処理をしておくこと。

㈣最初の染液の中に布帛を浸けて染色した後、染液を捨てて新たに水と酢を加えて煮出し直す。その中に浸染して染め上がると絞って陰干しする作業を都合九回繰り返す。続いて染液を捨てて新たに水と酢を加えてその中に布帛を浸けて煮出して、煮染をして染め上がると絞って陰干しする作業を三回繰り返す。最後に、まだ湿り気のある中に畳んで、塗り物の桶に入れて一夜置いておく。

以上の中で注目すべき点は、灰汁処理を六十回前後も繰り返すこととか、水には酢を加えて酸化させて煮出すこととか、同じ茜の根を水を替えて十二回煮出すこととかである。この方法は、江戸時代になるとすっかり蘇芳染めが主流になり、ほとんど姿を消していたと言われる茜染めの古法として残っていたものを江戸時代に書き記したものと言われる。したがって、奈良時代に同様の染法が行われていたとは考えられないが、次のように染め色の検討する時に、古代の染法に関して示唆することがあるように思われる。

すなわち、日本茜は赤味の強い濃い色に染めることが難しいと言われている。しかし、正倉院に伝来する赤絁（平織りの絹布）や赤綾などの古裂は、黄橙色から朱色、そして黄色味を僅かしか感じさせない鮮やかな明るい濃い赤や暗い赤まで様々な染め色をしている。朱や黄色味の全く感じられないラッカーやペイントのような赤は存在しないが、かなり濃い色に染められている。そして、それらの赤は全て日本茜で染められたことが実験的に確かめられている（第一章に既出）。このことは、奈良時代に日本茜を用いて絹布を濃い鮮やかな赤に染める方法が確立していたことを意味していると考えられる。その方法であるが、『農業全書』にあるように充分に灰汁処理をした絹布を、同じ茜根から十数番液まで採って、染液を弱酸性にして繰り返し浸染（最後は煮染）することもその一つではないだろうか。日本茜の色素成分には、黄色味の強いものと赤色味の強いものとがあり、最初の煮汁には特に黄色味の成分が多いと言われる。そして、その黄色味の成分を別の裂地に先に染め付けてから目的の布帛を浸染すれば赤色味の強い染め色が得られるとも、黄色味が染着し難い状態にして浸染すれば赤色味の強い染め色が得られるとも言われる。さらに、一度煮出した染液は溶けている染色成分が布帛に染着してしまえば染液としての役割を果たせなくなるので新しい染液に替えるのは当然と考えられるが、既に煮出した染色材を繰り返し煮直しているのは、茜の染料としての性質に関係するのではないだろうか（繰り返し煮だしても、有る程度までは染色成分が出るのかもしれない）。

最後に古代の茜の染法についての興味深い研究（濃い鮮やかな染め色を出す方法についての研究）を紹介してこの章を終わりたい。

故吉岡常雄氏は、『延喜式』縫殿寮式の雑染用度の浅緋の所に記載されている染色材料の米の使用方法について、どろどろの粥状に炊いてその中に浸けた茜根の黄色味の成分を吸着するために用いられたと考えた（『伝統の色』〈光村推古書院、昭和四八年〉）。この方法により黄色味がどれだけ減じて赤色味の成分がどれだけ効果的に染着するのか明らかではないが、黄色味の成分を無くせば濃い鮮やかな赤になることを示している。

宮崎隆旨氏と宮崎明子氏とは、同じ雑染用度の米の使用方法について、玄米を用いて発酵させた発酵液を茜を煮出す前処理の段階で用いたと考えた（「古代茜染に関する一考察」『奈良県立博物館紀要第十一号』〈平成九年〉）。この研究は、茜の根を酸性の発酵液に浸けておけば黄色味の成分の染着性が低化することを示している。そして、染色実験の成果が報告された（作品展として一般公開され、正倉院古裂の中でも濃い鮮やかなものと近似した染め色を示していることが確認された）。

これらの研究は、黄色味のある赤にしか染まらないと考えられてきた日本茜の染液でも、黄色味の成分の染着を防げば正倉院に残る赤の染め色（僅かしか黄色味を感じさせない濃い鮮やかな赤色）を出すことが出来ることを明らかにした。ただし、浅緋綾を染める材料として茜と米と灰と薪とが記されている『延喜式』は、奈良時代から約百二十年後に成ったもので、奈良時代にそのような材料で染色されたことは証明されてはいない。正倉院に伝存する赤味の強い調絁によって、奈良時代に既に地方の諸国においても茜の染液の黄色味の成分の染着を防ぐような染色技法が知られていて、実際に活用されていたことが明らかであると言えるが（正倉院の赤の平絹の多くは地方から輸納《ゆのう》された調絁であると考えられている）、それがどのような方法によるものであったのか、確証となることはまだ明らかになっていないのである。

五　正倉院古裂の染め色

正倉院宝物の科学的調査研究がまだ十分に進展していない時分には明確にし難いことが多くあり、天平時代（奈良時代）（七一〇～七九四）を代表する正倉院宝物がそのまま天平の顔のように見なされたのは止むを得ないことであった。しかし今日では、諸性質の違いや墨書銘《ぼくしょめい》・刻銘《こくめい》・題箋などから幾つかの白銅鏡《はくどうきょう》や繍線鞋《ぬいのせんがい》（女性用の絹の靴）や漆胡瓶《しっこへい》（鳥首形《とりくびがた》の蓋付水差し）や銀壺《ぎんこ》や金銀花盤《きんぎんかばん》や佐波理皿《さはりのさら》・加盤・匙や毛氈《もうせん》類や香薬類など、舶載品であることや時代が異なることが明らかな品物がほぼ判明している。それらに加えて、ラピスラズリや碧玉《へきぎょく》や象牙や犀角《さいかく》など舶載された材料を用いて国内で生産された品であることが明らかなものや、光明皇后の献納品目録（『国家珍宝帳《こっかちんぽうちょう》』）に天武天皇（在位六七三〜六八六）から孝謙天皇（在位七四九〜七五八）まで伝えられたことが記されている赤漆文欟木厨子《せきしつぶんかんぼくのずし》、慶雲四年（七〇七）銘のある『詩序《しのじょ》』、和銅七年（七一四）銘のある甲斐国《かいのくにの》調絁《ちょうのあしぎぬ》（北倉百四十一金青袋《きんせいのふくろ》に用いられている）、唐の開元四年（七一六）（霊亀二年に相当する）銘のある墨などを除けば、正倉院宝物の大多数は天平時代の爛熟期と言うべき頃の国産品であると考えられている。特に染織品は、僅か数点の舶載品と甲斐国調絁（前記）のような例外的なものを除いて、ほとんど全てが天平時代爛熟期の国産品である。すなわち、正倉院宝物は、平城京遷都（和銅三年（七一〇））を境にして幕を開けた絢爛たる天平文化の穏やかながらも荒々しさの残る初期的な時期ではなく、律令制の矛盾が露呈し始めて政権争いが深刻化し、退廃・沈滞・爛熟・陰鬱・繊細という表現が当てはまる時期のものであるとみなされる。勿論、正倉院宝物が天平文化の大輪の華であるということを否定することはできない。ただ、次の平安時代に通じる天平時代の少し進んだ頃のものであるという認識を持って、天平初期のものとの微妙な違いを意識することには重要な意味があるといえよう。すなわち、正倉院の染織品の大部分が天平時代後期の国産品であり、その染め色は第八〜十回遣唐使、その中でも特に第九回遣唐使（多治比広成を大使として天平五年（七三三）に出発、天平六年に玄昉や吉備真備らが帰国した）と十回遣唐使（藤原清河を大使として天平勝宝四年（七五二）に出発、天平勝宝六年に副使の大伴古麻呂が鑑真和上ら唐僧八人を伴って帰国した）のもたらしたと思われる唐の最新の染色技法を強く反映していると考えられる。

正倉院古裂が初めて一般公開されたのは、大正十四年四月十五〜三十日に奈良帝室博物館で開催された「正倉院宝物古裂類　臨時陳列」と名付けられた展覧会である。大きな反響を呼び、その当時で十六日間に二万五千人近い入場者を数えた。鮮やかな色彩を伝える正倉院古裂の評判は高まり、図録の出版が計画され、法隆寺献納宝物裂も加えた『御物上代染織文』（全二十四輯、昭和二〜四年、帝室博物館発行）が逐次刊行された。この時代にオールカラーの図録が刊行されるのは異例のことである。その間、昭和三年四月十四〜二十九日には東京帝室博物館で「御物上代染織特別展」が開催された。昭和七年四月二十三日〜五月八日には奈良帝室博物館で「正倉院整理古裂第二次展観」が開催され、昭和十五年十一月五〜二十四日に東京帝室博物館で開催された「正倉院御物特別展」に出陳された百四十四件の宝物中には三十数点の染織品が含まれていた。

正倉院古裂への関心が非常に高まったのは、その色彩の鮮やかさの故とも言われる。「天平時代の色彩が現代にそのまま甦った」という表現がしばしば用いられる。しかし、それは客観的な観察の結果ではなくむしろ願望であるように思われる。この願望が叶えられないことは、正倉院古裂の染料の化学分析実験（昭和二十八〜四十四年）によって実証されている。経年変化による色素分解とそれに伴う変・褪色が明らかにされたからである。

部外の研究者にとって正倉院染織研究の根本資料の一つである『正倉院宝物　染織　上・下』（正倉院事務所編、朝日新聞社発行、昭和三十八、三十九年）の刊行の目的には、正倉院の染織品の色彩保存を図ることが謳われている（最近、増補・改訂された『新訂　正倉院宝物　染織　上・下』〈正倉院事務所編、朝日新聞社発行、平成十二、十三年〉が刊行された）。染料の化学分析実験結果を受けて、移ろい易い染め色の現状を後世に伝えようとしたに違いない。私は正倉院古裂を見続けて二十数年になるが、その間に染め色の変・褪色を感じた覚えはない。しかし、確実に化学変化は進んでいるはずである。それが非常に緩慢なために、一千二百数十年を経た今日でも目に鮮やかな印象を与えるのであろう。土の下に埋まっていたり日の光の差す環境に置かれていたり風雨に曝されていたら、少なくとも今の色彩が伝わらなかったことは確実である。染料物質に化学変化を生じさせる要因は、紫外線・温湿度・空中の酸素・埃・黴・害虫・鼠など様々であると言われる。空気の流通しない冷暗室に外気を遮断して置くのが理想かもしれないが、そのような環境を維持することは不可能に近い。保存環境に出来るだけ配慮しながら色彩の維持に努めて、正倉院の染め色を次の世代に伝えることが可能な範囲で最も大切なことではないだろうか。

正倉院古裂に残る染め色はバラエティに富んでいる。それは、そもそも赤、青、黄、紫、茶褐色等のそれぞれを様々な色味に染めたことと（文献によって様々な色名がある。正倉院古文書にみられる赤の色には、赤、紅〈浅・中・深・滅、緋〉、蘇芳があるという）、植物染料で染めたために毎回微妙に異なる色味に染まったことと、その後の変・褪色の程度の違いによると考えられる。経年変化による褪色の問題は、現に存在する色彩を信じられなくしてしまうやっかいなものであるが、肉眼観察と分析機器を用いた調査を続ければ、何時か天平盛期の本当の染め色が明らかになることであろう。

六　終わりに

正倉院の染め色について語る時に、一　正倉院の染色染料の化学分析調査、二　近年増加した古代の染色資料、三　文献史料からみた古代の染色染料について、四　植物染料を用いた染色、五　正倉院古裂の染め色（現状）の五つを外すことは出来ないと考えて、それぞれの章立てをして述べた。各分野に諸先学の研究の蓄積が数多くあり、その一端を紹介することに追われた感がある。それでも、最近の実物資料の増加（未整理古裂の整理の進捗と新資料の発掘出土による）と文献史料の充実と分析機器の発達は、この分野（古代染色文化史）の研究のさらなる発展を予感させる。本稿において今後の展望についても触れたつもりである。言い足りないことばかりが目立つが、正倉院古裂を中心とした我が国の古代染色文化史研究について、駆け足ながら一巡りすることが出来たと思う。何かの参考にして頂ければ幸いである。

（付記）本稿で用いた『万葉集』は、『日本古典文学大系　万葉集一～四』（高木市之助・五味智英・大野晋校注、岩波書店、昭和三十二～七年）である。校注などについて『新編日本古典文学全集六～九　万葉集』（小島憲之・木下正俊・東野治之校注、小学館、平成六～八年）を参考にした所がある。

古代美術の色――万葉時代の――

百橋明穂

万葉集に歌われた四千五百十六首の歌を通して、古代日本の原風景を想像するに、緑なす山や野辺に囲まれ、咲き誇る紅や白の花に包まれ、朝な夕なにゆく雲や流れる水に、光が散乱して明るく輝き、また陰っては様々な階調を織りなしていたであろう。そこには人々の心に映る自然の姿がある。ものには固有の色はあるのだろうが、人の目には光の反射として様々な色に映って見える。同じものでも昼と夜では当然異なった色調に見える。山川草木や、空や大地の固有の色以外に、人の目に映る微妙な陰影の違いをも意識したのであろうか。万葉集には桃、梅、桜、藤、萩などといった固有の花の名は登場するが、それらを抽象化した色名や微妙な色感の違いを表現した歌や単語は少ないように見受けられる。あえて言えば、花や、緑に対してはそのものの名を呼ぶことはあっても、抽象化してその色名で呼ぶことは少ない。桃はあくまで桃であり、桃の花の色は「紅」であり、それ以上の微妙な識別は意識されていなかったのである。女性の穿く裳はやはり「紅」であり、波はあくまで「白浪」であり、衣は「白妙」なのであろう。ただ紅が「にほふ」「めづらし」という言い方で、その美を賞賛していた。(注1)具体的な固有の物質名で呼ぶ以外にそれ以上の抽象化は必要がなかったのであろう。(注2)「ぬばたまの」は黒ないしは夜を象徴し、また「あかねさす」は昼を表す詞として対概念をなしていた。朝方や夕暮れのような光の陰影の変化に視線を向けると言うことはあまり見られない。また一方で色の変化や色感の違いにさほどの神経を配っているようには見えない。ただ例外として「紫」がある。もとは紫草から来た色名ではあるが花や自然の色としてではなく、衣の染色として「紫」と抽象的な色名で呼ばれている。身につける衣服、殊に女性の衣に関しては、やや色の違いを意識的に表現している。たとえば、巻十二の「物に寄せて思を陳べてたる」歌（二九六四―二九七七）には、衣の染め色について、「紅薄染衣」とか、「橡《つるばみ》之一重衣」、「桃花褐《つきそめ》浅等乃衣」「藤衣」「赤帛」「紫」「紫帯」など、色名や染料名でもってその染色の違いを表している。さらに巻十二の「紫は灰指すものそ海石榴市《つばいち》の八十の衢《ちまた》に逢へる児や誰」（三一〇一）ではその染め方までも理解しており、服飾における紫色への格別の思いが伝わってくる。(注3)しかし素朴なのは巻七の「住吉の浅沢小野の杜若衣に摺りつけ着む日知らずも」（一三六一）であろう。当時の衣服の染色は、身近にあった草木染めの淡い色調であったのであろう。そんな中で、意識的に目に鮮やかに映った色としては、韓紅《からくれない》、や韓藍《からあい》(注4)がある。韓衣《からころも》、高麗錦《こまにしき》など、唐や新羅の染色や染織品であった。(注5)一方でその染め色の退色によるはかなさを意識していたようで、「紅《くれない》は移ろうものそ橡《つるばみ》の馴れにし衣に若かめやも」（四一〇九）という。しかしこの歌は万葉集にしては珍しく衣の染色（もしくは染料）をうつろう恋の喩えにしており、身につける衣の染色には多大の関心と知識があったとわかる。(注6) すなわち色に対する感覚は、染色、染料名ないしは身につける衣の名称から識別していたといってもよい。(注7) それは身につける衣に関して、具体的に厳格に注意を払わなければならない社会体制がすでにあったからである。飛鳥時代推古十一年（六〇三）に聖徳太子によって冠位十二階が制定され、その位階は冠や衣の色に示された。中国の五行思想に基づいて、紫、青、赤、黄、白、黒、の六色を濃淡で分けて、都合十二階に区別された。政治の表舞台ではそのように明確に地位や身分が識別（色別？）されていたのである。しかもその中で紫は最高位の色とされて尊重された。以後もしばしば着衣に関する規制が行われている。ことに天武朝には唐の制に習って大きく改正され、やがて天平時代の細かな衣服令へと法制化してゆく。(注8) 高松塚古墳壁画に描かれた男女群像の着ている衣はまさにその規定に従った服制であろう。(注9) 一位の深紫にはじまり、緋、緑、縹《はなだ》、とされる。さらに無位は黄袍で、さらに家人、奴婢は橡墨衣《つるばみすみそめ》という。その服色の染料にも規定がある。(注10) しかしながら万葉集の世界では渡来した異国の文化や文物、また国家や政治の表舞台の動向などが歌われることはほとんどない。(注11) そのため、当時の官僚社会での着衣の色による地位や身分の識別が歌心に影響をあたえることは少なかったといえる。

日本語の中にはどうしても抽象的にものごとを表現する単語が少ない。もしあるとすれば、それは枕詞のような定型句としてあるようである。枕詞として定型化している詞には本来の古代の人の目に映った共通認識としての色感が見て取れる。「色の万葉集」に古代美術における古代の色という課題を与えられたとき、すぐに思いついたのは有名な次の歌であった。

太宰少弐小野朝臣が天平初年に歌った太宰府における望郷歌

「あをによし寧楽《なら》の京師《みやこ》は咲く花の薫ふがごとく今盛りなり」　（三二八）

ここであをによし（青丹吉）という枕詞は、単なる枕詞ではあるが、壮大にして華麗なる建築群が立ち並ぶ平城京の様を彷彿とさせる。天平初年に歌ったとされるこの歌に詠われた寧楽の都は、当時日本のどこを探しても見あたらない、また中国、朝鮮の都を模して壮大な建造物群を次々と造営していた大和朝廷の都城であった。すなわち高い基壇の上に建ち、朱塗りの柱が並び、灰青色の屋根瓦や緑釉の磚、垂木や組み物は黄色や白の顔料が塗り込められ、垂木先には黄金の金具が輝く。時には重層の宮殿や寺院の金堂、五重塔も見える。支輪板《しりんいた》や組み物、柱や長押《なげし》や貫《ぬき》には華麗な文様が施されていたに違いない。その文様はそれまで見たこともない異国の唐草文や宝相華文などの植物文様である。また当時の日本にはない珍しい禽獣や昆虫の文様もあったかもしれない。言葉よりも実体のほうが先行して、それを抽象化して表現する単語が見あたらないというべきであろう。しかしかえって「あをによし」と言い切った詞の力強さが響いてくる。万葉の魂がここにあるというべきであろう。

さて、中西進の言う平城万葉、天平万葉の時代、すなわち、大伴家持の時代は聖武天皇を頂点とする国際的な環境の中での国家建設の渦中にあった時代である。ことに東大寺の造立は当時の建築、美術工芸の技術の集積であった。当時の大仏や大仏殿を垣間見る遺品は少ないが、正倉院文書に大仏殿の彩色に関する資料が残っている。[注12]「畫師行事功銭注進文」[注13]によれば東大寺大仏殿の須理板（支輪板）や花実・蓮花（天井や柱か）の文様彩色に関わった画師の出来高払いの功銭（給金）が記されている。それによればその作業工程には、彩色《さいしき》、堺畫《かいが》、塗白土《ぬりはくど》（緑青《ろくしょう》、同黄《とうおう》）、木畫《もくが》、堺畫朱沙《かいがしゅさ》（并墨）、などとその作業の工程に合わせてそれぞれの画師を配置して行っている。彩色は下絵に合わせて顔料を塗ってゆく作業である。堺畫はまず下図となる粉本を作成することと解釈されている。しかしその作業量からして、単に原画を作成しただけとはいえないのではないかとも思われる。さらに描くべき板に下絵を写し取ってゆく作業を含むのではと考えられている。塗白土は描くべき板に下地としての白土を均一に薄く塗る下地作りである。さらに、木畫は、正倉院宝物にあるような木象眼の技法とはにわかには考えがたいが、また従来のように粉本をもとにそれを描くべき板に転写してゆく工程としては画師の人数が少ない。柱や天井などの装飾文様帯の境をなす文様帯に幾何学的な文様を描く作業かもしれない。さらに堺畫朱沙（并墨）は絵画制作の最後の描起である。彩色塗りの終わった画面の文様や図柄の輪郭に、朱ないし墨（黒）で最終の界線（描起）が引かれて完成する。よって初めの堺畫と後の界畫朱沙はベテラン画師の仕事であったろう。このようなリーダー的な画師は、平安時代には墨書と呼ばれ、この任に抜擢されることはなによりの名誉であった。この絵画制作の作業工程は実は今日にまで続く東洋絵画の基本的な技法である。今に残る古代絵画は皆この技法によっている。

　飛鳥時代以来、仏教美術の伝来とともに作画技法は朝鮮半島や中国大陸から伝来した。それは単に技術が伝えられたわけではない。それを持った技術者としての画師が渡ってきたことによるのである。すなわち『日本書紀』によれば、聖徳太子の時代、推古天皇十二年（六〇四）に官の画師として黄書《きぶみ》画師と山背《やましろ》画師とを定めたとある。また『聖徳太子伝暦』によれば、同年黄文《きぶみ》、山背《やましろ》、簀秦《すはた》、河内《かわち》、楢《なら》の五姓を定めた。いずれも百済や新羅、高句麗などからの画師であった。このように最初は大陸伝来の技法として絵画制作を行っていたが、やがて奈良時代になって律令体制が確立すると、先の世襲的に画技を伝えてきた特定氏族からなる画師集団は官の工房に組織的に再編された。大宝元年（七〇一）に施行された大宝令によると中務省の下に画工司《えだくみのつかさ》が設置されている。また『令義解』職員令によれば画工司には事務官である正《かみ》、佑《すけ》、令史《さかん》各一人がおり、その下で実技制作にあたる画師《えし》四人、画部《えかきべ》六〇人、さらに雑役として使部一六人、直丁一人が定められていた。『令義解』官位令によれば正は正六位上、佑は従七位下、令史と画師は大初位上であった。ここでいう画師四人は先述した堺畫にあたる主導的な画師であろう。しかし相次ぐ造寺、造仏に伴う作画需要の増大に次第に画師の地位は向上し、やがて本来事務官である令史、佑、正に画師や画師氏族出身者が技術官僚として活躍する例が多くなってくる。また正倉院文書などによれば多くの画師達が位階を与えられていることが判明する。東大寺の造営が始まると一層技術者への仕事の増大に対処するために、「造東大寺司」が設置されて、大規模造営を推進することとなった。また造東大寺司の下に「造石山院所」や「造法華寺司」などが設けられ、多数の画師達が造寺の現場に派遣された。そこには従来の画師姓を名乗る特定氏族出身者だけでなく、それ以外の一般の氏族からも画技に長じたものが抜擢された。正倉院文書には彼らの活躍の様を伝える記録が散見される。(注14) 中には画工司の正に任官する者や規定の位を超えた位階を与えられる者などを輩出した。画工司正となった者には、天平宝字三年（七五九）に外従五位下宇自可臣山道《うじかのおみやまみち》がいる。(注15) また宇自可（牛鹿）の一族の画工司の画部牛鹿足嶋は従八位上となっている。(注16) このほか正倉院文書には多くの画師達の活躍を伝える記録が残されているが、今日これらの画師達の確証ある手の跡はほとんどない。わずかに確認されるのが造東大寺司の画師であった上村主楯《かみすぐりたて》万呂《まろ》の活躍がある。(注17) 実際の作品は現存しないが、制作の実例は正倉院文書などから判明する。画工司や造東大寺司における当時の画師の仕事は、仏画や障子絵の絵画制作はもとより、仏像の彩色、仏堂の堂内彩色、仏具や調度品のデザインや下図の作成と彩色、経巻の装飾などがある。さらに地図の作成も画師の仕事であった。このように平城万葉、天平万葉の時代において当時の美術制作に関わった画師達（あえて画家とは呼ばない）は大陸伝来の技法と工程に従い、高価な輸入物の顔料や染料を用いて作画にあたり、東大寺大仏殿や大極殿などの壮大な建造物を丹塗り、文様装飾を施し、華麗な彩色を行い、また壁面には壁画を次々に描いていった。一方で、東大寺大仏開眼に奉納する仏具、道具、荘厳具や、正倉院宝物などの天皇を中心とする宮廷の調度品や屏風などにも、細密な作業と技でもって美しい工芸品を制作していた。異国情緒あふれるデザインや鮮やかな彩色は見る者を圧倒したことはまちがいない。今に残る正倉院宝物や今日に伝えられた貴重な美術作品を見るとき正に了解されよう。いずれも大陸伝来の図像やデザイン、そして豪華で鮮やかな彩色を伴い、燦然として目映いばかりに奈良の都に輝いていたと推定される。穏やかな山川草木に囲まれた日本の風景、風物とは全く異質な別世界を表現していたと見る方がよいであろう。まさしく絵空事的な美術の世界にのみ花開いた先進的な大陸文化の直輸入であった。やや時代は上がった白鳳時代の法隆寺の金堂壁画などの寺院壁画や高松塚古墳壁画やキトラ古墳壁画を見ると、やはり優れて明確な形態表現と対比的な色調は同様の絵画原則であることを物語る。寺院壁画や古墳壁画を描いた工人の実像は未だ明確ではないが、飛鳥時代に制定された渡来系氏族からなる画師と奈良時代の画工司に組織された画師集団との間にあることは明らかである。七堂伽藍を列べた寺院には唐から伝わった最新の仏教図像に基づいた浄土変や四方四仏をテーマにした壁画が描かれ[注18]、古墳にも四神や十二支、天文図などの中国古来の思想と図像が反映していた[注19]。

さらに「東大寺政所符[注20]」では大仏殿に廂の天井や須理板の彩色のための顔料が支給されている。それによれば、赤系として、朱沙《しゅさ》、丹《たん》、同黄《とうおう》、烟子《えんじ》、青系では、金青《きんせい》、白青《びゃくせい》、白緑《びゃくろく》、藍花《あいはな》、そして胡《ご》粉《ふん》、墨、金薄《きんぱく》、銀薄《ぎんぱく》などがあげられている。このほか同時代の正倉院文書に伺われる寺院の堂塔の彩色に用いられた顔料としては、空青《くうせい》、青黛《せいたい》、紅青《べにあお》、蘇芳《すほう》、紫土《しど》などがある[注21]。朱沙は辰沙とも呼ばれ、水銀の化合物である硫化水銀である。高温で蒸発する。丹は鉛丹《えんたん》とも呼ばれ、鉛の化合物（四酸化三鉛）で、高温で密陀僧《みつだそう》（一酸化鉛）に変化する。同黄は銅黄とも表記されるが、本来は藤黄である。東南アジアに生えるガンボージと呼ばれる植物から採取される樹液である。植物性の染料である。透明度が高く、そのままでは薄くて質感がないので、白の鉛白の上に塗り重ねて用いる。烟子《えんじ》は臙脂《えんじ》ともされ、赤紫色を呈する。製法は四種類あるが、いずれも鉱物質の顔料ではなく、有機質の染料である。紅花の色素を抽出したものや、インド・東南アジアで取れるラックカイガラムシが分泌する液で紫鉱《しこう》（ないしは紫鉚《しりゅう》）ともよばれるものや、中南米原産の臙脂虫というコチニールから抽出されるものや、さらに蘇芳から明礬《みょうばん》を加えて煎じたものなどがあり、古代の場合ラックカイガラムシからの臙脂が可能性が高いとされている。蘇芳はインド・東南アジアに産する豆科の木から染汁をつくり、灰汁を媒染《ばいせん》に用いて赤紫を発色させる。有機の染料である。紫土は紫色を発色する顔料で、本来赤色を発色するベンガラの中で、やや紫に近いものと考えられており、酸化鉄を成分とし、赤紫を呈する。一般には紫は単体では発色せず、平安時代では朱と群青や藍との混色、またはベンガラと群青との混色によるものを紫土としていた。(注22) ベンガラと同じ成分である黄色を呈する黄土（含水酸化鉄）がある。これらは鉄を主成分とする安定した顔料である。寒色系では金青、空青、白青のいずれも藍銅鉱（塩基性炭酸銅）を粉砕した顔料である群青のバリエーションと考えられている。すなわち群青は粒子が粗いと濃い発色となり、細かいと青味は薄くなる。よって金青はもっとも濃い青で、別名紺青とも呼ばれる。空青は今で言う群青で、粒子の細かいのは白青で、今日では白群である。緑は孔雀石（塩基性炭酸銅）から作られる顔料で、群青と同様な粒子によって緑青と白緑とに分けられる。このように群青と緑青とでは主成分は変わりないが、群青は産出量が少なく、高価な顔料であったとされる。そのため代用群青が用いられる場合がある。それは黄土に藍を染めて群青色を出すもので、壁画の背景などの下地塗りに使用されることがある。藍は退色が早くやがて黄土色に戻る。このほか白色では胡粉がある。この胡粉は古代においては鉛白（塩基性炭酸鉛）のことで、鎌倉時代以降に使用される貝殻を砕いて作られる貝殻胡粉とは異なる。鉛丹などと同じ成分である。一方で、壁画の下地塗りに使われるのは白土で、珪酸アルミニウムを主成分として安定した顔料である。他方古墳壁画では白地下地には漆喰が用いられた。生石灰（酸化カルシウム）に砂やスサを混ぜて壁画の下地とした。

彼ら絵画制作に当たった画師（工人）達に与えられたパレットには、高価で貴重な絵具が、しかも色数の少ない絵具が支給されたと思われる。暖色系の丹や朱は上質のものは、おそらく大陸からの輸入品として、貴重品であったと思われ、今も正倉院には薬として、また顔料としての丹が保存されている。(注23)寒色系は顔料としては青の群青と緑の緑青しかなく、染料の藍は退色が早く、絵具としては有効ではなかった。しかも群青は高価でわずかしか使えなかったであろう。よって青、緑の中での濃淡による階調はできるが、それ以上には元々持つ顔料の成分による色調の差異はあっても、画師が自由に配色を選ぶことはできなかったのである。暖色系についてはやや選択肢は多い。紫から赤紫、濃い赤、黄色い赤、濃い黄色、薄い黄色、褐色がかった黄色など、かなりの変化幅があり、顔料や染料との組み合わせで色調のグラデーションを表すことは可能であった。しかし植物から採る染料を用いる草木染は衣服の染色には行われても、絵具として絵画に用いられた痕跡は少ない。退色が早いからであり、一方で、大陸からの作画顔料には無いからであろう。(注24)また当時は顔料同士の混色や重ね塗は、いくつかの例外を除いて行われなかったか、あるいは忌むものとされた。(注25)それは混ぜ合わせることによって化学反応を起こして変色する原因となることが既に知られていたからである。そのため、必ずしもパレットには色数が豊富というわけではなかった。むしろ限られた絵具を用いて作画しなければならないと考えるべきであろう。しかしそれはかえって明快な色彩対比を表現することになる。彩色の点から見ると、当時の絵画技法では、微妙な色調の自然界を写し取ることよりも、暖色系と寒色系による色面の色彩対比が強いものであった。基本的には寒色系は青の群青と緑の緑青であり、暖色系は赤の朱や丹、乃至は中間色の紫である。

さて、正倉院宝物のような唐代の美術工芸を直模した場合では、その彩色装飾の配色の原則は当然中国唐代の目に鮮やかで派手な異国情緒たっぷりの華麗なものである。それとは傾向を異にする万葉人の目に好ましい色感として表現された絵画や工芸品がないものだろうか。残念ながらほとんどない。今日に伝わるわずかなものの中で、今唯一の日本の風俗画といえる高松塚古墳壁画がある。高松塚古墳が明日香村の天武・持統天皇合葬墓、文武天皇陵の南の小さな墳丘に壁画墓として発見されたのは三十二年前の昭和四十七年のことであった。そこには四神図や天文図などの中国古来の陵墓の伝統的な主題を持つ壁画があった。しかし東西壁に描かれた男女群像はその主題的な先例はもちろん中国の陵墓壁画に求められるが、描かれた人物像はどう見ても当時の日本の宮廷の男女を表した風俗画であった。石室の東西両側の壁に、奥（北）に女子四人ずつ、手前（南）に男子四人ずつの合わせて八人ずつの男女群像であった。まず男子群像から見てみよう。頭に薄い黒地に菱文のある冠を被り、着衣は上着はゆったりとして、襟は左衽で蜻蛉頭で留め、袖は筒袖風で、腰に細い紐で締める。下には袴を穿き、足には線鞋を履く。今問題は上着や袴の色であるが、緑、青、黄、薄墨の四色で、袴はほぼ白である。先述の衣服令によると下級の官人の服飾となるが、はたして厳密にそれを表したものかどうか。一方の女子は、着衣は同様にゆったりとした上着で、襟は左衽で蜻蛉頭で留め、幅広の筒袖、腰に細い紐で絞める。下には縦縞模様の裳を着ける。上着は淡緑、黄、赤、淡赤紫で、裳には縦縞模様があり、青や緑一色による縞模様もあるが、四色による塗り分けが目を引く。そこには淡赤紫、緑、赤、青の配色である。顔料の解析によれば、青は群青、緑は緑青、赤は朱、黄は黄土である。問題は淡赤紫であるが、朱と白色顔料（種類不明）との混合物と推定されている。(注26) もしそうとすれば通例からみて濃い紫系より、紅色（ピンク）に近い色調かともいえる。先述したとおり、紫は単独の顔料はない。朱に藍を混ぜたり、紫土と呼ばれるベンガラのなかでも紫色の強いものを選ぶか、臙脂や蘇芳といった有機染料を用いるかであるが、ベンガラは重い質感があり淡赤紫には合致しない。また有機染料は絵具としては退色が早く安定しない。紫色の確認は意外に困難なのである。すでに経年変化を経て退色してしまった色調から復元的に推測するほかはない。正倉院宝物にはこの赤紫色を工芸の彩色に用いた例が見出される。二〇〇三年秋に開催された第五十五回正倉院展(注27)に染織品で、「綾臈纈絁間縫裳《あやろうけちあしぎぬのまぬいのも》」が出陳された。赤地臈纈絁と紫綾と緑糸織色綾の三種の細長いきれを縦につないで縫い合わせた縦縞模様になっている。すなわち赤、紫と緑の三色の縦縞で、まさに高松塚壁画の女子群像の裳に近い。高松塚古墳壁画の女子群像に描かれた裳はまさに当時の女性が身につけていた裳の色を反映した色であり、また好ましい色であり、さらに華やいだおしゃれの先端を行く服飾であったと見てよい。

　殊に紫は濃い紫で、赤や緑とともに独立した色として意識されている。奈良時代の正倉院「粉地彩絵八角机」や「漆金薄絵盤」（香印座）の蓮弁などには、赤紫色が見出され、青、赤、緑、紫の四色の組合わせが対比的に用いられている。「紺丹緑紫」(注28)の四色の組合わせは平安時代に定型化される日本の好尚による創造とされたこともあったが、むしろ白鳳、奈良時代から新たに始まった色感であったことになる。飛鳥時代に仏教美術として大陸から伝来していた従来の絵画技法にはないが、白鳳・奈良時代になって新しく盛唐絵画に吸収された西方的要素の一つとして、日本に流入してきたと考えられるようになった。(注29)なぜなら中国の画史にも紫としては紫鉱があげられているのみで、すなわち中国の伝統的な絵画技法ではそれほど尊重されていない。紫色が、繧繝《うんげん》彩色とともに、宝相華文様や唐草文様などの西方的な文様や装飾彩色において多用されていることからも伺える。この第五十五回正倉院展にはさらに「紫鉱」とされる「くすり」が出陳された。インド・東南アジアで取れるラックカイガラムシの樹脂とされる。よって奈良時代には確かに紫色が彩色に用いられたことは間違いない。

奈良時代の寺院の堂内彩色では、唐草や宝相華などの文様彩色を見ると、天平二年（七三〇）に新築されたとされる薬師寺東塔の天井や支輪板の唐草装飾文様では、白土地に朱線で文様の輪郭を描き、緑青・朱・紫土の顔料を三段の繧繝で中を塡めている。(注30)一方宝亀年間（七七〇年代）とされる唐招提寺金堂の支輪や天井には、装飾文様として宝相華文や唐草、さらに飛天や菩薩といったかなり豊富な文様が施されている。(注31)特に宝相華では白土地に朱線で輪郭をとり、緑青系、群青系、紫土系を三段の繧繝で彩色している。三段の繧繝は緑青系では、緑青、白緑、白であり、群青系では群青、白群、白であり、紫土系では、黒、紫土、白の三段である。この場合の紫土はベンガラとされる。このように繧繝模様を有効な彩色の技法として用いて多彩な変化を付けている。繧繝はもとはイランやインドなど西方での立体感を表す絵画技法で、薄い色から次第に濃い色へと変化させ、そのグラデーションでものの起伏、凹凸を表現した。おなじ第五十五回正倉院展に「絵紙」が出陳されたが、その絵紙を巻く軸端に、青系、赤系、緑系、紫系の四色を三段繧繝に装飾している。このように奈良時代に入ると、単なる色の組合わせから繧繝という西方伝来の絵画技法を駆使した配色法が発達する。赤、紫、橙などの暖色系と青、緑の寒色系からなる色の組合わせによる配色法から一歩進んで、三段乃至四段の縞状に濃淡を深める繧繝法によって、一層の彩色の表現を増したのである。しかも宝相華文や唐草文といった西方伝来の豪華絢爛としたモティーフに応用された。当時の万葉人にとっては、見たこともない不思議な絵画世界であったと思われる。万葉人の生活空間や、自然の風物には全くない、ある意味ではかなりどぎついものであったろう。そのためか、万葉の言葉ではとうてい表現できなかったのであろう。

繧繝彩色法は奈良時代の初めに盛んに仏像や寺院の堂塔装飾に導入されたが、その原初的な繧繝は既に飛鳥時代の天寿国繡帳などに見られるものの、まだ本格的な法則が確立していない初期的なものとされた。(注32)縞状をなさない単なる暈《ぼ》かしはすでに仏菩薩の肉身部に採用されている。面部や体部の起伏を濃淡の色の変化によって表現したものである。橘夫人厨子板絵や法隆寺金堂壁画の仏菩薩像の面部に見出される。一方で、高松塚古墳壁画の男女群像にはほんのわずかではあるが、頰紅を点《さ》したように薄い暈《くま》が見える。大陸から伝来した仏教美術の仏菩薩の表現はともかく、高松塚壁画のように日本の宮廷の男女を描くとなると、暈取りさえもが躊躇されているようで、西方ゆかりの凹凸の表現法である暈取り法も、十分には理解されていたとは見えない。それでも本格的な縞状をなす繧繝は、文献には、和銅六年（七一三）に右京人支半干刀と河内国志紀郡人刀母離余叡色奈が暈綱色を染作りて、献じて、それによって従八位下を授かったとある。(注33)繧繝として意識的に区別されており、これは絵画というより染色のようであるが、よほど繧繝（暈綱）は珍しい技法と当時の人の目には映ったのであろう。ほぼ法隆寺金堂壁画が描かれたとされる時期に当たる。同じ色の濃淡を段層的に塗り重ねてゆく本格的な繧繝法に則った例は法隆寺金堂壁画に初めて見られる。金堂壁画だけでなく、金堂の天蓋や天井や支輪板の彩色にも見出される。八世紀の初めが絵画世界に盛唐からの大きく強い影響が伝来した時期である。そしてそれがもっとも精彩をはなって華麗な世界に花開いたのが言うまでもなく正倉院宝物の世界であろう。現実の身の回りの世界を具体的な物質や染色に託し、喩えて歌った万葉集の世界とは、全くかけ離れた色彩の競演であった。

万葉時代の掉尾を飾る人物像として忘れることのできない作品は薬師寺に伝わる「吉祥天女像」である。薬師寺において吉祥悔過会が始められたのは称徳女帝が没した翌年の宝亀二年（七七一）であったとされる。その本尊である吉祥天女像はまさにそれまでの彩色・顔料と技法の粋を尽くした作品といってよい。目の詰まった麻布に精緻な描写で描かれ、繧繝や暈かしを加えた衣には細かな花文や宝相華文に近い団花文、そして菱文などを施し、さらに肉身部の顔や手にはうすい淡紅色の暈取りを点すなど、量感あふれる写実性のこもった表現は堂々とした豊穣の女神である吉祥天女であり、一方で唐の貴婦人の姿をも彷彿とさせる。しかし用いられた顔料はやや具色（混色）に近い微妙な中間色が多く、丹地の背子には白い照暈《てりぐま》（ハイライト）状の透けて見える天衣が重なり、また濃い紫の大袖の四花文には金箔が光る。裳の緑もややくすんだ色調で、四菱文の微妙な赤紫の色と調和する。このように極彩色の色彩対比から、微妙な中間色や色調の使い分けへと移行し、また文様彩色も細やかな落ち着きを表現するようになってきた。次第に日本の色調、色感に合致する方向が伺われる。

一方日本の風物や風景を、自然を絵画で表現するようになるには絵画世界における彩色原則や顔料の制約という呪縛からの解放が必要であった。むしろ我国の風景を表現した最も素朴な作例は墨とわずかな彩色による、荘園図や開田図などの絵図、文様的な山水画に見出される。唐代の遠近法の発達した構築的な山水画をそのまま模倣・模写することはできても、その作画原理を日本の風景に応用することは至難の技であった。ましてや色彩も同時的に援用しようとすれば、到底不可能なことであった。そのためまず身の回りの風景や風物の形をとらえることから始まった。それにやがて彩色を加えていったのである。絵画において形をとらえる線描とそれに彩りを点す彩色とはかなりの階梯があるのである。今日正倉院に伝えられている「麻布山水図」や「東大寺山堺四至図」、さらに「東大寺開田図」などをみると、やがて大和絵と呼ばれる、日本の風景画や山水画が成立するごく初歩的な段階にあることが分かる。しかしそこには構築的な自然観をもつ大陸的な絵画様式とはまったく異なる、日本の親和的な自然観を表現しようとする絵画様式への傾向を見ることができる。(注34)色彩においてもやがて日本独自の色感を絵画に表現することができるようになる。万葉時代はまだその意味では顔料（絵具）の制約下に苦しんで、また大陸伝来の技法の束縛にもがいていた時代かもしれない。にもかかわらずすでにその予兆は万葉時代に培われていったのである。やがてそれまでアジア文化の発信基地であった大唐帝国が衰退し、日本でも国風文化への移行が徐々に進んでいった。遣唐使の廃止に見られるように、日本は独自の道を模索してゆく。美術においても大唐文化の規範を離れ、和様化への道を探り始めていた。やがて目にする四季折々の風景や、美しい山川草木の風物の織りなす風光明媚な名所を詠んだ和歌を基に歌絵、名所絵の屏風や絵巻が制作され、逆にそれらの歌絵屏風や名所絵をもとに、まだ見ぬ名所やまだ来ぬ季節を思い浮かべて歌を詠む絵合せ、歌合せといったことが行われるのは、平安時代を待たねばならなかった。唐の風物、風景を描いた唐絵に対して、我が国の自然や風景、風物を描いた大和絵（倭絵）が成立する。(注35) それはまた万葉集の歌が自然と直接向かい合って歌ったのに対し、それ以降の歌集には歌絵屏風や絵巻物を介して、すなわち絵画を介して和歌を詠むという、美術が文学や芸能の想像力に大きな影響を与え、自然とのあり方にも大きく関与することとなった。他方それはまた美術、絵画がそれなりの表現力・発言力を備えてきたことの証左でもあった。

注1　伊原昭「万葉の染色」（『万葉の色―その背景をさぐる―』所収　笠間書院　一九八九年）
2　伊原昭前掲書「染色はもとより、時には、外来の概念的な色をも、具体物で示そうとする、このような態度が上代では顕著である、」
3　伊原昭「万葉の紫とその背景」（前掲『万葉の色』所収）によれば、万葉集の時代では、紫は「色名としても、未だ染色の域を出ず、普遍的に一般の物象の色を示すために使われる概念的な色名にも、さらに色彩そのものでなく、それから生ずる他の意味内容を象徴する抽象的な色名にも至っていない。」色彩の世界から見れば、まだ原初的な姿であることが知られるという。
4 万葉集　三八四、一三六二、中西進『万葉集』(講談社文庫) 注
5 百橋明穂「万葉時代の美術—正倉院の内と外」『万葉古代学』中西進編著　大和書房　二〇〇三年
6 吉村誠「天平二十一年の家持」一七三頁『越の万葉集』二〇〇三年三月
吉岡幸雄『日本の色を染める』五二頁　岩波新書八一八　二〇〇二年十二月
7 伊原昭「万葉の人びとの色彩観」(前掲『万葉の色』所収)
8 『令義解』巻六　衣服令
9 石田尚豊「高松塚壁画考　1・2」Museum 263, 264　一九七三年
10 『令義解』巻六　衣服令
11 前掲注5の百橋論文
12 百橋明穂『飛鳥・奈良絵画』「日本の美術」二〇四　至文堂　一九八三年五月
13 「畫師行事功銭注進文」『大日本古文書』四　天平宝字二年四月九日
14 前掲注12の百橋論考
15 『続日本紀』天平宝字三年正月十一日
16 『正倉院文書』「画師行事功銭注進文」天平宝字二年　大日本古文書四
17 孝謙太上天皇の勅命による鏡のデザインである。四神の内の三神を円鏡に配置した、墨線による下図である。『正倉院文書』「東大寺鋳鏡用度注文」天平宝字六年（『大日本古文書』五）、「石山院牒」天平宝字六年三月二十五日（『大日本古文書』十五）
18 百橋明穂「古代における堂内壁画荘厳の系譜」(『仏教美術史論』所収) 中央公論美術出版　二〇〇

〇年

19　百橋明穂「キトラ古墳壁画」（『仏教美術史論』所収）中央公論美術出版　二〇〇〇年

20　『大日本古文書』四　天平宝字二年三月三日

21　山崎一雄「宝物の調査」・「正倉院絵画の技法と顔料」（『古文化財の科学』所収　思文閣出版　一九八七年）

22　秋山光和「日本上代絵画における紫色とその顔料」美術研究二二〇　一九六二年

渡邊明義『古代絵画の技術』「日本の美術」四〇一　至文堂　一九九九年十月

23　『第五十五回正倉院展』（奈良国立博物館　二〇〇三年）

24　『歴代名画記』巻二「論画体工用搨写」には唐代の主要な顔料や膠の産地が記され、それにはほとんど鉱物質の顔料で、蟻鉱ないし紫鉱のみ、臙脂ではないかとされる有機質の絵具があげられている。

25　前掲注24『歴代名画記』巻二「論画体工用搨写」

26　『高松塚古墳壁画』高松塚古墳総合学術調査会　便利堂　一九七四年

山崎一雄「高松塚古墳壁画の顔料」（『古文化財の科学』所収　思文閣出版　一九八二年）

27　前掲注23

28　『二注歴』

29　前掲注22の秋山論

30　『奈良六大寺大観　第六巻　薬師寺』岩波書店　一九七〇年八月

31　『奈良六大寺大観　第十二巻　唐招提寺二』岩波書店　一九七九年七月

32　野間清六「暈繝彩色の展開とその法則」仏教芸術　三七　一九五八年

33　『続日本紀』和銅六年六月十九日の条

34　百橋明穂「古代美術における自然表現」（『仏教美術史論』所収　中央公論美術出版社　二〇〇一年）

35　家永三郎『上代倭絵全史　改訂版』（墨水書房　一九六六年）（初版は一九四六年）
秋山光和「平安時代の唐絵とやまと絵」美術研究一二〇・一二一（『平安時代世俗画の研究』所収
吉川弘文館　一九六四年）

長屋王家の色彩誌

――万葉歌と長屋王家木簡に見える色彩語について――

川﨑　晃

本稿は万葉歌、長屋王家木簡に見える色彩語について、正倉院文書などに依りながら考察を加え、長屋王家に関わる色彩語を通して長屋王家の、ひいては奈良時代貴族の生活環境の一端を垣間見ようとするものである。長屋王家の生活については既に多くの視点から検討が加えられ、その豪奢な生活ぶりが明らかにされてきたが、小稿がいささかでも新たな側面を掘り起こせれば幸いである。

一　長屋王佐保宅の室寿

（一）長屋王邸宅と佐保

左大臣長屋王の邸宅は平城京左京三条二坊の一坪、二坪、七坪、八坪の四町を占める。長屋王家木簡には「長屋皇宮」（『平城』20・一〇頁、23・五頁下、25・二五頁下）、「長屋親王宮」（『平城』25・

三〇頁上、27・二二頁上)、「長屋王子宮」(『平城』23・五頁上)、「楢宮」(『平城』21・七頁上、『平城京』二・一七〇七号)などの表記があるが、これらはいずれも左京三条二坊の邸宅をさすと考えられる。また、「楢宮」とあるが、長屋王の家政機関の中枢が「奈良務所」と呼ばれていることを勘案すれば、その名は平城京の地をさす地名、奈良(楢)に由来すると推測される。

一方、長屋王の邸宅に関して『万葉集』には「佐保宅」(巻八・一六三七、一六三八左注)、『懐風藻』には「長王宅」、「宝宅」、「作宝楼」、あるいは神亀五年(七二八)「長屋王神亀願経跋語」に「作宝宮」などとみえる。

『懐風藻』の詩題によれば「長王宅」、「宝宅」、「作宝楼」でよまれた詩が十七首あるが、68「宝宅にして新羅の客を宴す」、69「初春作宝楼にして置酒す」と長屋王自身の詩題のみに「宝宅」、「作宝楼」とある。多田伊織氏は「宝宅」を「宝宇」、「宝楼」、「宝台」、「宝殿」、「宝堂」など仏教ないし道教の荘厳な施設のイメージを負う語とされ、「宝宅」が必ずしも「作宝楼」の簡略化された別称とは言い切れぬとされている[注1]。

しかし、「長屋王神亀願経跋語」に「作宝宮」とあることを勘案すれば、「作宝」はやはり地名佐保を好字で表現したものと解するのが穏当であろう。「楼」の語は指摘の通り確かに「たかどの」の意であり、「作宝楼」は邸宅中の一つの建物を指す可能性もあるが、「作宝楼」、「作宝宮」は佐保宅の別表現と思われる。「宝宅」の語の含意はひとまず置くとして、「宝宅」が「作宝楼」や「作宝宮」という表記と無関係とは思われない。

ところで、長屋王の佐保宅と左京三条二坊の長屋王邸宅との関係であるが、筆者は別に述べたように、奈良時代に佐保と呼ばれた地は平城京左京北郊の地であり、佐保宅は左京三条二坊の長屋王邸宅とは別とする立場に立つ。(注2)

そのように判断する最大の根拠は長屋王家木簡に

・佐保解　進生薑弐拾根
・額田児君　和銅八年八月十一日付川瀬造麻呂

（『平城京』一・一八六号）

とあることによる。佐保から左京三条二坊の長屋王邸に生薑《しょうが》が進上されており、佐保が別の地にあることは確実である。この木簡による限り、長屋王家の佐保の地は和銅八年（七一五）ころには薗地をもつ土地であったことが知られる。

(二) 佐保宅の室寿歌

『万葉集』巻八には、長屋王の佐保宅での肆宴の折りの歌が収載されている。

太上天皇御製歌一首
波太須珠寸《はだすすき》　尾花逆葺《をばなさかふき》　黒木用《くろきもち》　造有室者《つくれるむろは》　迄萬代《よろづよまでに》　（巻八・一六三七）
天皇御製歌一首

青丹吉《あをによし》　奈良乃山有《ならのやまなる》　黒木用《くろきもち》　造有室者《つくれるむろは》　雖居座不飽可聞《ませどあかぬかも》　（巻八・一六三八）

右、聞くならく、左大臣長屋王の佐保の宅にいまして肆宴したまふときの御製なりと。

右の歌の左注には「左大臣長屋王」とある。長屋王は神亀元年（七二四）二月四日に、聖武天皇の即位とともに左大臣となっている（『続日本紀』二月甲午［四日］是日条）。

左注によれば長屋王の佐保宅は神亀元年二月以降には肆宴が行われるような邸宅となっていたことが知られる。また、右の二首の歌意はいずれも新造の黒木造りの建物を讃美した内容である。右の二首が左注のいうとおり長屋王が左大臣の時の歌とすれば、太上天皇は元正、天皇は聖武となる。長屋王の佐保宅は神亀元年二月以降に、さらにこの歌が「冬の雑歌」に収められているのに従えば、神亀元年の十月以降に黒木造り建物の新築が行われ、聖武天皇や元正太上天皇を招いて肆宴が行われたことになろう。

右の歌の表記に注意すると、一六三八番歌には「青」、「丹」、「黒」などの色彩語が盛り込まれている。しかし、「青丹よし」は奈良に係る枕詞であり、「黒木」も黒色の材木ではなく、木の樹皮を剝いでいない、樹皮のついたままの荒木の材木を指し、実景の色ではない。いま、黒木の例を「正倉院文書」に求めると、天平宝字六年の「造石山寺所雑材并檜皮和炭《ひわだ》等納帳」（『大日古』5・三九～五八、15・二六〇～二八九）や「造石山寺所雑材納帳案」（15・二五八～二六〇）などに「黒木柱」、「黒木」、「黒木桁《けた》」、「黒桁木」、「黒木古麻比《こまひ》」、「造石山院所解案（秋季告朔《こうさく》、16・二四二）に「黒木机」が散見する。「古麻比（木舞《こまい》）」は屋根や壁の下地の板のことで、黒木は主として柱材、桁材、古麻比など建築用材に用いられている。

澤瀉《おもだか》久孝氏は、鹿持《かもち》雅澄『萬葉集古義』が「天皇の行幸あれば、常の家の外に、仮に黒木もて、御座をつくりしなるべし」とするのを支持され、風趣を楽しむ仮の御座所的建物と解釈されている。(注3)『儀式』に「神坐殿は構ふるに黒木を以てし、萱《かや》を用ちて倒葺」（巻二践祚大嘗祭儀上）とあるが、(注4)「倒葺《さかふき》」は歌中の「逆葺」の別表記であろう。また延喜神祇式には「正殿一宇、構ふるに黒木を以てし、葺くに青草を以てせよ」とあるのをはじめ、大嘗祭の斎場の建物はすべて黒木で造るように規定している（延喜神祇式巻七、践祚大嘗祭条）。(注5)神聖性を帯びた古雅な風趣の黒木造りの建物は行幸・肆宴を行うにふさわしい建物であったのであろう。

ところで、この年の十一月の太政官符によると、五位以上の者及び富者の家は板屋、草舎を廃し、瓦葺にして、柱を赤く壁を白く塗るべきことが奏されている。

十一月甲子［八日］、太政官奏して言《まう》さく、「（中略）その板屋草舎《くさや》は中古の遺制にして、営み難《がた》く破れ易《やす》くして、空しく民の財《たから》を殫《つく》す。請《こ》はくは、有司《うし》に仰せて、五位已上と庶人《しょにん》の営に堪《た》ふる者とをして、瓦舎《かはらや》を構へ立て、塗りて赤白と為《な》さしめんことを」とまうす。奏するに可としたまふ。（『続日本紀』神亀元年十一月甲子［八日］条）

屋根を瓦葺とし、柱を赤く（丹・朱）塗り、壁を白い漆喰《しっくい》で仕上げる礎石建物に対して、板葺、草葺の掘立柱建物は「中古の遺制」とされている。瓦葺建物の奨励は、耐久性や防火策の観点からなされたものであろうが、それは同時に平城京の色彩的荘厳でもあった。瓦葺（礎石）建物、そして赤く塗った柱に白壁という色彩荘厳は寺院を想起させるが、大同元年（八〇六）五月十四日の勅に「勅すらく、備後・安芸・周防・長門等の国の駅館は、本より蕃客《ばんきゃく》に備えて、瓦葺《がしゅう》・粉壁《ふんぺき》をなす」（『日本後紀』）とあるように、山陽道諸国の駅館は蕃客（外国使節）を迎えるために瓦葺、粉壁（塗り壁）であった。(注6)瓦葺（礎石）建物、丹・朱塗りの軒柱、白壁構造というのは、寺院に限らず日本の都城の中華的荘厳と考えられたのである。「青丹よし」は人麻呂以前から用いられた奈良（寧楽）を讃える枕詞で、奈良で青丹を産出したことに由来するとされるが、(注7)遷都ののち次第にきわめて人工的に彩色された瓦葺、丹・朱塗りの都城の枕詞へと転生していったと思われる。

この奏言はすぐには実行できる性格のものではないが、長屋王は左大臣、まさしく太政官の中枢にある。右の歌では「はだすすき　尾花逆葺き　黒木もち　造れる室は」（一六三七）と茅葺黒木造りの建物が歌われており、長屋王家佐保宅での新築の建物は瓦葺ではない。右の歌が新室の寿歌の慣用表現に従ったものとすればそれまでのことであるが、神亀元年十一月の太政官奏以後のこととすると、行幸にともなう別業での臨時的な建物であるが故に許されたとみることができよう。

（三）黒木造りの建物

黒木造りの建物

黒木造りの建物は恭仁宮にいた大伴家持が平城京の紀女郎《きの》に贈った五首の歌（巻四・七七七〜七八一）中

にも詠まれている。

板蓋之《いたぶきの》　黒木乃屋根者《くろきのやねは》　山近之《やまちかし》　明日取而《あすのひとりて》　持将参来《もちてまゐこむ》　（巻四・七七九）

黒樹取《くろきとり》　草毛苅乍《かやもかりつつ》　仕目利《つかへめど》　勤和気登《いそしきわけと》　将誉十方不有《ほめむともあらず》　（巻四・七八〇）

七七九番歌では「板蓋の黒木の屋根」を用意しようと詠み、七八〇番歌では用材となる樹木を伐採して、さらに茅を刈り取る実直な奴僕の姿が詠まれている。「板蓋の黒木の屋根」については、『儀式』に「葺くに青草を以てし、其の上に黒木を以て町形《まちがた》（田の字形）となし、黒葛《くろつづら》を以て之を結ぶ」（『儀式』践祚大嘗祭儀中）とあるのが参照されよう。

「正倉院文書」の黒木造り建物の例を挙げれば、天平宝字六年の「造石山寺所告朔《こうさく》解案」には建築用材の「黒木」とともに、「板葺黒木作殿」（「二月告朔」『大日古』5・一三七）、「板葺黒木屋」（「春季告朔」5・一七九）と記される殿舎がある。この殿舎はまた「借板屋…並黒木作」（「秋季告朔」16・二一一）、「五丈黒木借板屋」（同上、5・三五〇）、「借板屋」（「労劇文案」15・二三六）とも記されており、「借（仮）板屋」とあることから推測すると黒木造りの建物は恒久的な建物ではなく、概して粗末で簡易な建物であった。「板葺きの黒木の屋根」と歌われる建物は、貴族層にとっては儀礼的空間における神聖な建物、あるいは古雅な風趣の建物であったが、これは特殊な例であって、当時の簡素な掘立柱建物の一形態であった。

右の歌は家持と紀女郎との間に交わされた恋の戯れの世界の歌であるが、(注8)伊藤博『萬葉集釋注』は、さらに穿ってこの五首は家持が相手の紀女郎を巫女に見立てて贈った歌で、簡素な黒木造りの建物を神に仕える巫女の籠もる庵と解釈されている。(注9)

白木と赤木

ところで、色彩語を用いた木材には「黒木」の他に「白木」がある。白木は黒木に対して樹皮を剥いだ用材で、これも白色をしているわけではない。

白木は例えば神護景雲元年八月「阿弥陀悔過《けか》料資財帳」(『大日古』5・六七一〜六八三)には「白木韓《から》(辛)櫃《ひつ》(櫃)」、「白木榻《しぢ》(台)」、「白木柱」、宝亀十一年十二月の「西大寺資財流記帳」(『寧楽遺文』中)に「白木机」、「白木榻」、「白木軸」、「白木榻足《しぢあしの》机(四脚の台机)」、「白木机」、宝亀三年九月二十九日「奉写一切経所告朔解」に「白木籤《せん》(ふだ)」(『大日古』6・四〇〇)などが散見する。黒木よりも用途が豊富で、建築部材のみならず、調度品や経軸にも使用されている。

この白木の類語に「赤木」がある。赤木も白木と同様に赤色の木ではなく、樹皮を剥いだ状態の用材とされる。アカの語は光に由来するとされるが、(注10)神聖性、清浄性を表す語であり、本来赤色を意味しなかったと思われる。アカハダの語などが想起されよう。そこで、赤木の用例をみると、赤木で目立つのは経巻の「赤木軸」であるが、経巻の軸木(軸心)には右に挙げたように「白木軸」、他に「素木軸」(注11)も見られる。「素木」は「白木」の別表記と思われる。それでは赤木の軸と白木の軸に違いがあるのだろうか。軸木は一般的にはスギ材が多く、時にヒノキも用いられるという。(注12)採材部位の木肌の色合いの相違とも考えてみたが、そうではないらしい。「写経目録」（『大日古』7・五～五三）、「経巻納櫃帳《のうひつちょう》」（『大日古』7・一九七～二二一）、天平神護三年二月二十二日「造東大寺移」（『大日古』17・三四～四八）には赤木軸が見えるが白木軸は見えない。また「西大寺資財流記帳」を見ると白木軸が見えるが赤木軸は見えない。管見の限りでは同一史料内に赤木軸と白木軸が併記されることはなく、樹皮を剥いだ軸木として両者併存して使用されていたと思われる。

その他の赤木の例では「檜木倭琴《わごん》二張」の注記に「頭尾枕脚並着赤木」とある（「国家珍宝帳」『大日古』4・一三〇）。倭琴の頭尾の枕と脚に赤木の木を着装するという意であろう。また、「金漆銅作大刀」に「赤木把《つか》」と注記があるように（同『大日古』4・一三六～一三七）、大刀の把が赤木で作られている例は少なくない。

用例に見る限り「白木」が「黒木」に対応して建築用材にも用いられる用語であるのに対して、「赤木」は建築用材に用いられることはなく、製品部材にのみ使用される用語である。

二　長屋王家木簡に見る色彩語について

（一）長屋王家木簡の画師と画写人

長屋王家木簡には米支給文書などに画師《えし》・画部《えかきべ》が散見する。画師・画部は中務省被官の画工司《えだくみのつかさ》に属し、宮中の絵画・彩色のことを担当する。職員として正《かみ》、佑《まつりごとひと》（判官）、令史《さかん》（第四等官）各一人が置かれ、画師四人、画部六十人、使部《しぶ》十六人、直丁《じきちょう》一人が所属した（職員令10画工司条（注13））。

1・謹解　畫部簀秦五十君　右依御召来畫

・　謹解　平群廣成　□□

（『平城』23・五頁上）

右の木簡は平群広成が、主人である長屋王の「御召しに依り」、恐らくは中務省の画工司に所属する画部の簀秦《すはたの》五十《い》君《きみ》が来着したことを報告したものと思われる。このように冒頭に差し出しの記載がない木簡について、舘野和己氏は長屋王の家政機関内部でやりとりされた木簡と指摘されている（注14）。簀秦氏は近江国犬上郡を本貫とする画業を職掌とする氏族で、東大寺大仏殿の天井板の彩色にあたった簀秦画師豊次（『大日古』4・二五九～二六〇）のように、姓の中に職掌の画師を含む一族もあった。

2・進畫部　黄文［　］□〔右一カ〕□人　○

・　和銅八年三月□□日正七位下行佑黄文連□□　○

（『平城』25・五、『平城京』一・一六三号）

和銅八年（七一五）の木簡である。表の「画部黄文……を進る」は、画工司に所属する画部黄文《きふみ》某を派遣した意で、差出人の正七位下行黄文連某は画工司の佑（判官）の相当位階が従七位下であることからすると、画工司の佑と推測される。

黄文連は山城国久世郡を本拠としたとみられる高句麗系の渡来人で（注15）旧姓は造、天武十二年（六八三）に連を賜姓された（天武紀十二年九月丁未［二十三日］条）。推古紀十二年九月是月条に「始めて黄書画師《ゑし》・山背画師を定む」とみえる伝統的な画師の一族で、入唐して仏足跡図を転写したという黄書連本実《ほんじち》（薬師寺蔵「仏足石記」）や大宝律令の選定に参加した黄文連備《そなう》などを輩出している。画師から官僚化への傾向が認められ、のちに黄文連乙麻呂は画師を管轄する画工司の令史《さかん》（第四等官）となっているが（天平宝字二年二月二十四日「画工司移」(注16)）、木簡2にみえる黄文連某はその早い例といえる。長屋王家木簡には他に黄文万呂（『平城京』一・一四二号）、黄文大国（『平城京』一・二五七号）が見える。

また、画師・画部に関わると思われる工人に「画写人」がある。

3・画写人［
・右六人米　（『平城』27・十一頁上）

4□□〔画写カ〕人四口米八升　（『平城』28・八頁上）

5画□〔写カ〕　（『平城』28・八頁上）

「画写人」は恐らくは画師や画部の指導のもとにあり、下絵を画面に模写・転写する、もしくは下絵の制作にあたった工人かと推測される。

（二）障子作画師と障子作人

また、長屋王家木簡に画師に関わるとみられる「障子作画師」と「障子作人」と書かれた木簡がある。

6・「障子作画師一人米二升

・「障子作画師一口帳内一口米□〔半升カ〕□」」（『平城』23・一〇頁上、『木簡研究』一二・二二頁）

7「障子作人三口」（『平城』25・一四頁下）

8障子作人三口米六升　受福末呂　□万呂

正月廿一日　書吏○（『平城京』二・一〇二号）

いずれも米支給に関する木簡である。両者はともに障子制作に関わる工人を意味すると思われるが、障子制作に画師が関わるのはなぜであろうか。現在では障子といえば木の骨組みに紙を貼った明《あかり》障子を想起する。そこでまず奈良時代の障子はいったいどのようなものであったのかをみておこう。

神亀五年（七二八）九月六日の勅許無く借覧することを禁じた「勅」には「図書寮に蔵《をさ》むる仏像、内外典籍、書法、屏風、障子并びに雑図絵の類」（『類聚三代格』巻十九）とあり、あるいはやや後の史料であるが「屏風一帖、障子四十六枚を東寺に施入す。障子四十六枚を西寺に施入す」（『日本後紀』弘仁三年二月壬辰［三日］条）とあり、障屏具は障子と屏風に大別されたことがうかがえる。奈良時代の屏風は残存例からその構造が知られるが、障子の実態は茫洋としている。平安時代には室内の壁・建具・衝立《ついたて》などをすべて障子といい、板または木の骨を格子に組んだものに紙や布を張ったものとされている。(注17)奈良時代の障子も同様であったと思われるが、今日の障子の概念とは随分と異なる。

宝亀四年二月三十日「奉写一切経所告朔解《こうさくげ》」には「障子骨」(『大日古』6・四八二)とあり、格子状に組んだ木の骨組みが想像されよう。宝亀二年頃の「奉写一切経料墨紙筆用帳」には「紙肆拾肆(四十四)張」に「張障子二枚料」(『大日古』6・三二)とあるので、写経に用いられる紙が障子紙に転用されることがあったことがわかる。これだけでは下貼《したばり》なのか、木の骨組みに紙を張り、あるいはさらに絵を描いたものかは不明である。天平宝字六年三月七日「造石山寺所告朔解案」には「紙障子」(『大日古』5・一三八)とみえる。

また、天平十七年頃の「写疏料紙等納充注文」(『大日古』8・四六〇)には、天平十七年正月七日に金光明寺写経所から「丈六堂の戸障子に張るため」に播磨国から進上された紙が支出されている。どこの寺の仏堂なのか断案しがたいが、「丈六堂」というのは丈六仏を安置するための堂の意で、新築とすれば内装の段階であり、完成間近となる。紙を張った「戸障子」というのは襖戸、もしくは板戸に紙を貼ったものであろうか。

少し具体的な例としては天平宝字五年(七六一)の「法隆寺東院縁起并資財帳」に「障子壱枚〈表紫綾、裏縹、高七尺、広三尺五寸〉」(『大日古』4・五一六、『寧楽遺文』中)とある。この障子は表に紫の綾《あや》(絹織物)、裏には縹《はなだ》(薄い藍色)を用いていており、高さは約二一〇センチ、幅は約一〇五センチで、高さと幅が二対一の比率をなしている。また、天平宝字六年七月二十五日「造石山院所画師行事文案」に「絵御障子二枚〈各高六尺、長八尺〉」(『大日古』15・二三四)とある。高さが約一八〇センチ、幅は約二四〇センチ、二枚で五メートル近くになるが、これに絵(仏画像)が描かれていたのであろう。「西大寺資財流記帳」（『寧楽遺文』中、四〇〇頁）によると西大寺薬師金堂にあった「補陀落山《ふだらくせん》浄土変《じょうどへん》」には「障子絵」という注記があり、紫の細布の天蓋《てんがい》をもつ黒柿の四本の柱からなる吹き放しの仏台に掛けられていたとみられる。補陀落山浄土変は観世音菩薩の浄土を描いた仏画像である。また「薬師浄土変」にも「障子」という注記があり、高さ九尺、広さ五尺九寸、つまり高さが約二七〇センチ、幅が約一七七センチもある大きなものであった。薬師浄土変は薬師如来の東方の浄瑠璃世界を描いた仏画像で、これも掛け物とされていたと思われる。いずれも現存しないが、奈良時代の浄土変相図《へんそうず》には麻・綾などの布や紙に描かれたもの、刺繡《ししゅう》・織成《しょくせい》（綴織《つづれおり》）のものがあったと推定されている。このように大きな変相図も障子絵、あるいは障子と呼ばれていたのである。

宝亀四年頃の「北倉代中間下帳」には「壁代《かべしろ》障子」（『大日古』16・五七三）と呼ばれるものがある。「壁代」は壁の代わりの意で、室内の上部から間仕切りに垂らす布帛（帳《とばり》）のことであろう。なお、六四五年、飛鳥板蓋宮で蘇我入鹿が殺害されたが、その折り「雨下《ふ》りて潦水《いさらみず》庭《おほば》に溢《いは》めり。席障子《むしろしとみ》を以て、鞍作が屍《かばね》に覆《おほ》ふ」（皇極紀四年六月戊申［十二日］是日条）とある。ここに死体を覆った用具として「席障子」が見えるが、席《むしろ》と障子なのか、席障子というものがあったのか、意見の分かれるところであるが、（注18）延喜神祇式などに「表は葦の簾、裏（裡）は席障子」（践祚大嘗祭条、『儀式』践祚大嘗祭儀中）とあり、「席障子」でよいと思われる。

このように古代の障子は今日の明障子のみならず、帳状、襖状、衝立状のものがあり、そこに色布を張ったり絵を描いたり刺繡をしたりしたことが知られる。

木簡6にみる「障子」がこれらのどの障子に該当するかは特定できないが、「障子作人」、「障子作画師」はいずれも左京三条二坊の邸宅で米を支給されていることから邸宅内での仕事と思われる。

ちなみに『万葉集』には絵画を下敷きに詠んだと思われる歌は少なくないが、(注19)障子の語はまったくみえず、屏風の語も山上憶良の漢文中に「蘭室《らんしつ》に屏風徒《いたづ》に張りて」(巻五・七九四前)とみえるのみである。

(三) 長屋王家木簡に見る顔料

彩色・雑丹

長屋王家木簡中に顔料に関わる木簡が管見では二例ある。

9・以大命宣　黄文万呂 国足　朱沙[者カ]□□

・朱沙矣価計而進出　別采色入筥今

(『平城京』一・一四二号)

東野治之氏は「矣」を「浪矣恐《なみをかしこみ》」(『万葉集』巻三・二四九)などの例から助詞「を」と訓むことを証され、次のように読まれた。(注20)

大命を以て黄文万呂、国足に宣《の》る。朱沙《しゅさ》……。朱沙矣価《をあたひ》計り而《て》進り出せ　別に采色を入るる筥《はこ》今……。

朱沙は辰沙ともいい、硫化水銀を成分とする赤色系統(朱)の顔料で、濃赤色を呈す。(注21)この木簡は下部が焼損しているため、意味がつかみにくいが、長屋王ないし吉備内親王が画師もしくは画部の黄文万呂と国足（少書吏置始国足）に、朱沙を購入するために価格を調査するように命じたものと思われる。(注22) 次に掲げる木簡10に「其価使」とあるのも、そうした値段を報告した使であろう。大蔵省の保存する市司の作成する時価の帳簿である市估《しこ》案（関司令12、公式令83）などを調査したのであろうか。

斉明紀五年是歳条には高句麗の使人が羆皮《しくまのかわ》一枚の値段に「称其価《あたひはかり》りて曰はく、綿六十斤(注23)」と、高額の値を吹っかけ、綿を対価として市司に示した話が伝えられている。

「采色《さいしき》」の語は「彩色」、「綵色(注24)」とも書かれたが、着色する意味の他に、職員令義解10画工司条に「謂《ゐ》ふこころは画に用いるところの雑色《ざっしき》、即ち朱黛等の類」とあり、また賦役令集解35貢献物条には「古記に云く、彩色とは雑丹《ざったん》を謂ふなり」とあるように、彩色に用いる絵の具、顔料を意味した。そのことは例えば「僧慧常《えじょう》請彩色状」（『大日古』25・一九八）に「彩色を請ふ」として種々の顔料を挙げていることからも証せられる。また、「雑丹」の語についてみると、丹（鉛丹《えんたん》）は黒鉛を焼成して作る赤色系（橙色）の顔料であるが、天平勝宝四年五月十一日「写書所解案」（『大日古』3・五七三～五七四）に、治承四年（一一八〇）に焼失した、東大寺大仏殿内に安置された「六宗厨子《ずし》」（南都六宗の経巻を納める）の扉絵に彩色するための朱沙《しゅさ》、金青《こんじょう》、丹、緑青《ろくしょう》などの顔料を「厨子料雑丹」（「采色厨子料」）と記すのをはじめ、種々の顔料を総称して「雑丹」と記す例がある。(注25) これらの例により、「雑丹」が顔料を意味することは誤りない。また、「大安寺造仏所解」には「丹を請ふ」として青色系の白青、緑色系の緑青、白緑《びゃくろく》を挙げており（『大日古』3・二三七〜二三八）、また「雑用銭并丹直銭等注文」（『大日古』15・三五二）では種々の顔料を購入するための銭を「丹直銭」としていることから、「丹」の語自体が顔料の意味に用いられていることが知られる。[注26] このように顔料である彩色は、「雑色」、「雑丹」、時に「丹」などとも表記されたのである。

顔料は高句麗僧の曇徴《どんちょう》が六一〇年に紙墨とともに将来したと伝え（推古紀十八年春三月条）、また新羅使金霜林《きんそうりん》の貢献物を「金・銀・彩色《しみもの》・種種の珍異《めずら》しき物」（持統紀二年二月辛卯［二日］条）とするように、顔料は当初は舶載品であり「珍異の物」とされている。木簡9の「采色を入るる筥」はこのような貴重品である顔料を入れておくための筥である。

ところで、寛文八年板本『日本書紀』は、顔料を意味する「彩色」の語に「彩色《うるはしきいろ》」（仲哀紀八年九月己卯［五日］条、神功皇后摂政前紀十月辛丑［三日］条）、「彩色《しみもののいろ》」（推古紀十八年春三月条）、「彩色《しみもの》」（持統紀二年）という訓を付している。また、「彩」、「綵」の語に「綵絹《しみノキヌ》」（神功紀四十六年）、「綵帛《しみノキヌ》」（斉明紀六年三月条、持統紀三年四月条）、「彩絹《しみのもの》」（持統紀二年二月辛卯［二日］条）、「五色綵《いつくさのしみのきぬ》」（持統紀三年正月壬戌［九日］条）などとシミの訓を付している。このような訓によれば「しみ」という語は油や水に溶けない顔料ばかりでなく、可溶性の染料による染色をも意味したらしい。

そこで『万葉集』に「彩色」、もしくは「綵色」の表記を求めてみると

月草尓《つきくさに》　衣曽染流《ころもそそむる》　君之為《きみがため》　綵色衣（深色衣）　将摺跡念而《すらむとおもひて》　（巻七・一二五五）
春者毛要《はるはもえ》　夏者緑丹《なつはみどりに》　紅之《くれなゐの》　綵色尓所見　秋山可聞《あきのやまかも》　（巻十・二一七七）
紫《むらさきの》　綵色之蘰　花八香尓《はなやかに》　今日見人尓《けふみしひとに》　後將戀鴨《のちこひむかも》　（巻十二・二九九三）

など「綵色」と表記された例がある。但し、一二五五番歌の「綵色衣」は元暦校本、類聚古集には「深色《ふかいろ》衣《ごろも》」とあり、本文に異同がある。一二五五番歌は「月草（つゆくさ）」で染めた衣、二九九三番歌は紫草で染めた蘰《かづら》の意である。二一七七番歌も紅に染まった秋山の意となろうか。ところが「綵色」の訓みは多様で、イロトリ（西本願寺本など）などがあるが、賀茂真淵『萬葉考』のマダラと訓む説が有力で、「綵色衣」は「斑衣《まだらのころも》」（巻七・一二六〇）、「斑衣服《まだらのころも》」（巻七・一二九六）の別表記とされ、近年の澤瀉『萬葉集注釈』、伊藤『萬葉集釋注』もマダラの訓みをとっている。しかし、『古事記』に「曾米紀賀斯流《そめきがしる》邇《に》斯米許呂母遠《しめころもを》」（上巻、歌謡四）とあり、「斯米許呂母《しめころも》」を「染め衣《しころも》」と解して良いのであれば、寛文八年板本『日本書紀』の訓に依拠した日本古典文学大系『萬葉集』の「綵色衣《しみのころもを》」、「綵色尓《しみいろに》所見《みゆる》」、「綵色之蘰《しみのかづら》」と訓む説が見直されても良いように思われる。(注27)

珍異の物

さて、顔料に関わる木簡はもう一例あり、次のように記されている。

10・　朱沙　金青　白青　右三□□丹□［

・　其価使解　附春日□□□〔川原カ〕　（『平城京』一・一五三号）

朱沙、金青《こんじょう》、白青はいずれも顔料で、金青（紺青）は藍銅鉱を原料とする青色系統の顔料。白青（白群）は同じ青色系統の顔料で、薄い青色、金青の粒子を細かくしたものである。これらの顔料は長屋王家の画師が用いたものであろう。

平安時代の辞書である『和名類聚抄』は「図絵具」として丹砂、朱砂、燕支《えんじ》、青黛（黛墨）、空青（群青）、金青、白青、緑青、雌黄《しおう》、同黄《どうおう》、胡粉《ごふん》の十一種の顔料を挙げているが、前述したように顔料は簡単に入手できるものではなかった。そのことは職員令集解10画工司条に「その朱黛等雑色は大蔵省及び内蔵寮に在り」とあるように大蔵省と中務省の内蔵寮が管理し、用度に応じて供給していることからもうかがえよう。

『続日本紀』には顔料が献上された記録がある。

近江国をして金青《こむしゃう》を献らしむ。伊勢国は朱沙、雄黄《いうおう》、常陸国・備前・伊豫・日向の四国は朱沙《しゅさ》、安芸・長門の二国は金青・緑青《ろくしゃう》、豊後国は真朱《しんしゅ》。

（『続日本紀』文武二年九月乙酉〔二十八日〕条）

下野国、雌黄《しわう》を献る。（『続日本紀』文武三年三月己未〔四日〕条）

難波長柄朝庭、大山上《だいせんじゃう》安倍《あへ》小殿《のをどの》小鎌《のをかま》を伊豫国に遣して、朱砂を採らしむ。

（『続日本紀』天平神護二年三月戊午〔三日〕条）

このうちの雄黄（硫化砒素《ひそ》）は鶏冠石《けいかんせき》ともいい、顔料や不老長生の神仙薬として用いられた。また、「真朱」を『万葉集』ではマソホと訓んでおり（巻十六・三八四一、三八四三）、上質の朱とされる。なお、延喜民部式下によると交易雑物として長門国が胡粉、緑青、丹、大宰府が朱沙を貢納している。
このように顔料は国内においても産出しているが、貴族たちは品質の上で舶載品を珍重したのである。

ところで、正倉院の宝物の中でもよく知られるものに「鳥毛立女《とりげりつじょの》屏風」がある。平成十一年（一九九九）の正倉院展に出品されたので、ご覧になった方も多くおられよう。この屏風は天平勝宝八歳六月の「国家珍宝帳」に「鳥毛立女屏風　六《（ママ）》　高四尺六寸、廣一尺九寸一分、緋紗縁以木假作班竹帖、

「鳥毛立女屏風」第一扇（正倉院宝物）

黒漆釘、碧絁背、緋の〔付箋墨書「臈」〕夾纈接扇、揩布袋（緋《ひ》の紗《しゃ》の縁《ふち》、木を以て仮作《げさく》せる班竹《はんちく》の帖《ちょう》、黒漆の釘《くぎ》、碧《みどり》の絁《あしぎぬ》の背、緋の臈纈《ろうけち》の接扇《せっせん》、摺《すり》の布の袋）」と記載される屏風とみられる。右によれば、各扇の表具は緋色の紗を縁にめぐらし、木製の班竹に擬した帖木（縁木《ふちぎ》）で押さえて黒漆を塗布した釘（鋲）でとめ、背面（裏側）に緑色の絁を貼った華やかなもので、それらを緋色の臈纈の絁（臈纈染めの絹）の接扇（蝶番《ちょうつがい》）で六扇一畳（一隻）に接続したものであった。そして、それが摺り染めの布の袋に収納されていたという。色鮮やかな表装や鳥羽は失われたものの、奇しくも六扇が現存し、また「鳥毛立女□」と墨書した摺り染で花文を表した屏風袋も残存している。

各扇ごとに一人の豊頬、豊満な女性が描かれている。立ち姿の女性が三扇、石に座った女性が三扇、立女屏風とあるが、立ち姿ばかりではない。かつては舶載品と考えられていたが近年の調査により羽毛が日本産のヤマドリの羽毛であること、下貼や画紙そのものとして、修理時ではなく、制作時に反故紙である天平勝宝四年の「買新羅物解《ばいしらぎぶつげ》」が使用されていたことから日本で制作されたことが判明した（『正倉院年報』第十二号、一九九〇）。

さて、東野治之氏の研究によれば、下貼とされた「買新羅物解」は貴族たちが新羅から購入する多種多彩な品目の申請書であった。[注28] 主な品目は香料・薬物・顔料・染料・金属・器物・調度品などで、顔料には朱沙、同黄《どうおう》、烟子《えんじ》、金青、胡粉、黄丹（丹）、雌黄、白青などが見える。香料、薬物、顔料、染料などの中には新羅の中継貿易によってもたらされた南海産のまさしく珍異な品もある。

いま、「買新羅物解」の一例を挙げてみよう。[注29]

合貳拾參種

（略）

朱沙壹斤　同黄壹斤

（略）

儲價物綿伍伯斤　絲參拾斤（儲価《ちょか》の物《もの》綿五百斤　糸三十斤）

以前可買新羅物并儲價等如前謹解（以前買うべき新羅物《しらぎもの》并びに儲価等、前の如し、謹んで解す）

天平勝寶四年六月廿三日

右の例は首部が欠けているので、購入申請者が誰か不明であるが、朱沙、同黄といった顔料のほか二十三種類の物品を申請している。同黄は黄色系の染料で銅黄、藤黄ともいい、梅藤樹の樹脂液（ガンボージ）から作られる。その対価は綿と糸である。儲価はかけねの意であるが、他の文書の相当語句に「価」、「値」などとあり、「儲価」は値段、「儲価の物」は対価の意味であろう。

また、「正倉院文書」の「造寺雑物請用帳」（天平宝字五年［七六一］、『大日古』25・三二六）と呼ばれる文書に

金青九斤

朱沙六斤四両

同黄二斤六両

烟紫三百六十五枚〈中／已上自外嶋坊少僧都所請〉

白青四斤十両一分〈四斤八両自外嶋坊請／二両一分買〉
胡粉十五斤八両〈十斤八両自外嶋坊請／五斤買〉
緑青百五斤〈百斤文部省少録内蔵全成所進〉
白緑十五斤十三両三分〈買〉
丹廿一斤〈十六斤自外嶋坊少僧都所請／五斤文部省少録内蔵全成所進〉

といった記載がある。

福山敏男氏の指摘があるように(注30)、金青、朱沙、同黄、烟紫《えんじ》、白青四斤八両、胡粉十斤八両、丹十六斤を寄進した少僧都は慈訓《じきん》であろう。慈訓は法相・華厳に通じ、天平十二年（七四〇）の審祥による華厳経講説の開始に際しては複師、十四年には講師となり（『三国仏法伝通縁起』）、天平勝宝八歳（七五六）五月二十四日、聖武太上天皇の看病の功により少僧都に任命された。道鏡の台頭とともにその地位を解任されたのが天平宝字七年であるから（『続日本紀』）、天平宝字五年はその間のこととなる。慈訓がこれらの顔料をどのように入手したのかは明らかにしえない。かつて石田茂作氏は経典の貸し出し文書と『元亨釈書《げんこうしゃくしょ》』に見える慈訓の入唐留学記事から、天平十七、十八年の新羅留学説を提起された(注31)。井上光貞氏も『元亨釈書』が慈訓を船氏出身とし、しかも船氏の本拠の河内国丹比郡に華厳経が早く流布していることなどを根拠に石田説を支持された(注32)が、その後、佐久間竜氏は『元亨釈書』の慈訓入唐留学記事を誤読によるものとして慈訓の新羅留学説を疑問視された(注33)。しかし、顔料の所持だけでは微証にとどまるが、慈訓の新羅留学の可能性は高いと思われる。

一方、緑青百斤、丹五斤を文部省少録内蔵全成《くらのまたなり》が進上している。全成が緑青や丹を入手しえた契機を考えてみると、全成が天平宝字三年（七五九）正月に迎入唐大使使判官（迎藤原河清使）に任ぜられたことが想起される。全成は同年二月に出発、十月に渤海使高南申《こうなんしん》らとともに帰国の途次風に遭い対馬に漂着、十二月に難波に至った。渤海の中台省の牒（手紙）によると、安史の乱で唐の国内情勢が不穏なため、大使の高元度ら十一人のみを唐に送り、全成らを送還させたとある（『続日本紀』天平宝字三年十月辛亥［十八日］条）。全成の進上した緑青、丹は、恐らく全成が渤海残留中に入手した品であろう。

秋山光和氏は「正倉院文書」に記載される顔料の価格を比較し、白青、金青、同黄、朱沙は桁はずれに高く、入手しがたい物であったことを指摘されている。(注34) 長屋王家木簡に見える朱沙、金青、白青は、いずれも秋山氏が入手困難な高級品とされた品々である。

ところで、平城遷都から長屋王死没までの間に新羅使が来朝したのは和銅七年（七一四）、養老三年（七一九）、養老七年（七二三）、神亀三年（七二六）の四回である。新羅使との交易は天平勝宝四年以前から朝貢の折に副次的に行われていたと推測される。長屋王家の顔料の購入先としてはまず東西市を考えるべきであろうが、新羅使の来朝にともなうものとすれば、長屋王家木簡がほぼ和銅三年（七一〇）から霊亀三年（七一七）の間に収まることからすると、和銅七年に限られることになり、木簡9・10の年代も限定できよう。

11・進上符上物　丹、機　畳五枚　席廿枚　丹杯　○
・二月廿五日　　右　符少書吏　　　　　　　　○

（『平城京』二・一七二一号、『平城』23・七頁上）

（進り上ぐ　符せし上り物、丹機　畳五枚　席廿枚　丹杯　右符するは少書吏　二月廿五日）

「丹機」以下の品を進上せよといった意味と思われる。丹は鉛丹で黄橙色をなす。しかし、「丹杯《にのつき》」は黄橙色の杯ではなく、関根真隆氏が絵具皿と指摘されるように顔料を入れる杯であろう。「丹」が顔料をさすことは前述したが、「書写所雑物請納帳」（『大日古』12・二三九）に種々の顔料とともに「丹杯百廿口」とあることからも証せられ、この場合は「六宗厨子」の彩色のための絵具皿とされたのであろう。また「丹機」については、丹と機《はた》かとも思われるが、関根氏は「丹機」と解し、規格化した同じパターンの図様の線引用器具とされている。(注35)

以上、長屋王家に関わる色彩語の検討を通して長屋王家の生活の一端に触れた。なお、論じ残した点は多いが、紙数も尽きたので、ひとまず閣筆して後考を待ちたい。

注1　多田伊織「長屋王の庭―「長屋王家木簡」と『懐風藻』のあいだ―」（奈良国立文化財研究所『長屋王家・二条大路木簡を読む』吉川弘文館、二〇〇一年）。
　2　拙稿「佐保の川畔の邸宅と苑池」（高岡市万葉歴史館論集1『水辺の万葉集』笠間書院）。左京三条二坊の地が佐保新免田とされるのは嘉吉三年（一四四三）になって確認できる。『懐風藻』の詩趣から

すると、「長王宅」と「宝宅」（作宝楼）が別の場所とは思われず、『懐風藻』における「長王宅」は「宝宅（作宝楼）」と同一場所をさすと思われる。しかし、漢詩表現と実景は別という可能性もなくはないので、『懐風藻』における「長王宅」と「宝宅」（作宝楼）との関係になお注意しておく必要もある。そうした観点からも左京三条二坊の長屋王邸宅東南隅の溝状遺構、及び西南の苑池遺溝の今後の調査が待たれる。（『奈良国立文化財研究所年報』二〇〇〇―Ⅲ）

3　澤瀉久孝『萬葉集注釈』巻第八（中央公論社、一九六一年）二九六頁。

4　『儀式』は神道大系編纂会『儀式・内裏式』神道大系　朝儀祭祀編一（精興社、一九八〇年）による。

5　『儀式』によると、「白酒殿」は白木造りの建物とされている（巻二践祚大嘗祭儀上）。

6　兵庫県龍野市揖西町の小犬丸遺跡は「布勢駅」と書かれた木簡から山陽道布勢駅と推定されているが、礎石建ち基壇建物跡が検出され、瓦の出土から瓦葺と推定され、また丹の痕跡や漆喰から丹塗りの柱、白壁の建物であったと推測されている（『木簡研究』第一一号、一九八九年などを参照）。

7　『時代別国語大辞典　上代編』（三省堂）、『日本国語大辞典』（小学館）など。用例・諸説については山田洋嗣「あをによし考」（『立教大学日本文学』一九七五年七月）、梶川信行「あをによし奈良」（日本大学国文学会『語文』九三、一九九五年十二月）などを参照した。

8　多田一臣「紀女郎への贈歌」（『国文学』學燈社、一九九七年七月）、のちに『額田王論―万葉論集―』（若草書房、二〇〇一年）に収載。

9　伊藤博『萬葉集釋注』二（集英社、一九九六年）六八五～六九〇頁。

10　『時代別国語大辞典　上代編』（三省堂）、『日本国語大辞典』（小学館）など参照。

11　例えば宝亀三年二月六日「奉写一切経所請用注文」（『大日古』6・二五二）に「軸……素木」とあ

る。

12 杉本一樹氏のご教示による。なお、「未造着軸、軸端」解説（正倉院事務所編『正倉院宝物　中倉』朝日新聞社、一九八八年）一四頁参照。

13 古代の画師については野間清六「奈良時代の畫師に関する考察」（『建築史』一―六、一九三九年）、高木玲子「画師・画部考」（『お茶の水史学』第十一・十二号、一九六九年）などを参照した。

14 舘野和己「長屋王家の文書木簡に関する一考察」（『長屋王家木簡・二条大路木簡を読む』吉川弘文館、二〇〇一年）

15 「黄文連。高麗国の人、久斯祁王自り出づ」（『新撰姓氏録抄』山城国諸蕃）とある。

16 『大日古』（4・二六〇）に「正七位上行令史黄文連乙麻呂」とある。

17 太田博太郎「障子」の項（『国史大辞典』吉川弘文館）

18 日本古典文学大系『日本書紀』下（岩波書店）、二六四頁、頭注参照。

19 例えば仙人の形を詠んだ「忍壁皇子に献る歌」（巻九・一六八二）など。

20 東野治之「長屋王家木簡の文体と用語」（『長屋王家木簡の研究』塙書房、一九九六年）二〇頁。

21 以下、顔料については渡邊明義『古代絵画の技術』（日本の美術四〇一、至文堂、一九九九年）、成瀬正和『正倉院宝物の素材』（日本の美術四三九、至文堂、二〇〇二年）などを参照した。

22 『平城京木簡』一は顔料の提出を求めたとするが、金子裕之氏も朱沙の値段を調べ、知らせるようにとの意味と解されている（「長屋王の造寺活動」奈良国立文化財研究所『長屋王家・二条大路木簡を読む』吉川弘文館、二〇〇一年）五四頁。

23 日本古典文学大系『日本書紀』（岩波書店）の訓みによる。新編日本古典文学全集『日本書紀』（小学館）は「其の価《あたひ》を称《とな》へて曰く」と訓んでいる。

24　天平十九年「法隆寺伽藍縁起并流記資財帳」に「合わせて綵色物壹拾参種」（『寧楽遺文』中、三五五頁）とあって、十三種の顔料を「綵色物」としている。

25　「写経所解」（『大日古』14・三四四）、「造金堂所解」（『大日古』16・三〇〇〜三〇一）など。

26　早く福山敏男氏の指摘があり（「大安寺花厳院と宇治花厳院」『建築史』一—二、一九三九年、のち『日本建築史研究　続編』所収、墨水書房、一九七一年）、最近では野尻忠氏が「丹」を顔料の総称とする場合があることを指摘されている（「東大寺造営に使われた顔料」『第五十五回　正倉院展目録』二〇〇三年）。

27　「大安寺伽藍縁起并流記資財帳」に「合わせて綵帛肆匹参丈捌尺」（『寧楽遺文』中、三七三頁下段）とあり、そのうち「三匹黄、一匹浅緑」と記されている。綵色衣は必ずしも斑色とは限らず、斑衣と同義とはしかねる。三七番歌も夏の緑に対して、紅一色に染まった紅葉の秋山という対比的表現と思われる。

28　東野治之「鳥毛立女屛風下貼文書の研究」（『正倉院文書と木簡の研究』塙書房、一九七七年）

29　東野治之、前掲28、三四〇〜三四一頁。

30　福山敏男「奈良時代に於ける法華寺の造営」（『日本建築史の研究』綜芸社、一九八〇年、初出一九三一年）二二四頁註七。

31　石田茂作「奈良朝の一切経と其の伝来」（『写経より見たる奈良朝仏教の研究』東洋文庫、一九三〇年）

32　井上光貞「王仁の後裔氏族と其の仏教」（『史学雑誌』五四・九、一九四三年）、のち『日本古代思想史の研究』所収、さらに『著作集第二巻』（岩波書店、一九八六年）

33　佐久間竜「慈訓」（『日本古代僧伝の研究』吉川弘文館、一九八三年）

34　秋山光和「日本上代絵画における紫色とその顔料」（東京国立文化財研究所『美術研究』二二〇号、一九六二年一月）

35　関根真隆「長屋王家木簡にみる物名について」（奈良国立文化財研究所編『長屋王家木簡・二条大路木簡を読む』吉川弘文館、二〇〇一年）一七六頁。

なお、小稿をなすに伊原昭『日本文学色彩用語集成』上代一（笠間書院、一九八〇年）、上代二（笠間書院、一九八六年）、関根真隆編『正倉院文書事項索引』（吉川弘文館、二〇〇一年）、造石山寺所関係文書について岡藤良敬『日本古代造営史料の復原研究』（法政大学出版局、一九八五年）を参照した。また、小稿では次の略号を用いた。

『大日古』………『大日本古文書』

『平城』…………奈良国立文化財研究所『平城宮発掘調査出土木簡概報』

『平城京』一……奈良国立文化財研究所『平城京木簡一　―長屋王家木簡一解説―』（吉川弘文館、一九九五年）

『平城京』二……奈良国立文化財研究所『平城京木簡二　―長屋王家木簡二解説―』（吉川弘文館、二〇〇一年）

万葉集は『補訂版万葉集　本文篇』（塙書房）による。

編集後記

「いろ」という言葉は、単に色彩を意味するだけでなく、男女の情愛に関わる語であり、また種類を意味する場合があるという。色彩は本来視覚による光線の波長の認識であるが、男女の情愛に関わる「いろ」は身体全体、五感で感知するところから発生すると言ってよかろう。

古代の日本語の色名は光の感覚にもとづく赤、白、青、黒の四色が基層をなし、やがて顔料や染料にもとづく具体的な色彩語が形成されていくらしい。そしてさらに中国の五行思想や瑞祥思想が加わり、色彩が身分標識である冠位（官位）や衣服制度に影響を及ぼし、政治的には王朝交替の論理にまで展開する。

寺院の堂内装飾や正倉院宝物の繧繝《うんげん》模様（グラデーション）などを想起すると、色彩認識にも大きな変化があったであろうと思われるのであるが、色彩や男女の情愛は万葉の世界ではどのように表現され、詠まれているのであろうか。

今回も国文学・歴史学のみならず染色史や絵画史の第一線に立つ先生方のご協力を得て、万葉に詠まれた色、あるいは古代の色について読み解いていただいた。ご多忙にかかわらずご執筆をいただいた先生方に深く感謝申し上げたい。また、この度も編集の労をお取りいただいた笠間書院・大久保康雄氏に厚くお礼を申し上げる。

最後に、本書の写真掲載にあたり、明日香村教育委員会・宮内庁正倉院事務所・風俗博物館・文化庁・薬師寺・(株)便利堂のご協力をいただきました。記して感謝申し上げます。
来年度、第八冊は『無名の万葉集』と題し、作者未詳の歌、あるいは無名の人々の歌などを採り上げ、新たな掘り起こしを試みたい。どうかご期待ください。

*　*　*

なお、当館の大久間喜一郎館長が本年三月をもって退任される。先生は当館建設の準備段階から深く関わり、平成二年の開館以来、十五年にわたって館長を務められ、研究に裏付けされた万葉集の展示・普及をめざし、今日の高岡市万葉歴史館を築き上げるのに尽力された。
末筆ながら紙面をお借りして、永年のご指導に館員一同深甚なる謝意を申し上げたい。

平成十六年三月

「高岡市万葉歴史館論集」編集委員会

執筆者紹介（五十音順）

阿蘇瑞枝《あそみずえ》　一九二九年鹿児島県生、東京大学大学院修了、元日本女子大学教授。文学博士。『柿本人麻呂論考増補改訂版』（おうふう）、『萬葉集全注　巻第十』（有斐閣）、『万葉和歌史論考』（笠間書院）ほか。

伊原《いはら》　**昭**《あき》　一九一七年神奈川県生、日本大学大学院修了、梅光学院大学名譽教授。文学博士。『万葉の色相』（塙書房）、『古典文学における色彩』（笠間書院）、『万葉の色』（笠間書院）、『色彩と文芸美』（笠間書院）ほか。

上野《うえの》　**誠**《まこと》　一九六〇年福岡県生、國學院大學大学院修了、奈良大学文学部助教授。博士（文学）。『古代日本の文芸空間』（雄山閣出版）、『芸能伝承の民俗誌的研究』（世界思想社）、『万葉びとの生活空間』（塙書房）ほか。

大久間喜一郎《おおくまきいちろう》　一九一七年東京市生、國學院大學文学部卒、明治大学教授を経て、高岡市万葉歴史館館長。文学博士。『古代文学の源流』（おうふう）、『古代文学の構想』（武蔵野書院）、『古代文学の伝統』（笠間書院）、『古事記の比較説話学』（雄山閣出版）、『古代歌謡と伝承文学』（塙書房）、『言葉をさかのぼる』（短歌新聞社）ほか。

尾形充彦《おがたあつひこ》　一九五四年京都府生、京都工芸繊維大学大学院修了、宮内庁正倉院事務所保存課調査室長。『日本の美術二　正倉院の綾』（至文堂）、「裂地としてみた正倉院の調絁」（『正倉院紀要』第21号）ほか。

川﨑《かわさき》　**晃**《あきら》　一九四七年東京都生、学習院大学大学院（修）修了、高岡市万葉歴史館学芸課長。『遺跡の語る古代史』（共著・東京堂）、「倭王権と五世紀の東アジア」（『古代国家の政治と外交』所収・吉川弘文館）ほか。

志水義夫《しみずよしを》　一九六二年東京都生、東海大学大学院博士課程単位取得、東海大学文学部日本文学科講師。文学修士。『上代文学への招待』（共著・ぺりかん社）、「注釈『類聚古集』（春部・霞）（一～四）」（共著・『国文学言語と文芸』第24～27号）ほか。

新谷秀夫《しんたにひでお》　一九六三年大阪府生、関西学院大学大学院修了、高岡市万葉歴史館主任研究員。『万葉集一〇一の謎』（共著・新人物往来社）、「藤原仲実と『萬葉集』」（「美夫君志」60号）、「『次点』の実体」（「高岡市万葉歴史館紀要」10号）ほか。

関《せき》　隆司《たかし》　一九六三年東京都生、駒澤大学大学院修了、高岡市万葉歴史館研究員。『西本願寺本万葉集（普及版）巻第八』（おうふう）、「大伴家持が『たび』とうたわないこと」（「論輯」22）ほか。

田中夏陽子《たなかかよこ》　一九六九年東京都生、昭和女子大学大学院修了、高岡市万葉歴史館研究員。「有間皇子一四二番歌の解釈に関する一考察」（「日本文学紀要」8号）ほか。

百橋明穂《どのはしあきお》　一九四八年富山県生、東京大学大学院修了、神戸大学文学部教授。博士（文学）。『仏教美術史論』（中央公論美術出版）、『飛鳥・奈良絵画』（至文堂）、『万葉古代学』（共著・大和書房）ほか。

山口《やまぐち》　博《ひろし》　一九三二年東京都生、東京都立大学大学院（博）修了、聖徳大学教授。文学博士。『王朝歌壇の研究』五冊（桜楓社）、『万葉歌のなかの縄文発掘』（小学館）、『万葉集の誕生と大陸文化』（角川選書）ほか。

高岡市万葉歴史館論集 7
色《いろ》の万葉集《まんようしゅう》

平成 16 年 3 月 31 日　初版第 1 刷発行

編　者　高岡市万葉歴史館©
発行者　池田つや子
発行所　有限会社　**笠間書院**
〒101-0064　東京都千代田区猿楽町 2-2-5
電話 03-3295-1331(代)　振替 00110-1-56002
印　刷　壮光舎
製　本　渡辺製本所
ISBN 4-305-00237-X

高岡市万葉歴史館論集

各2800円（税別）

笠間書院